isekai no OCHIBICHAN ha
kyou mo nanika wo tsukuridasu
異　界の
ちゃんは
何かを
~スキル【想像創造】で目指せ成り上がり!~
JN002587
2
ぱっきんすきー
ill. 高瀬コウ

メアリー
アリス
ねぇね
（シエル）
おにぃ
（マルコ）
おチビ
（アミ）

ローラ
レイラ

「いいわ～。これは素晴らしい眺めね～。
高いところから見ると、町の様子がよく分かるわね～」
ベアトリス

異世界のおチビちゃんは今日も何かを創り出す
isekai no OCHIBICHAN ha
kyou mo nanika wo tsukuridasu
～スキル【想像創造】で目指せ成り上がり!～
2
ぱつきんすきー
ill. 高瀬コウ

CONTENTS

[第1章] ✦ 新しいポーション？

ワタシ「ねぇね、おにぃ、おっはよぉ～」
ねぇね「……ふわぁ～っ。おチビちゃん、おはよ～。今朝はおチビちゃんが一番早起きだね～」
おにぃ「……ん～っんっ。おチビ、おはよぉ～。今日は朝から元気だなぁ～」

　教会の偉そうなひとと揉めてハンターギルドを追い出されそうになったり、ハンターギルドの裏庭の広場を借りて、そこでみんなとサイクリングを楽しんだ翌朝。

　いつものようにワタシたち3人のねぐら、【軽《リッ》パコ】のラゲッジスペースでねぇねとおにぃの間に挟まって寝ていたワタシは、普段のモゾモゾほげっとした寝起きとは違い、今朝はフンスと鼻息も荒く、そこはかとなくやる気を漂わせた起床です。それはなぜか。実は、あることを画策しているからです。

　毎回スキルのレベルアップの時に出てくるワタシのステータス、そこに記された【状態】が【発育不良　痩《や》せすぎ】のまましばらく変化していないことに気づいたワタシは、今朝から本格的にその対策に乗り出そうと思っているのです。

（もっと栄養があるモノをたくさん食べて、あわよくば、背も伸ばしちゃうのでっす！）

　発育不良が改善されれば、きっと今のおチビな状態からも脱却できるはず。そう思い至ったワタシは、朝食を豪華にしてみようと、今日は朝から気合が入っているのです。

　ということで起床したばかりですが、早速、ワタシたちの朝食を豪華にしてくれるモノを【想像創造】しちゃいましょう！

【炊き込みご飯の素13品セット　2~3合用　地鶏、山菜五目、10種の具彩り五目、生姜あさり、焦がし醤油きのこ、鶏ごぼう、松茸、黒豚、バター鮭、九州かしわめし、駿河湾しらす、江戸前深川、九州あごだし五目　４０７５円】

　この世界にお米があるのか分かりませんが、ご飯派を自認しているワタシ的には、朝はお米を美味しくいただきたいところ。ということで、こんなチョイスになっちゃいました。

（炊き込みご飯って、いろいろな味が染みててホント美味しいよね〜♪　炊き立てアツアツをモグモグかきこむのもいいし、冷めたのをおにぎりにしてもおつだよね〜♪）

　そんなことを考えながら、創り出したばかりの13種類の炊き込みご飯の素の中から、今朝のワタシの気分に合う一品をピックアップです。

（う〜ん。今朝は〜、最初だし〜、これっ！）　（・ε＜）☆

　具だくさんで無難なモノを、ということで、ワタシは『10種の具彩り五目』をセレクト。

　早速ねぇねの水魔法とおにぃの火魔法で、いつもの無洗米と一緒に炊き上げてもらいます。

……

ねぇね「ふわぁ〜、なんだかとっても美味しそうな匂いがする〜」

おにぃ「しょっぱそうな甘そうな、スゲェいい匂い〜」

　嗅ぎなれていない外国のひとには、しょうゆの匂いがダメなひともいるらしいと、前世の記憶で知っていたワタシ。ねぇねとおにぃは大丈夫かと少し不安でしたが、どうやら平気そう、むしろ好みのようです。

　そうこうしているうちに炊きあがった炊き込みご飯。少し蒸らし時間をおいて、早速実食です。

ワタシ「ん〜！　味が染みてておいし〜。朝からおだしがきいてて優しいお味の炊き込みご飯が食べられるなんて、とっても幸せ〜♪」（*^〜^*）

ねぇね「すご〜い。いろんなのが入ってて、そのお味を全部お米が吸い取ってて、おいし〜い！　しょっぱいのに甘くて、不思議なお味だけど、私、これが今までで一番好き〜」

おにぃ「うんめぇ〜。噛むたびにじゅわっとあふれてきて、すんげぇ〜。スゲェ具だくさんだし、いろんな味がして、しかも肉が入ってるなんて、朝からぜいたくだよな〜」

　ねぇねとおにぃは、匂いだけじゃなく、しょうゆのお味も大丈夫そう、むしろ大好評です。

（よかった〜。美味しいと思うのがワタシだけじゃなくて。どうせなら、ねぇねとおにぃにも栄養価の高い朝食を美味しく食べてほしいもんね〜）

　良かった良かったとひとり一息ついていると、いつもと違う予想外の展開になりました。

おにぃ「あっ、もうなくなっちゃった。もっと食べたかったな……」

ねぇね「私も、もう少し食べたかったかも……」

　今までなかった、ねぇねとおにぃからの、まさかのおかわり要求です。おチビなワタシのみならず、ねぇねとおにぃも発育不良で痩せすぎなのは見た目で明らかです。なのでこの際、二人にもしっかりガッツリ栄養を取ってもらいましょう。

ワタシ「それじゃあ、もう一回炊き込みご飯を炊こうよ！　今度はなににする？　あと12種類あるんだよ？」

おにぃ「ホントか？　ならやっぱ肉が入ってるヤツだろ！」

ねぇね「いいの？　私はどれでもいいよ？　おチビちゃんが用意してくれたんだもの、きっとみんな美味しいんでしょ？」

ワタシ「それじゃあ〜、次は〜、お肉が多めの『地鶏』にしよっか！　鶏肉が多めでお野菜もいろいろ入ってるみたいだよ？」

「「さんせ〜い！」」

ワタシ「よ〜っし、モリモリ食べて、おっきくなるぞ〜」（*゜0゜*）／

「「お〜！」」

この調子なら、ワタシたち3人の栄養状態の改善は大丈夫そうです。

ということで、再度ねぇねの水魔法とおにぃの火魔法で炊き上げてもらったのですが……

おにぃ「うぅ〜。た、食べ過ぎた……」

ねぇね「私もお腹いっぱい、かも……」

ワタシ「う、うっぷ……」（;´3`）

ちょっと前まで完全無欠の欠食児だったワタシたち3人は、胃があまり大きくないようで……

ワタシ「さすがに5合は食べきれなかった……。でも捨てちゃうのはもったいないから、おにぎりにしちゃおうかな？」

おにぃ「おにぎり？　なんだそれ？」

ワタシ「おにぎりはね？　ご飯をニギニギして、手で持って食べられるようにしたモノなんだ〜」

ねぇね「へぇー、どこでも食べやすそうでいいね！」
ワタシ「あ、そうだ！　おにぎりにして、アリスちゃんにおすそ分けしちゃおうか？」
ねぇね「そうだね！　こんなに美味しいモノなら、アリスちゃんにも食べてもらいたいかも！」
おにぃ「せっかくのうまいモノだから、もったいないもんな」

　今日は【マダムメアリーの薬店】でポーション作りの指名依頼があります。その時に炊き込みご飯のおにぎりをアリスちゃんやメアリーさんにも食べてもらって、お米のおいしさをどんどん広めちゃいましょう。

　ということで、ねぇねの水魔法で手を洗い直し、少し冷めた炊き込みご飯をにぎっていきます。

ワタシ「おにぎりはね？　三角形にするとカッコよくなるんだよ？」
おにぃ「へぇー」
ねぇね「三角形？　こうかな？」

　そんなこんなでできあがったのは、ちょっと小さめで不格好なおにぎり3個と、さらにもうひと回り小さめでキレイな三角形のおにぎり3個。

　そして、ワタシが完成させた作品は、三角形がカッコいいとか上からの発言はどこへやら。お団子と見まごうぐらい小さく、まん丸のおにぎり3個でした。

（うぐぐっ。おチビなワタシの手では、これが限界……。ならば【想像創造】でおにぎりがキレイにできる道具を――）

おにぃ「お？　おチビのはちっちゃいな！　一口で食べられそうだな」
ねぇね「ふふっ、おチビちゃんが作ったのは小人さん用のおにぎりかな？　とってもカワイイ

ね？」
ワタシ「カワイイ？　やったー！　ねぇねに褒められた〜！」(o^^o)
　でも、ねぇねがカワイイと褒めてくれたので、今日のところはこれで勘弁してあげることにしたワタシなのでした。

◆◇◆◇◆

おにぃ「こんにちは〜、ハンターギルドの依頼で来ました〜」
「「こんにちは〜」」
　美味しい朝食を満喫したワタシたち3人は、ポンポコリンのお腹をさすりつつ、お隣の【マダムメアリーの薬店】へやってきました。昨日のうちにハンターギルドで指名依頼の手続きを済ませているので、直接現地集合です。
メアリー「ようこそようこそ、『シュッセ』の3人さん。待っていたよ」
　今日もニコニコ笑顔のメアリーさんは、ワタシたち3人を玄関先で出迎えてくれました。
アリス「みんな、おはよー。昨日は広場で自転車、楽しかったね？」
　そして、ワタシたちのおともだち、アリスちゃんもお出迎えです。
メアリー「いつもアリスと仲良くしてくれてありがとうね。今日はアリスと一緒にポーション作り、よろしくね？」
ねぇね「はい、がんばります」

おにぃ「よろしく、お願いします」
ワタシ「よろしくおねがいしま～す」
メアリー「今日は前回とは違うポーションを作ってもらうよ？」
アリス「新しいポーション作り、一緒にがんばろうね？」
ねぇね「うん。アリスちゃん、よろしくね？」
「「よろしく～」」
　そんなこんなでご挨拶《あいさつ》も済んだので、早速お仕事開始です。
メアリー「今日も前回同様、最初に一通り私が作業を見せるから、その手順を覚えてもらえるかい？」
おにぃ「分かりました」
ねぇね「お願いします」
ワタシ「は～い」
　さて、今回も細かい計量にいそしんじゃいましょうと、ワタシがフンスと気合を入れていると、アリスちゃんが少しためらいがちに話しかけてきました。
アリス「おチビちゃん、あのね？　私、前にもらった、細かい量を量る道具の使い方と外国の数字はもう覚えたの。だから今日は私一人で、手順や分量を書き留めてみたいの。いいかな？」
（え？　もう日本のアラビア数字を覚えたんだ。すご～い。やる気十分だね！）
　さすがお薬屋さんの跡取り、気合十分のアリスちゃんです。
ワタシ「アリスちゃん、外国の数字（アラビア数字）覚えたの？　すごいね？　さっすが～！　もちろん、アリスちゃんのやりたいようにやってね？」

アリス「おチビちゃん、ありがとう！」

　ということで、前回同様いろいろやる気満々だったのですが、今回はアリスちゃんがひとりで全部やることになったので、ワタシは急遽《きゅうきょ》手持ち無沙汰になっちゃいました。

　作業机から一歩下がったところに陣取ったワタシは、他になにかお手伝いできることがないか考えながら、みんなの作業を見学です。

メアリー「今日作るのは、前回のけがを治すポーションとは全くの別物、体力回復ポーションさね。病気やけがで落ちた体力を回復させる、いわば元気になるポーションだよ？」

　今回作るポーションは、前世の記憶的に、ファイトで一発的な、24時間戦えちゃいそうな、そんなポーションみたいです。

メアリー「今回は、そこの2番の棚の11番目の枠から20番目までの枠に入っている壺を持ってきて、その中の粉末を適量摘まむんだよ。11番の量はこのぐらい摘まむ、12番は少し少なめでこれくらい摘まんで、13番は……」

アリス「おばあちゃん、ひとつずつ重さを量らせてね？」

メアリー「ああいいとも、好きにするがいいさ」

おにぃ「オレも手伝う」

ねぇね「私も！」

アリス「二人とも、ありがとう！」

　そんな感じですべての薬草類の計量が終わったら、次はいよいよポーション作成手順の説明です。

メアリー「薬草類の準備ができたら、次はこの容器に水魔法で水をこれくらい入れて――」
アリス「おばあちゃん、そのお水量らせてね？」
メアリー「いいともいいとも」
　そんなことを繰り返し、メアリーさんのポーション作りの説明は続きます。

……

メアリー「それで今回の体力回復ポーションの作成で一番重要なのは、色の変化なんだよ。まず、加熱前のこの色を覚えておくこと。それから加熱していくんだけど――」
　一歩下がった場所で、隙あらばみんなのお手伝いをする気満々だったワタシに、ついに出番が来たようです。
（色の変化？　それって、言葉だけではマニュアル化するの大変だよね？　正確に分かるように、見ただけで色が分かるようにしなくっちゃ！）　（゜ー゜☆
　ということで、本日2回目の【想像創造】です。

【インスタントカメラ　チェック！　スクエアタイプ　11980円　＋　フィルム　30枚セット　3099円　計15079円】

　トテテテテテ
　早速創り出した【カメラ】を携えて、小走りでみんなに交ざって撮影開始です。
ワタシ「すいませ～ん！　メアリーさ～ん、加熱する前にその器をこちらに向けてくださ～い！」

おチビなワタシではアングル的に撮影しにくいので、被写体の方に動いてもらうことにします。気分は前世で言うところの【カメラ小僧】ならぬ、【カメコ】ちゃん。『目線くださ～い』的な語り口で、メアリーさんに被写体クレクレの催促です。

メアリー「ん？　おチビちゃん？　どうかしたのかい？」

ワタシ「加熱する前の状態を記録しておきたいんで～す。見せてくださ～い」

メアリー「記録？　まあそれなら――」

カシャ（パッ）　ウィーン

メアリーさんが差し出してくれた容器を、シャッターチャンスとばかりに【インスタントカメラ】で撮影するワタシ。すると同時に、【カメラ】に内蔵のストロボも自動で光っちゃいました。

おにぃ「うおぉ！」

ねぇね「わぁっ！」

アリス「まぶしっ！」

メアリー「なっ何だい!?　急に光が！」

ワタシ「ごめんなさ～い。今、写真撮っちゃいました～。もう大丈夫なので、説明の続き、お願いしま～す」

メアリー「え？　『シャッシン』？　ま、まあ、よく分からんが、ポーション作りの説明を続けることにしようかね……。それではこれを加熱していって――」

……

メアリー「この状態、この色になったら――」

カシャ（パッ）　ウィーン
メアリー「おや！　またおチビちゃんかい？」
ワタシ「は～い！　ワタシのことは気にせず、説明の続き、お願いしま～す」
メアリー「そ、そうかい？　そう言われても、急に光るから気になってしょうがないんだがね～。でもまあ、別に害はないようだし、説明を続けようかね……。次に、この色になったら、こちらのこの薬草を入れて、しばらくかき混ぜる。そして――」
……
メアリー「そうして、この色になったら――」
カシャ（パッ）　ウィーン
メアリー「うお！　またかい？　なんとも慣れないねぇ」
ワタシ「ごめんなさ～い。続きをお願いしま～す」
メアリー「そ、そうさせてもらおうかねぇ。この色になったら、次はこちらのこの粉末を入れて、加熱しつつ――」
……
そんなこんなで、【カメラ】というよりストロボの閃光《せんこう》にびっくりしていたメアリーさんでしたが、どうにかこうにかすべての工程を説明し終えてくれました。
メアリー「なんだか今回は、説明の途中にピカっとして驚いちまったけど、体力回復ポーションの作り方はこんなもんさね。なにか質問はあるかい？」
おにぃ「今回は、色の変化がたくさんあって、ちょっと自信ないです」

ねぇね「私もです」
アリス「そこは私の記憶で何とか――」
ワタシ「だいじょ〜ぶ。そのための写真だよ？　はい、これ。アリスちゃんにあげるね？」
　そう言って、先程から勝手気ままにパシャパシャ撮影していた写真をアリスちゃんに渡します。
アリス「なあにこれ――って？　キレイな絵！　もしかして、さっきピカってしてたのって、この絵を描いていたの？」
ワタシ「そうなの。これ、写真っていってね？　この【カメラ】を使うと描けるの。目の前の風景を一瞬でキレイに描けるんだ〜。たとえばこんな感じ！」
　カシャ（パッ）　ウィーン
アリス「わぁっ！」
ねぇね「ひゃっ！」
おにぃ「おぉ？」
　今度はアリスちゃんとねぇねとおにぃを被写体にした3ショット写真です。
アリス「もしかして、今ので絵が描けたの？」
ワタシ「そうだよ？　はい、これもあげるね？」
アリス「うん、ありがとう。あれ？　これ、真っ白で何も描かれてないよ？」
ワタシ「この写真はね、ちょっと時間がたつと、絵が出てくるんだ〜。だからもう少し待っててね？」
アリス「そうなんだ〜、なんだか魔法みたいだね？」

そんな会話をしていると、アリスちゃんに渡したフィルムに画像が浮かび上がってきました。

アリス「わぁっ！　ホントだ！　絵が浮かんできた！　すっごーい！」

ワタシ「でしょでしょ？　じゃあ次は、アリスちゃんとメアリーさんの写真撮ろっか！」

アリス「え？　いいの？　ありがとう！　おばあちゃん、こっちこっち！」

メアリー「ん？　なんだいなんだい？　またあのパシャッと眩《まぶ》しいヤツなのかい？」

ワタシ「は～い、それじゃ、撮るよ～？」

　カシャ（パッ）　ウィーン

メアリー「ひっ！　これはなんとも慣れないねぇ」

アリス「あのおチビちゃん、できればみんなともたくさん描いてほしいな？」

ねぇね「おチビちゃん、私も、みんなと一緒の絵、ほしい、かも」

　ここで普段あまり自分の望みを口にしないねぇねからもおねだりをちょうだいしちゃいました。ねぇね大好きなワタシとしては、当然ここは張り切っちゃう場面です。

ワタシ「ねぇね!?　もちろんだよ！」

　ということで、フィルムのカートリッジは即刻使用済みになり、次のカートリッジに交換です。

ワタシ「はいは～い、みんなこっち向いてね～？」

　カシャ（パッ）　ウィーン

アリス「今度は、私も、その『かめら』？　でみんなを描いてみてもいい？」

ねぇね「私も、私もやってみたい！」

おにぃ「オレもオレも！」

ワタシ「いいよいいよ～！　それじゃあ、みんなに【カメラ】の使い方を教えるね？」
　こんな感じで、結局創り出しておいた3つのフィルムカートリッジ、計30枚のフィルムを使い果たすまで、【マダムメアリーの薬店】の調薬アトリエは、ポーション作りそっちのけで、臨時の撮影スタジオになっちゃうのでした。

◆◇◆◇◆

ワタシ「それじゃあ、ねぇねとおにぃ、そしてワタシがもらう写真は、これとこれと、これでいい？」
ねぇね「うん。みんなと一緒でうれしい～」
おにぃ「ありがとな」
　ねぇねが持ち帰りたいと選んだ写真は、メアリーさんが撮ってくれたワタシたち3人とアリスちゃんの4ショット写真。おにぃが選んだのは、アリスちゃんが撮ったワタシたち3人の3ショット写真。そして、ワタシが選んだのは、ワタシが撮ったねぇねとおにぃの2ショット写真です。
ワタシ「残りの写真は、あとで全部アリスちゃんにあげるね？」
アリス「え？　残り全部くれるの？　ありがとう！」
（アリスちゃんにあげる前に、全部の写真を見ておこ～っと）
　そんなことを考えていたら、おにぃからヒソヒソと話しかけられました。
おにぃ「なぁおチビ、この『シャッシン』はたぶん大丈夫だろうけど、その『かめら』？　は、ち

ゃんと持って帰るんだぞ？」（ヒソヒソ）

おにぃ「ここに置いてったら、たぶんまたアイリーンさんに怒られちゃうぞ？」（ヒソヒソ）

ワタシ「え？　どうして？」（コソコソ）

　ワタシのなけなしの学習機能が働く前に、おにぃから教育的指導が入ってしまいました。

　前回の【マダムメアリーの薬店】の指名依頼の時、いろいろと創り出してはそれらを全部【マダムメアリーの薬店】に置いていったワタシ。そのことで、アイリーンさんには確認作業やらなんやらで、いろいろとお手数をおかけしてしまいました。そのこと自体はすでに『山吹色のお菓子』で手を打っている（つもり）のワタシですが、またもアイリーンさんが大変になることをわざわざしようとは思いません。ということで、ここはおにぃのご忠告を素直に聞き入れておくことにします。

ワタシ「はぁ～い！」

ねぇね「うんうん。おチビちゃん、今日は偉いね？」

　おにぃとワタシのヒソヒソ話に気づいたねぇねが、そう言ってワタシの頭を撫《な》でてくれました。

ねぇねから不意打ちのお褒めのお言葉＆ナデナデをちょうだいしたワタシは、ニンマリ至福なのでしたが、そんな楽しいひと時もそろそろおひらきのようです。

メアリー「お前さんたち、そろそろポーション作りの方にも精を出しておくれ？」

　ポーション作りそっちのけで写真撮影に勤しんでしまったワタシたちは、メアリーさんのこの一言で、本来の目的を思い出しました。

アリス「あ！　おばあちゃん、ごめんなさい」

おにぃ「ご、ごめんなさい」

ねぇね「す、すいません」

ワタシ「あわわ、ごめんなさ～い」

メアリー「アリスがこんなに楽しそうにしている姿を見られるなんて思ってもいなかったよ。だからまあ、あたしゃ嬉しいんだけどねぇ、でもポーション作りも大切だからねぇ？」

アリス「うん。お仕事ちゃんとやるよ！」

「「ちゃんとやります」」

　ということで、早速ポーション作りにとりかかるアリスちゃんとねぇねとおにぃ。魔法が使えないワタシだけ、ここから先は交ざれません。なので最後のお手伝いとばかりに、机の上に置いてあったクマさんとネコちゃん柄の【文房具セット】を拝借して、中に入っていた【のり】を使い、ポーションの色の変化が分かる写真を、撮影した順番にノートにのり付けしておくことにします。

アリス「ん？　おチビちゃん？」

ワタシ「はい、これで絵付きの手順書になったよ？　みんなポーション作りがんばってね～？」

アリス「これ、すごいね！　色の変化の順番が一目で分かるね！　ありがとう！」

　これでワタシの出番はおしまい。

　少しはみんなの役にたてたかな？　と、気分よく作業中のみんなから離れるワタシなのでした。

……

　それからしばらくして。

　お部屋の隅にある長椅子に座り、アリスちゃんにあげる予定の十数枚の写真を眺めていたワタシは、今朝いつもよりほんの少し早く起きた影響か、知らぬ間にお昼寝してしまっていました。

そんなワタシは、突然聞こえてきたメアリーさんの大きな歓声で目が覚めたのでした。

メアリー「なんてこったい！　こんな色の体力回復ポーション、初めて見たよ！」

寝ぼけまなこをこすりつつ、声がする方を見てみると、調薬の器を高々と掲げて、凄い凄いと連呼しているメアリーさん。そしてその正面には、お顔を真っ赤にしてうつむいているねぇねと、テレテレと頭をさすっているおにぃが見えました。

アリスちゃんもクマさんとネコちゃんのノートを胸に抱きながら、嬉しそうにぴょんぴょんと飛び跳ねています。

『ふわぁ～』と大きくあくびをしたワタシは、のっそりと長椅子からおり、みんなに交ざるべく作業机の方へトテトテと近づきます。

アリス「あ！　おチビちゃん。聞いて聞いて！　凄いポーションができちゃったみたい！」

メアリー「見ておくれよおチビちゃん。このポーションの色、銀色になっているだろう？　銀色と言えば神様の色、おそらくとんでもない効果があるに違いないさね。この最後に作ったポーションは、もう体力回復ポーションとは全くの別物になっちまってるだろうさ。いやはや凄いねこの子たちは。あたしゃこんなポーション初めて見たよ！　これは早速薬師ギルドに詳細な検査をしてもらわないとだねぇ」

よく分かりませんが、とにかく、ねぇねとおにぃが凄いポーションを作っちゃったみたいです。

ここはしっかり会話の流れに乗っかって、大好きなねぇねとおにぃを褒めそやしておきましょう。

ワタシ「ねぇね、おにぃ、すごいポーションを作ったの？　さすがだね！　天才だね！」

ねぇね「違うの違うの、そんな大したことじゃないの。前におチビちゃんが『魔法はイメージが大切』って言ってたでしょ？　だから、最後のポーションを作るとき、ちょっと工夫してみたの。水魔法でお水を出すときに、汚いモノをキレイにするように念じながら多めに魔力を込めてみたの」
おにぃ「オレも魔力多めの火魔法にして、悪いモノを燃やす感じを想像してみたんだ」
　はにかむねぇねと照れるおにぃが、最後のポーションを作る時にどんなことをしたのか説明してくれました。
（いろいろとイメージしながら魔力を多く込めて作ったら、すごいポーションができちゃった、そういうことなのかな？　ねぇねとおにぃは凄いよね～。やっぱり魔法の天才なんだね～）
　そんな感想を抱きつつ、ねぇねとおにぃに尊敬の眼差《まなざ》しを向けるワタシ。そんなワタシの熱視線に気づいたのか、照れ隠し気味に、ねぇねが急に話題を変えてきました。
ねぇね「あ！　そ、そうだ！　私たち、おすそ分けを持ってきたんです。メアリーさんとアリスちゃん、よかったらどうぞ！」
　そう言ってねぇねが持ってきたのは、机の隅に置かせてもらっていた大きな葉っぱの包み。それは、今朝ワタシたちが食べきれなかった、炊き込みご飯のおにぎりが入っている包みです。
アリス「おすそ分け？」
おにぃ「朝作ったやつなんだけど、美味しかったから、二人にもどうかなって」
メアリー「食べ物なのかい？」
ワタシ「そうなの。おにぎりっていう、お米を食べやすくニギニギしたやつなんだ～」
メアリー「お米かい？　そりゃまた珍しいモノを持ってきてくれたもんだねぇ～」
ワタシ「お米って、珍しいの？」

メアリー「何十年か前まではよく出回っていたけど、今じゃなかなか手に入れられない代物《しろもの》だよ」
ワタシ「どうしてですか？」
メアリー「それは金持ちとかお偉いさんが買い占めしちまってるからさね。確か栽培方法は教会が独占してるんじゃなかったかねぇ？」
おにぃ「教会……」
　こんなところで、またも教会という名前が出てきちゃいました。
（お米と教会？　どんな関係があるんだろ～）　(・_・?)
メアリー「まあ何にせよ、お昼過ぎてちょっとお腹がすいていたから、ありがたいよ。せっかくだし、ご相伴《しょうばん》にあずからせてもらうよ？」
ねぇね「どうぞどうぞ」
　そう言ってねぇねが大きな葉っぱの包みを広げます。
メアリー「おや？　これはもしかして、いろんな具材と一緒に調理したのかい？」
ワタシ「そうで～す。炊き込みご飯と言ってね？　甘じょっぱくてとっても美味しいの」
アリス「『おにぎり』は、大人用3つと子供用3つと、ん？　このちっちゃいのは妖精さんのかな？」
ワタシ「あ、えっと、それはワタシが――」
ねぇね「そうなの！　それを食べると、きっと妖精さんから祝福がもらえるよ？」
アリス「そうなんだ！　それじゃあ、私このちっちゃいのもーらいっ！」
ねぇね「私も～」

おにぃ「オレもな！」

　おチビなワタシが上手に作れなかった小さなお団子おにぎりでしたが、ねぇねがうまくフォローしてくれたおかげで一番人気になっちゃいました。

　魔法の実力もさることながら、こういう何気ない優しさと気配りを、こともなげにさらっとできるねぇねのことが、本当に凄いと思うワタシです。

　それに加えて、そのねぇねの慈しみがワタシに向けられていることが、誇らしくて幸せで。

ねぇね「はい、おチビちゃんも食べようね？」

　ニッコリ微笑むねぇねから手渡された、キレイな三角形のおにぎり。

ワタシ「うん！　ありがとう。ねぇね大好き～！」

　ぽふっ

ねぇね「わぁ！　急に抱きつくと危ないよ？」

　とにかくやたらにうれしくて、無性にねぇねにひっつきたくなったおチビなワタシなのでした。

　みんなで炊き込みご飯のおにぎりを食べた後、今回の【マダムメアリーの薬店】からの指名依頼は、にわかに終了となりました。

メアリー「指名依頼の完了報告書はここに置いておくからね？　あたしゃ早速この銀色のポーションを薬師ギルドで調べてもらってくるよ」

　そう言って、急いで出かけてしまったメアリーさん。

　ワタシたちは突如として置いてけぼりみたいになっちゃったのでした。

◆◇◆◇◆

　時刻はお昼を過ぎ、夕方と呼ぶにはかなり前といった感じ。ということで、アリスちゃんにお別れをして、ハンターギルドに指名依頼の完了報告に向かうことにしたワタシたち3人です。

「「「こんにちは～」」」

アイリーン「はい『シュッセ』の皆さん、こんにちは。今日の依頼は終わったのかしら？」

おにぃ「はい、終わりました」

アイリーン「そう、それじゃあ、早速別室に行きましょうか？」

　ハンターギルドの受付でアイリーンさんの姿を見つけたワタシたち3人は、早速指名依頼の完了処理をしてもらおうと思ったのですが、今日はいきなり別室にご案内されちゃうみたいです。

　いつもの会議室の、厚めのクッションが敷いてあるいつもの席に、おチビなワタシがおにぃに持ち上げられて座らせてもらうと、アイリーンさんからの説明がはじまりました。

アイリーン「まずは前回の受付での騒ぎについて、改めてごめんなさい。あんなことが二度と起きないよう、こちらとしても対策を取りました。その一つが、『シュッセ』の皆さんとのお話は、基本的にすべて会議室で行うということ。そしてもう一つが、私、アイリーンが『シュッセ』の皆さんの専属になるということです」

「「専属？」」

アイリーン「そう。今後『シュッセ』関連のお話はすべて私が立ち会います。なので、今まで以上に気軽に声をかけてちょうだいね？」
おにぃ「分かりました」
ねぇね「よろしくお願いします」
ワタシ「お願いしま～す」
アイリーン「はい。よろしくね？　それじゃあ早速、事務的なお話をさせてもらうわね？　まず最初に、先日納品してもらった【文房具セット】の対価なんですけど、１セット２００リル、１セット持ち帰りで残りの62セット納品してくれたので、１万２４００リル。これをチーム『シュッセ』と３人の各個人、４つの預入に分けて入金しました。その結果、みんなの預入金額は、現時点では、一人11万６３３５リルです」
おにぃ「え？」
ねぇね「そんなに？」
ワタシ「すごいね～」
　一人11万６３３５リルという言い方をしたのは、たぶん、チーム『シュッセ』（11万６３３５リル）、ワタシ（11万６３３５リル）、ねぇね（11万６３３５リル）、おにぃ（11万６３３５リル）ということなんだと思います。ちなみに１リルを１２０～１４０円ぐらいだと考えると、11万６３３５リルは大体、１３９６万２００～１６２８万６９００円ぐらいです。
（すごい金額だね～。ワタシ、何もしてないのに、いいのかな～）
　そんな感想を抱いていると、アイリーンさんがお話を続けます。
アイリーン「これにはご領主さまからの報酬が含まれていないから、あくまで暫定なんだけどね。

それに今後、納品が増えるでしょうから、お金はもっともっと増えるでしょうね」

（そうか〜。このあとさらに、ご領主さまからのお金も入ってくるのか〜。ご領主さまって、お貴族様だよね？　またすごい金額になっちゃうのかな〜？）

　そんなことを思っていたら、珍しくねぇねがお話をはじめました。

ねぇね「あ、あの、前のお話のとおり、私のお金は全部、おチビちゃんの言っていた『ユービン』に使ってください。もちろん、今後増える分についてもです。私にはこんな大金、不要なので」

おにぃ「オレのも」

ワタシ「ワタシもワタシも！」

アイリーン「ええ。あくまで投資ということで、『ユービン』のために使わせてもらいますね？」

「「「お願いします」」」

アイリーン「でも、いざという時のために、預入を全額使っちゃうのはちょっとおすすめできないわ。預入金がゼロになっちゃうのは、みんなの将来的にも心配なのよね。例えば『シュッセ』の誰かが病気やけがをしてしまった場合、どうするの？」

　アイリーンさんがそう言ったその時でした。

おにぃ「病気は！　病気は絶対にダメだ！」

　不意に鬼気迫る勢いで声を上げたおにぃ。それまでは落ち着いた雰囲気だったので、ちょっとビックリです。ですがそのショックのおかげで、おチビなワタシにも漠然としていた病気というその言葉の意味がしっかり認識できたというか、危険なモノなんだと肌で感じ取ることができました。

ワタシ「え？　ねぇねとおにぃが……病気？」

この世界で病気になるということは、前世とは比べ物にならないくらいに危険で大変なことです。なにしろこの世界では、化学的な衛生管理や医療体制なんて、全く整っていないのですから。
ねぇねとおにぃが、いずれ病気になるかもしれない。それを認識できてしまったおチビなワタシは、プチパニックです。

ワタシ「いや！　ねぇねとおにぃが病気になるのは、いや！　ぜ～ったい、い～や～！」

幼児特有の甲高い語勢で、癇癪《かんしゃく》を起こしたようになってしまったワタシ。さっきまで叫んでいたおにぃも、気勢をそがれた感じになってしまいました。

おにぃ「おチビ……」
ねぇね「おチビちゃん……」
アイリーン「そうなの、病気になると大変なの。でも今後、病気にならないとは言い切れないでしょ？　もし病気やけがになった時、大金が必要となる場合もあるわ。薬草やポーションは結構するし。だからね？　そういう時に備えて、お金を残しておきましょ？　そこでなんだけど、チーム『シュッセ』としての預入はそのままにしておかない？」
おにぃ「そうですね……」
ねぇね「お金、あった方がいいかも……」
ワタシ「うん！　病気に備えてお金を残しておく～！」

そんな感じでアイリーンさんに説得されたワタシたち3人は、チーム『シュッセ』としての預入だけは今後も残すことにしたのでした。

アイリーン「事務的なお話は以上です。次に今日の指名依頼について報告してもらえますか？」

おにぃ「はい。これが今回の【マダムメアリーの薬店】からの指名依頼完了報告書です」

アイリーン「拝見しますね？」

……

アイリーン「今回も大変好評だったみたいですね。特に、未知の効能の可能性がある新しいポーションの作成成功について、絶賛されていますね。詳細は薬師ギルドでの精査が終わらないと何とも、ということみたいですが、それでも未知のポーションを作り出したことは評価に値すると記されています。素晴らしい成果ですね」

おにぃ「ありがとうございます」

ねぇね「そう言ってもらえて、うれしいです」

ワタシ「でしょでしょ？　ねぇねとおにぃはとってもすごいんだ～」

　ねぇねとおにぃ大好きなワタシは、ここぞとばかりにねぇねとおにぃの自慢を入れておきます。

アイリーン「報告書を見る限り、おチビちゃんの言う通り、二人は凄いみたいですね。今後も【マダムメアリーの薬店】からの指名依頼があるでしょうから、またお願いしますね？」

おにぃ「はい」

ねぇね「がんばります」

ワタシ「は～い」

アイリーン「それで『シュッセ』の皆さんから、何か報告とか相談とか、ありますか？」

おにぃ「はい。あの、おチビが『かめら』という、短時間で絵を描く道具を創り出しました」

アイリーン「それは今ここに？」

ワタシ「今回はもってま〜す」
アイリーン「えら〜い！　おチビちゃん、今回はいい子じゃない！」
ワタシ「えへへぇ〜」（*´∀`*）
　アイリーンさんに褒められて嬉しくなったワタシは、早速【カメラ】とワタシ用に持ってきたねぇねとおにぃの2ショット写真をアイリーンさんに見せます。
ワタシ「は〜い。これが【カメラ】で、それで撮った写真がこれで〜す」
アイリーン「これが『かめら』？　と、これがそれで描いた『シャッシン』という絵なのね？　すごくカラフルで精細なのね？」
【マダムメアリーの薬店】にいる時から薄々気づいていましたが、ワタシ以外のみんなが言う『写真』は発音的にちょっと変で、前寄りアクセントの『シャッシン』になってしまっています。
ワタシ「この【カメラ】はね？　目の前の光景をこのフィルムに写し撮ることができるの。誰でも簡単に使えるんだ〜」
アイリーン「へぇー。おチビちゃん、これは納品することはできるの？」
ワタシ「えっとね、これはフィルムを交換したり、電池が切れたら使えなくなったりするから、あんまり広められないの」
アイリーン「『ふぃるむ』？　『でんち』？　よく分からないけど、広められないのは残念ね」
ワタシ「でもね？　身近なひとになら、渡してもいいと思うよ？」
アイリーン「身近？　それは例えば、私ならいいのかしら？」
ワタシ「アイリーンさんになら、もちろんいいよ？」

アイリーン「ホント？」
ワタシ「うん！」
　ということで、早速【インスタントカメラ】を再度【想像創造】です。

【インスタントカメラ　チェック！　スクエアタイプ　１１９８０円　＋　フィルム　１００枚セット　８４００円　計２０３８０円】×５　１０１９００円

　今回は【カメラ】の台数を5台にして、フィルムも多めに創造しちゃいます。

（ハンターギルドには、アイリーンさん用も含めて1台でいいかな？　あとは、ねぇねとおにぃにそれぞれ1台ずつということで！）

ワタシ「それじゃあ、使い方は――」

……


　アイリーンさんに【インスタントカメラ】の使い方をレクチャーしつつ、ハンターギルド用に創り出した３００枚（30カートリッジ）のフィルムのうち、5カートリッジを失敬しておくワタシ。

弾切れ状態だった私の【カメラ】も、これでまた撮影することができます。

（どさくさに紛れてワタシの【カメラ】のフィルムも補給しちゃった〜）

　そんなこんなで【カメラ】の操作方法をマスターしたアイリーンさん。

アイリーン「ホント、凄いわね？　この『かめら』。これを使えば、現場の報告が容易になるわ」

　どうやらお気に召していただけたようです。

これで指名依頼の完了報告会は無事終了しましたが、今日はこのあともうひとつやりたいことがあるワタシは、アイリーンさんもお誘いしてみることにします。

ワタシ「このあと、【リアカー】と【三輪自転車】の納品をするために裏庭の広場に行くんだ〜。アイリーンさんも一緒に行く？」

アイリーン「もちろんよ、専属としてお供させてもらうわね？」

（やったー！　アイリーンさんにも【三輪自転車】に乗ってもらうぞ〜。そしてみんなでサイクリングして遊ぶんだ〜）

納品という名のお遊戯会を画策していたワタシは、アイリーンさんという新しい遊び仲間をゲットしたのでした。

◆◇◆◇◆

アイリーンさんを引き連れて、先程【想像創造】した【カメラ】とフィルムカセットを置くために、ワタシたちのお家、ハンターギルドの裏庭の奥の草むらの中に一旦戻ってきたワタシたち。

するとそこには、護衛さん二人の手によってぐるぐる回されている回転ジャングルジムの頂上で、腕組みしつつちょっぴり不満げに鎮座しているビーちゃん様が待っていました。

ワタシ「あ！　ビーちゃん様だ〜、こんにちは〜」

「「こんにちは〜」」

ベアトリス「おっそーい。みんなどこ行ってたの？　私、結構な時間待ってたのよ？　そして、こ

んにちはー」
『帰ってくるのが遅い』と文句を言いつつも、律義にワタシたちにご挨拶を返してくれるあたり、とてもよい子であることは間違いないビーちゃん様。

それはさておき、回転ジャングルジムの動きに合わせて体は回転しているのに、お顔だけは常にワタシたちの方に向いている（ように見える）ビーちゃん様。一定の間隔で一瞬お顔がブレるのは、きっとそのタイミングでお顔の位置を修正しているのでしょう。

只今絶賛回転中のはずなのに、ワタシたちに全くそのことを感じさせないビーちゃん様の佇《たたず》まいは、それだけで一生食べていけるぐらいのキレがあり、まさにイリュージョンです。

（ビーちゃん様のあの動き、すごいよね～。あれがお貴族様に不可欠な技術として名高い、『淑女のたしなみ』ってヤツなのかな？　それとも社交ダンスかな？　お嬢様教育とかありそうだし、きっと日頃の訓練の賜物《たまもの》なんだろうな～）

そんな感じでワタシがビーちゃん様の立ち振る舞いに感心していると、近くから当惑の声が聞こえてきました。

アイリーン「え？　ベアトリス様？　どうしてここに……、ご、ご機嫌よう、お嬢様。というか、何ここ？　何これ？」

アイリーンさんがワタシたちのお家、草むらの中に来るのは今日が初めて。いろんな遊具があるワタシたちのお庭に戸惑い、そして、そのお庭の遊具で当然のごとく遊んでいるビーちゃん様にさらに戸惑っている、そんな感じで困惑マックスのアイリーンさんです。

ベアトリス「みんな改めてこんにちは。それと、ハンターギルドの職員さん、そんなにかしこまらないでね？　なんだったら、おチビちゃんみたいに、私のことは『ビーちゃん様』と呼んでくれて構わないわよ？」

アイリーン「え？　いえいえ、さすがにそれは……、ベアトリス様とお呼びさせていただきます」

ベアトリス「それは残念ね。それはそうと、みんなが手に持っているその箱は何なのかしら？」

ご挨拶早々、ワタシたちが手にしている【カメラ】に気づいた、目ざといビーちゃん様。好奇心旺盛なのは、【三輪自転車】の時と同じみたいです。そしてその刹那、回転ジャングルジムの頂上から、忽然《こつぜん》とワタシたちの目の前に移動していたビーちゃん様。

アイリーン「え!?　ベアトリス様？　い、いつの間に……」

それはまるで瞬間移動でもしたかのようで……。

ビーちゃん様の目新しいモノに対する好奇心は、どうやら時空を超えちゃうみたいです。

ワタシ「えっとこれはね？【カメラ】といって、写真を撮る道具なの。目の前の景色をすぐに描ける道具なんだ～。でもね、あまり人にはあげられないモノなの」

ベアトリス「『かめら』？『シャッシン』？　よく分からないけど、それってすぐに絵が描ける道具なの？　凄いじゃない！　その道具があれば、工事とか災害とか、いろいろな現場の状況を正確に報告できるかもしれないわね？　いいな～それ、私も欲しいな～」

そしてソッコーで、ワタシに【カメラ】のおねだりをはじめるビーちゃん様。

見た目、おにぃよりちょっと背が高く見えるビーちゃん様は、おチビなワタシよりかなり背が高いはずなのに、なぜか下から上目づかいされているようになる錯覚は、日ごろからのおねだりで磨かれたテクニックなのでしょうか。匠の技的な、洗練された職人芸を彷彿《ほうふつ》とさせます。

（えっと、どうしよう。こういう場合は渡さないとダメなんだよね？　とりあえず、ワタシのをあげようかな？　それにしても、お貴族様は、おねだり上手なんだね～）
　そんな風に考えていたら、珍しくおにぃからビーちゃん様に声をかけました。
おにぃ「あのビーちゃん様、よかったら、オレのを使ってください。オレはおチビに借りればいいだけですから」
　そう言って、ビーちゃん様の護衛さんに【カメラ】を渡すおにぃ。さすがワタシのおにぃです。なんともスマートで大人の対応です。
ベアトリス「いいの？　えっと確か、オニール君だったかしら？　ありがとう！」
ねぇね「わ、私のも、よかったら使ってください。私もおチビちゃんのがありますから」
　優しいねぇねもおにぃに右へならえです。
ベアトリス「え？　ネーネちゃんも？　うれしい！　この『かめら』？　この町のために有効活用させてもらうわね！」
　満面の笑みでお礼を言うビーちゃん様。早速【カメラ】を受け取っていじりはじめました。
ベアトリス「へぇ～、こんなちっちゃいのに、たちまち絵が描けるのね～　なにか特別な魔法的な仕組みでもあるのかしらね～」
　するとここで、ねぇねがまたもやビーちゃん様に声をかけました。
ねぇね「あ、あの、ビーちゃん様、私の名前はネーネじゃないんですけど……」
おにぃ「オレもオニールって名前じゃ……」
ベアトリス「ん～？　ネーネちゃんとオニール君でしょ～？　いつもおチビちゃんがそう呼んでる

と思ったけど～。そうよね～？　おチビちゃ～ん？」

【カメラ】に夢中で心ここにあらず、そんな感じで、ノールックでお話を振ってくるビーちゃん様。

　そんなぞんざいな問いかけでしたが、ねぇねとおにぃに関することである以上、キッチリお答えしておくのがワタシです。

ワタシ「ビーちゃん様、あのね？　ねぇねのお名前はねぇねで、おにぃのお名前はおにぃなのよ？」

ベアトリス「ほ～らやっぱり～。ネーネちゃんとオニール君でしょ～？」

【カメラ】をいろんな角度からためつすがめつ、またも生返事な感じのビーちゃん様。きっと、細かいことはどうでもいいとか、名前なんて『分かればいい』ぐらいに思っているのかもしれません。

ねぇね「おチビちゃん……」

おにぃ「おチビ……。えっと……もう、それでいいです……。どのみち、名前はあまり知られたくなかったし……」（ボソボソ）

　ついには、ねぇねとおにぃもお名前を訂正するのをあきらめちゃいました。

　そんなことがあった後、ビーちゃん様に一通り【カメラ】の使い方を説明したのですが、論より証拠、百聞は一見に如《し》かず、そんな感じの勢いで、ビーちゃん様による写真撮影会が急遽はじまっちゃいました。

ベアトリス「は～い！　おチビちゃんはネーネちゃんのお膝の上ね～。ネーネちゃんの後ろからオニール君が肩に手をおいて～。おチビちゃんは左手は【すべり台】の縁《ふち》をもって、右手はこちらに向けて手を振ってね～。みんな顔はこっちに向けて～、はい！」

カシャ（パッ）　ウィーン

いろいろな遊具で遊ぶワタシたち3人を撮影するビーちゃん様。割と細かいポージング要求も飛んできます。

ベアトリス「は〜い！　いいわよ〜。次は【ブランコ】に行きましょうか〜」

新米カメラマンのビーちゃん様、かなりノリノリです。そして今気づいたのですが、この【インスタントカメラ】は常にストロボが点灯するみたいで、日中の明るい日差しの下でもピカっとしています。

（あのストロボ無効にできないのかな〜。あれじゃ電池がすぐなくなっちゃうよ〜）

そんなことを考えていたら、ビーちゃん様とは別のフラッシュがワタシの目に入ってきました。

カシャ（パッ）　ウィーン

どうやらアイリーンさんが、ワタシたち3人を撮影するビーちゃん様の姿を撮影したみたいです。

アイリーン「こちらの『シャッシン』はご領主さまにお渡しください」

護衛1「おお！　これはありがたい。こんな生き生きとしたお嬢様の姿絵など、今までありませんでしたからな」

護衛2「ご領主さまも奥方様も、さぞ喜ばれることでしょう。感謝いたします」

大人同士でやり取りされる金髪美少女の生写真。一見すると怪しい取引に見えなくもないですが、きっとビーちゃん様のお外での様子を報告するために使われるのでしょう。

ベアトリス「この『シャッシン』があれば、お父様にここの遊具のことをちゃんと分かってもらえるはずだわ」

そしてどうやらビーちゃん様は、ワタシたちのお庭にある遊具すべてを【カメラ】に収めて、ご領主さまに報告するつもりみたいです。

（遊具の写真が欲しいなら、ワタシたちのポージングって、あんまり必要ないんじゃないのかな〜。でも、ねぇねとおにぃといっしょに写真撮影してもらえてうれしかったから、よしとしましょ〜）

予定外の写真撮影会になってしまいましたが、仲良し家族の記念撮影みたいだったので、大変満足なワタシなのでした。

◆◇◆◇◆

ベアトリス「うんうんイイ感じ。これならここにある遊具の素晴らしさをお父様にも分かってもらえるはずよね」

急遽ワタシたちのお庭で開催されたビーちゃん様による写真撮影会。

当のご本人はお遊びではなく、真剣に遊具の報告のために撮影していたみたいで、無駄な写真撮影は一切せず、早々に写真撮影を切り上げました。フィルムのカートリッジを交換していないので、使ったフィルムは10枚未満。意外と志操堅固というか、目的がしっかりしているビーちゃん様です。

（それにしてもワタシたちのあのポージング、本当に必要だったのかな〜？）

そんな疑問をちょっと抱いちゃいましたが、予想外に、ことのほかスムーズかつ手短に終わった写真撮影会なのでした。

……

ビーちゃん様による遊具の写真撮影会の後は、ワタシの本来の目的、【リアカー】と【三輪自転車】を【想像創造】するため、みんなでハンターギルドの裏庭の広場に移動です。

（まずは【三輪自転車】から創り出そうかな～。うんと、今の【想像創造】のレベルは6だから、60万円以内まで創り出せるんだよね？）

ということで、またもそろばん４級の暗算能力を駆使して、創り出せる台数を計算します。

（えっと～、確かお値段は～）

【オトナの三輪車　マウンテントライク24インチ　7スピードギア　リアショッピングバスケット付き　シルバー　４３９００円】

（だったから……よっし、【三輪自転車】を【想像創造】！）

【オトナの三輪車　マウンテントライク24インチ　7スピードギア　リアショッピングバスケット付き　赤色　４３９００円】×13　５７０７００円
【オトナの三輪車　マウンテントライク24インチ　7スピードギア　リアショッピングバスケット付き　青色　４３９００円】×13　５７０７００円
【オトナの三輪車　マウンテントライク24インチ　7スピードギア　リアショッピングバスケット付き　黄色　４３９００円】×13　５７０７００円

一気に今日の打ち止め6回目まで、色違いの【三輪自転車】を【想像創造】しちゃいました。すると、目の前に、お馴染みのワタシのステータス画面が出てきました。

名前：アミ
種族：人族
性別：女
年齢：5歳
状態：発育不良　痩せすぎ
魔法：【なし】
　スキル：【想像創造】レベル7（7回／日）

またまた、スキルのレベルアップをお知らせしてくれたみたいです。

（やった！【想像創造】がレベル7になって、これで1日7回使えるよ！）

今日は6回【想像創造】したので、あと1回、追加で何かを創り出せることになります。

（状態は【発育不良　痩せすぎ】のままか〜。まあそりゃそうだよね。昨日の今日で、栄養状態は改善されないよね〜）

　そんなことを思いつつ、創り出した【三輪自転車】を満足気に眺めていると、アイリーンさんがワタシに質問してきました。

アイリーン「ねえ、おチビちゃん。何で【三輪自転車】を赤色と青色と黄色に色分けしているの？」

ワタシ「えっと、それはね？　赤色のは郵便屋さん用で、青色はお店屋さん用で、黄色のは町の警備のひとに使ってもらおうと思ったの。色分けしておいた方が、分かりやすいでしょ？」

アイリーン「なるほどね。おチビちゃん、ちゃんと考えていて偉いわね」

えらいえらいとワタシの頭を撫でてくれるアイリーンさん。
ワタシ「えへへぇ～」　（ミ、∀、ミ）
うれしくて思わずお顔が緩んじゃうワタシです。
ベアトリス「う～ん。これも『シャッシン』してお父様に報告しておくべきよね？」
カシャ（パッ）　ウィーン
するとおもむろに、色分けされた【三輪自転車】を撮影しはじめたビーちゃん様。そして、ワタシたちの会話に交ざってきました。
ベアトリス「おチビちゃん、お願いしていた町の衛兵用の【三輪自転車】も用意してくれたのね？」
ワタシ「うん。ビーちゃん様が使いたいって最初に言ったんでしょ？」
ベアトリス「そうなの。私ね？　あの【三輪自転車】を馬の代わりにすれば、町の予算をかなり削減できるんじゃないかと思ったの。だって馬一頭飼うのにかかる予算って、物凄く高いのよ？　その予算を別のもっと必要なところに回せるようにしたかったの。だからお父様に【三輪自転車】のお話をしてみたんだけど、こんなに早く実現するなんて思ってもみなかったわ」
アイリーン「素晴らしい考えだと思います。だからおチビちゃんも協力してくれたんでしょ？」
ワタシ「うん。ビーちゃん様はおともだちだもん。だから早く使ってもらおうと思ったんだ～」
ベアトリス「おチビちゃん、そしてハンターギルドの職員さん、本当にありがとう！」
【三輪自転車】を領主館関連のお仕事で使うというのは、ビーちゃん様が言い出しっぺだと前の会議で聞きました。それを聞いていたからこそ、早めに創り出したかったワタシです。

（おともだちのお役に立てたかな？　だったらうれしいな～）

そんなことを思いつつ、レベルアップしてもう１回【想像創造】できるようになったので、ついでに【リアカー】も創り出しておきます。

（今レベルアップして【想像創造】のレベルは7だから、70万円以内まで創り出せるんだよね？）

（【リアカー】のお値段は確か……）

【アルミ製折り畳みリアカー　ノーパンクタイヤ仕様　全長２４０×全幅１１６×全高81㎝　質量40㎏　耐荷重３５０㎏　８９８００円】

（ということは……よっし、【リアカー】を【想像創造】！）

【アルミ製折り畳みリアカー　ノーパンクタイヤ仕様　全長２４０×全幅１１６×全高81㎝　質量40㎏　耐荷重３５０㎏　８９８００円】×7　６２８６００円

ワタシ「できた～」

ベアトリス「あ！　銀色の荷車だわ！　おチビちゃん、荷車も用意してくれたのね？」

ワタシ「うん。今日はこれでもうおしま～い」

とりあえずこれで、第1回目の【リアカー】と【三輪自転車】の納品はおしまい。ワタシが今日中にやっておきたいと思っていたことは、すべて終わりました。ということで、画策していたお遊戯イベント（ワタシ的にはむしろこちらがメイン）に向けて早速勧誘開始です。

ワタシ「ビーちゃん様、あのね？　このあと自転車で一緒に遊んでくれる？」

ベアトリス「この後遊ぶの？　もちろんよ！」
ワタシ「やった〜」
（さあ、これで心置きなく自転車で遊べるぞ〜）
　そう思っていたら、アイリーンさんからちょっと待ったされちゃいました。
アイリーン「あの、おチビちゃん、ちょっといいかしら？　あそこに置いてある【三輪自転車】と、二輪のあれも自転車かしら？　あれは何なの？」
　ワタシたちのお家の入り口付近にとめてあった、最初に創り出した大きな【三輪自転車】１台、そして先日創り出した銀色のちょっとちっちゃい【三輪自転車】３台と二輪の自転車３台。さらに、ビーちゃん様が乗り付けてきたと思われるちょっとちっちゃい【三輪自転車】１台が、アイリーンさんには疑問のようです。
ワタシ「えっと、銀色のちっちゃい【三輪自転車】の１台は、前にビーちゃん様にあげたのだよ？　残りの銀色のやつは、全部ここで使うの」
アイリーン「ここで？　銀色の自転車は、おチビちゃんたち用なのね？」
ワタシ「違うよ？　みんなで遊ぶ用で〜す。だからアイリーンさんも今から一緒に遊んでね？」
アイリーン「う〜んそうね〜。よしっ、今日は最後までおチビちゃんたちに付き合っちゃうわ！」
ワタシ「ホント？　やったー！」
　念願かなって嬉しくて、思わずぴょんぴょん飛び跳ねちゃうワタシ。いつも優しく接してくれるアイリーンさんと、お仕事以外でも一緒に過ごしてみたいと思っていたのです。
　ちょっと前までスラムで飢えていたワタシたち３人。それは当然、食べ物的な意味でもそうですが、人との交流的な意味でもそうでした。他人を気にする余裕のないスラムでの生活から抜け出せた今、特におチビなワタシは、人とのふれあいを欲しています。

　優しく笑いかけてほしい、優しくなでてほしい。そして願わくば、優しく抱きしめてほしい。それは5歳の幼女が抱く、ごくごく当たり前の欲求です。

　そう、おチビなワタシにとって、優しい人たちと一緒に過ごせる時間こそが、なにより欲しいモノなのです。

◆◇◆◇◆

おにぃ「オレはせっかく乗れるようになったから、二輪に乗るぞ？」
ねぇね「私は今日も【三輪自転車】にするね？」
ワタシ「アイリーンさんも【三輪自転車】でいい？」
アイリーン「私も乗ることは決定なのね？　まあ、二輪の自転車はどう考えても倒れてしまうイメージしか湧かないから、乗るなら【三輪自転車】一択だけど」
　そんな会話をしつつ、ワタシたちのお家の入り口付近に置いてある銀色自転車シリーズに近づいていると、聞きなれた野太い声が聞こえてきました。
マスター「よお！　なんだか裏庭が騒がしいと聞いてきたんだが、【リアカー】と【三輪自転車】の納品だったのか？」
　ハンターギルドの物資調達部の主任兼、食堂の強面《こわもて》マスターさんが、片手をあげつつご登場です。

アイリーン「ちょうどよかった。後で呼びに行こうと思っていたのよ。おチビちゃんが使用目的ごとに色分けした【三輪自転車】を創り出してくれたから、あとは管理と配布をよろしくね？」

マスター「色分け？」

ワタシ「えっとね？　赤色は郵便屋さん用で、青色がお店屋さん用で、黄色が町の警備用なの」

マスター「なるほどな。そういうことなら、早速連絡しておくか」

ワタシ「それとね？　いきなり町中を走るのは危ないから、この広場で練習してからにしてね？　あとね？　町中を走るときは、道の左側を走るとか、そういうルールもちゃんと決めてね？」

マスター「お？　練習と走行ルール決めか？　ふむふむなるほど、そいつは確かに必要だな」

アイリーン「それで、自転車の管理はどうするつもりなの？」

マスター「ハンターギルドから使用者に貸し出すという形式にして、一括管理するつもりらしい。故障対応とかのメンテナンス関係は、鍛冶ギルドに依頼する感じだな。まあ、そういっためんどくせぇ調整は、副支部長に丸投げだがな。がっはっはっ！」

アイリーン「あなた……そんなんじゃ、いつまでたってもカワイイ天使ちゃんからご褒美もらえないわよ？」

マスター「なぬっ！　それはマズイじゃねぇか。どうにかしねぇと……」

護衛1「あの、通行のルール決めにつきましては、領主館ともご調整いただければと思います」

アイリーン「そうですわよね。そのあたりは副支部長から領主館にご連絡させていただきますわ」

マスター「アイリーン、お前だって副支部長に丸投げじゃねぇか！」

アイリーン「私はいいの。だって『シュッセ』の専属なんですもの」

急遽はじまってしまった、オトナの皆さんによる自転車運用井戸端会議ならぬ広場会議。

（うんうん。こういうのって、最初にしっかり約束事を決めておけば、あとが楽だもんね～。逆に曖昧《あいまい》なままはじめちゃうと、後々もめる原因にもなるからね～）

　おチビなワタシが、そんなこまっしゃくれたことを考えていると、ビーちゃん様が興奮気味にワタシに話しかけてきました。

ベアトリス「ねえ、おチビちゃん！　あの二輪の自転車、私も乗ってみていいかしら！」

ワタシ「いいよいいよ～。二輪の自転車は乗るのが難しいけど、慣れるとすごく速いんだ～。まだおにぃとアリスちゃんしか乗れるひとがいないけどね～。あ！　でも最初はうまく乗れなくて、ビーちゃん様、けがをするかもしれないよ？」

ベアトリス「そうなの？　それじゃあ、オニール君、乗り方を教えてくれる？」

おにぃ「えっと、オニールってオレのこと、ですよね？　も、もちろんいいですよ？」

　そんな感じで、ビーちゃん様はおにぃの補助付きで二輪の自転車に乗ることになりました。

　そしてワタシは、今日も誰かに乗せてもらう気満々です。

（最初は、ねぇねの【三輪自転車】の後ろに乗せても～らおっと～）（^^♪

　まずは【三輪自転車】に向かうねぇねの後ろについていきます。するとその時、ビーちゃん様の護衛さん二人が困ったお顔でお話をしているのが目に入りました。

護衛１「おい、まずいぞ。またお嬢様が新たなる移動手段を手にしてしまう……」

護衛２「俺、全力で走っても、自転車のお嬢様のスピードに追いつけないんですけど……」

　どうやら自転車に乗ったビーちゃん様のスピードは、護衛さんたちを悩ませているみたいです。

ここは自転車の供給元であるワタシから、解決策をビシッとアドバイスしておきましょう。

ワタシ「ねぇ護衛さん、護衛さん。さっき創り出した黄色の【三輪自転車】をもらっちゃえば？

黄色は町の警備用だから、護衛さんが使ってもいいんでしょ？」

護衛1「ん？　おお！　それもそうだ」

護衛2「なるほど。それじゃあ、早速練習させてもらおうかな」

アイリーン「私には銀色のちょっと小さい【三輪自転車】を貸してね？　大きいのは私にはちょっと大変そうだしね」

マスター「お？　みんな自転車に乗るのか？　それならオレも、前に借りた銀色のデカい【三輪自転車】に乗るか」

　護衛さんに助言をしていたら、いつの間にかここにいる全員で自転車に乗る流れになっちゃいました。

（やったー！　マスターさんも護衛さんたちも、一緒に自転車乗ってくれるんだ～。最初にねぇねの後ろに乗せてもらったら、そのあとはマスターさんにも乗せてもらおうかな～。でもマスターさんの自転車は速くて怖そうだから、やっぱりアイリーンさんにしよ～）

　みんなの後ろに乗せてもらって、ひっつき虫になる気満々のワタシなのでした。

　そんなこんなで、練習だったり、遊びだったり、目的はバラバラですが、みんな思い思いに自転車に乗りはじめました。

　二輪の自転車を練習しているビーちゃん様とその補助のおにぃ。

　黄色い【三輪自転車】にまたがって、ギアやブレーキの動作確認をしている護衛さん二人。

銀色の大きな【三輪自転車】で、所狭しと広場を駆け回っているマスターさん。
初めて乗る【三輪自転車】を、おっかなびっくり漕いでいるアイリーンさん。
そして、背中におチビなワタシをくっつけて、ゆっくりサイクリングを楽しむねぇね。
みんなバラバラにただ自転車に乗っているだけなのですが、同じ場所で顔見知りのみんなと一緒に何かをしている、そのことがそれだけなのに嬉しくて、ニヨニヨ笑顔になっちゃうワタシなのでした。

　ねぇねの背中に抱きついて、穏やかなサイクリングを楽しんだワタシは、その後、ようやく【三輪自転車】に慣れてきたアイリーンさんにも構ってもらいます。

ワタシ「アイリーンさん、ワタシを後ろに乗～せ～て～？」
アイリーン「ん？　いいけど、大丈夫？　危なくない？」
ワタシ「だいじょ～ぶ！　ワタシ、つかまるの得意なんだ～」

　そう言って、ねぇねの時と同様に、必要以上にアイリーンさんの背中にひしっとしがみつきます。
　ねぇねとおにぃ以外のひと、しかもオトナの女性に抱きつくのは初めてのワタシ。振り落とされないようにという口実を最大限に活用して、やわらかであたたかなアイリーンさんの背中に勢いよくがばっと密着です。
　するとなぜだか嬉しくなって、思わず歓声が口をついて出てきちゃいました。

ワタシ「わぁ～いわぁ～い♪」

　アイリーンさんのしなやかな背中にしがみ付き、右のほほ寄せ左のほほ寄せ、ゴソゴソと動き回っちゃうワタシ。

アイリーン「あははっ。おチビちゃん、ちょっとくすぐったいわ」

妙齢の女性の温もりを初めて直接肌で感じたおチビなワタシは、なぜだかじっとしているのがもったいない気がして、ソワソワソワウキウキ落ち着かなくなっちゃうのでした。

【第２章】✦おめかしして

【リアカー】と【三輪自転車】の初納品を終えた翌朝。

念願のアイリーンさんとのスキンシップに満足したからなのか、昨夜はぐっすり高枕だったワタシ。おかげで今朝はとても良い目覚めでした。

前日の反省から、１回だけ炊き込みご飯を炊いて美味しく朝食を済ませたら、その良い気分のまま、ワタシは早速行動開始。今日は朝から気合を入れて【想像創造】しちゃうのです。

【全国標準型学生服上下　ベルト　セット　中学生用　収縮・撥水《はっすい》・形態安定加工　１４５Ａ体　黒　２１２５０円】

【長袖セーラー　スカート　水色ネクタイ　セット　中学生用　収縮・撥水・形態安定加工　Ｓサイズ　濃紺　２４０００円】

【子供服　女の子入学式用フォーマルセット　紺色ブレザー　白色シャツ　灰色ワンピース　灰色リボン　１００号　７１８０円】

朝からせっせと【想像創造】したモノ、それはお洋服。今日はある目的のために、ドレスアップしちゃうのです。

ワタシ「ねぇね、おにぃ、今日はこのお洋服を着てね？」

おにぃ「ん？　真っ黒の服か？」
ねぇね「わぁ～、綺麗な紺色だね～。でもこれ、新品のお洋服でしょ？　着ていいの？」
ワタシ「今日はこれを着てお出かけしましょ？」
　そして、いつも移動中の手荷物をどうにかしたいと思っていたワタシ。せっかくの機会なので、いろいろなバッグのセットも【想像創造】して、ねぇねとおにぃに使ってもらうことにします。

【リュックサック　ボディバッグ　ショルダーバッグ　トートバッグ　ミニショルダーポーチ　５点セット　ベージュチェック柄　５０６０円】

ワタシ「ねぇね、おにぃ、このカバン、好きなのを使ってね？」
おにぃ「これは背負うカバンなのか？　けっこう大きくて、これならいろいろ持ち運べるな！」
ねぇね「このカバンは、斜めにつけるんだね？　なんだか面白いね？」
　おにぃには、一番大きくてたくさん持ち運べ、かつ両手が空くリュックサックを。
　ねぇねには、両手を自由にできてオシャレなボディバッグを。
　そしておチビなワタシは、お財布とかちょっとした小物を入れられるぐらいの大きさのミニショルダーポーチを装着です。
　３人が選んだバッグはタイプは別々なのですが、ベージュのチェック柄が共通しています。
ねぇね「みんな同じ色と模様なんだね？」
おにぃ「こういうの、なんかいいよな」

ワタシ「でしょでしょ？　みんなでお揃いだよ？」

初めての３人お揃いの装いで、朝からちょっとウキウキなワタシなのでした。

早速バッグに必要なものをいろいろ詰め込んで、朝も早よからワタシたち３人はお出かけです。

今日はいつもの【ジョシュア雑貨店】への納品の日なのです。

「「「おはようございま～す」」」

ワタシたち３人がご挨拶すると、ジョシュアさんがちょっと慌ててお店の奥から出てきました。

ジョシュア「おお君たち、大丈夫かい？　教会と何かあったのかい？」

ジョシュアさんのお話を聞くと、昨日から教会の正面に、【子供の３人組ハンター『シュッセ』を異端者と認定する】と記された告示板が立てられている、とのことでした。

この町で異端者認定が出るのは何十年ぶりということもあり、町中でそれなりに話題になっているみたいです。

異端者認定のことは、ワタシ的には正直どうでもいいと思っていたこともあって、すっかり忘れかけていました。なので、ジョシュアさんからもたらされた今回の情報を聞いても、「へぇ～そうなんですね～」程度にしか思えません。

そんな会話をしていると、ジェーンさんもお店の奥から出てきました。

ジェーン「いらっしゃい。おや？　ちょいとあんたたち、今日はなんだか見慣れない服装だね？」

ワタシ「はい。今日はお願いがあってこの服装できました～」

ジェーン「お願い？」

ワタシ「えっとあの、ワタシたちと一緒に、記念の写真を撮ってくれませんか？」

ジェーン「ん？、『シャッシン』？　そりゃ一体何なんだい？」
ワタシ「この【カメラ】を使って、短時間で絵を描くんです」
ジョシュア「ほう、つまり我々と一緒の姿絵を描くということかな？」
ワタシ「そうで～す。こんな感じですぐに済みますんで」
　カシャ（パッ）　ウィーン
ジェーン「わぁ！」
ジョシュア「おぉ！」
ねぇね「きゃっ！」
おにぃ「まぶしっ！」
　写真撮影の予行演習とばかりに、みんなの4ショット写真をパシャリと撮影。おチビなワタシが撮っただけあって、言わずもがなの見事なローアングルショットができあがりです。
ワタシ「こんな感じになりま～す」
ジョシュア「おお！　こんな短時間で見事な極彩色の姿絵だ」
ジェーン「へぇー、きれいなもんだねぇ～。さっきのピカッとした時に描いたのかい？　こんなに簡単なことなら、いくらでもつきあおうじゃないか」
　ということで、ちょっとおめかししたワタシたちと、ジョシュアさんとジェーンさんの写真撮影会がはじまりました。
　カシャ（パッ）　ウィーン
カシャ（パッ）　ウィーン

カシャ（パッ）　ウィーン

……

カメラマンを変え、撮る対象を変え、いろいろな写真を撮影します。

ジョシュアさんとジェーンさんは、ワタシたち3人が最初にお世話になった、言わば恩人です。スラムにいた頃から助けてくれた、まさにワタシたち3人をスラムから救済してくれたに等しい人たちです。そんな人たちとの思い出を残すため、そして、ワタシたち3人が、ご夫婦のおかげでここまでこれたのだと知ってもらうために、今日はおめかしして写真撮影に来たのです。言うなれば、ワタシたち3人の【スラム卒業記念写真】、そんな感じのモノを、お世話になった人と一緒に撮りたかったのです。

ワタシ「はい、これどうぞ。よかったらこの写真、受け取ってくださいな？」

できあがったいろんなショットの写真をジョシュアさんとジェーンさんに渡します。

ジョシュア「この短時間で凄い量の姿絵だね。その『かめら』は特別な魔道具なんだね？」

ジェーン「綺麗な『シャッシン』をこんなにたくさんいいのかい？」

そして、持ち帰るべくワタシが厳選した写真をねぇねに渡します。

ワタシ「こっちはねぇねが持っててね？」

ねぇね「え？」

ワタシ「ジェーンさんといっしょの写真、たくさんあるからね？」

ねぇね「ホント？　おチビちゃんありがとう！」

ジェーンさん大好きなねぇねには、何よりの記念品になると思います。

　そんな記念撮影会の後は、いつもの商品を【想像創造】して納品です。

【ジョシュア雑貨店納品セット　はちみつ　ブレンディッド　１２００g、ハーブソープ　お歳暮ギフトセット　ローズ６個　ラベンダー６個　カモミール６個　７３００円】

ジョシュア「今日も納品ありがとう。はいこれ、納品完了報告書だ」
おにぃ「ありがとうございます」
ジェーン「たくさんの『シャッシン』、ありがとうね？　記念に店の奥に飾っておくことにするよ。それと教会の異端者認定の影響がどれほどか分からないけど、とにかく気をつけるんだよ？」
おにぃ「大丈夫です。そういうの、慣れてますから」
ねぇね「心配してくれて、ありがとうございます」
ワタシ「大丈夫で～す」
ジョシュア「町を歩く時は少し気をつけた方がいい。中には狂信的な連中もいるからね？」
ねぇね「はい、ありがとうございました」
「「さようなら～」」
　記念撮影という目的を達成して、満足気に【ジョシュア雑貨店】をお暇《いとま》したワタシたち３人。ジョシュアさんからもたらされた、『シュッセ』の３人が教会に異端者認定されたという報告は、どこ吹く風といった感じです。
　そんな【ジョシュア雑貨店】からハンターギルドまでの帰り道。３人で手をつないで、お散歩がてらの道行でしたが、なんだか気のせいか、ワタシたちに向けられる町のひとたちからの視線が、いつもより多い気がします。

（およ？　もしかして、これが異端者認定の影響なのかな？　まあ、お店でお買い物をしたりしなければ実害はないし、視線なんて無視しちゃえばいいよね？）

　そんなことを思っていたのですが、この視線の理由は本当は別にありました。

　ワタシたち３人の年頃（子供）のオシャレやおめかしというと、前世の入学式とか卒業式が頭に浮かんでしまったワタシ。なので、ねぇねとおにぃの服装は学生服（しかも昔の詰襟とセーラー服）で、ワタシ自身は小学校の入学式のいでたちを【想像創造】しちゃいました。

　でもその服装は、この世界ではかなり斬新なデザインと色使いだということに、全く気づいていなかったワタシ。

　ワタシたち３人の服装を、町のひとたちが注目していようとは知る由《よし》もなかったのです。

◆◇◆◇◆

　そうして、ワタシたち３人がとあるお店屋さんの前を通り過ぎようとした時、突然お店の入り口から派手な感じの女性が飛び出してきました。

　そのお店は、ワタシたち３人が以前来たことがある古着屋さんでした。

店員「ねぇあなたたち！　もしかして、前にこの店で古着を買ってくれたかしら？」

おにぃ「え？　ええ、そうですけど」

店員「やっぱり！　そうじゃないかと思ったのよ。でも、今は何だか装いが違うわね？　それはどうしたの？　ボクの着ている服の黒は凄く真っ黒なのね？　どんな染め方をしてるのかしら。お嬢ちゃんの方は、肩から背中にかけての大きな布がとても斬新で――」

どうやらこの店員さんは、ワタシたちのお洋服に興味があるみたいです。特にねぇねとおにぃのセーラー服&学ランについて、あれこれ質問が飛んできます。でも正直ワタシにとって、この店員さんの印象はあまり良くありません。前にこのお店に来た時、みすぼらしい子供だけの3人組ということで、この店員さんは入店直後のワタシたちを邪険に扱いました。お金を持っていることを示すと、コロッと態度が変わりましたが……

（セーラー服も学ランも、この町で見たことないから、きっと珍しいのかな？　だからいろいろ聞きたいんだろうけど、でもこのひとはちょっと……）

そんな感じでワタシがこの店員さんはご遠慮したいと思っていると、さらに別のところから割込むように声がかかりました。

女性「アミちゃん、元気そうで良かった！　私よ私！　お母さんよ！」

灰色の髪をした中年女性が、ワタシに向かって話しかけてきたのです。

（ん？　【アミ】？　あぁ、ワタシのお名前か！）

一瞬なんのことなのか理解できませんでしたが、どうやらワタシのことを呼んでいるみたいです。

女性「ここで会えてよかったー。実はね、この方がアミちゃんのことを教えてくださったのよ？」

そう言ってその女性が指し示した人物は、かなり見覚えがあるひとでした。なんと、ワタシたち3人がハンターギルドを辞めさせられそうになった時の元凶さんが、笑顔と共に颯爽とご登場なのでした。

？？？？「『シュッセ』のみんな、私のこと覚えてる？　もぉー、あの時は大変だったんだからー。この町のギルド支部からは追放になるしー、王都へ強制送還されそうになるしー。でもこのまま王都に戻ったら、私の立場は最悪だろうしー」

　ちょっとブー垂れながらワタシたちに話しかけてきたのは、教会からの指名依頼のごたごたの時、ワタシたちを切り捨てようとしたひとでした。

（えーっと、ハンターギルドの受付でアイリーンさんの後輩だった、お名前はたしか、イライラさん？　あれ？　イライザさんだったかな？）

　ワタシがおぼろげな記憶を思い返していると、イライザさんの前口上が本題に変わろうとしていました。

イライザ「それで『偶然』なんだけどね？　先日、町で子供を探してる女性の話を『たまたま』耳にしたの。気になったから実際に会って話を聞いてみたんだけど、何とその人、この町で子供と離れ離れになったって言うじゃない。さらに詳しく事情を聞くと、何と『偶然』にも、その子供に私が『たまたま』心当たりがあった訳なの。ということで今日、朝からこの人と一緒にあなたたちを探していたんだけどね？　実際に見比べると、髪の色も似てるみたいだし、もう親子で間違いないんじゃない？」

　お話の経緯に『偶然』が不自然過ぎるほど多く、しかも親子だという結論を急ぎ過ぎていて……おチビなワタシでも怪しく感じるお話です。

ワタシ「……」

おにぃ「……」

ねぇね「……」

イライザ「それにしてもホント良かったわー。あなたたち変わった服装だったから、すぐ見つけることができたし。まあそんな訳だからね？　この再会を取り持った私への感謝として、あなたたちからアイリーン先輩とかギルド支部の幹部に取りなしてもらえないかしら。イライザお姉さんをハンターギルドの受付に戻してあげて！　みたいな感じでお願いして欲しいのよね？」

どうやらイライザさんは、ワタシたちに恩を売りに来たみたいです。

おにぃ「おチビ、ここはオレたちに任せてくれ」（コソコソ）

ねぇね「おチビちゃんのことは、私たちが守るからね」（ヒソヒソ）

ワタシ「うん。ねぇね、おにぃ、お願いね？」（コソコソ）

実はワタシたち、スラムの頃からこういったことには何度かあっていました。きっと、扱いやすそうな子供を口八丁手八丁で連れ去って、その後どこかに売り飛ばそうという魂胆だったのでしょう。標的にされたのはほとんどがおチビなワタシで、たまに、おとなしそうでカワイイ見た目のねぇねが狙われました。今回のように母親に成りすました誘拐未遂も経験済み、ということで対処は慣れたものなので、フォーメーションもカンペキなのです。

すばやくワタシを背に隠すように前に出たねぇねとおにぃが、息の合った連携で、ワタシのお母さんだという女性に対峙《たいじ》します。

おにぃ「また偽者かー」（棒）

ねぇね「そうみたいだねー」（棒）

女性「そ、そんなことはないわ。その子は私の――」

ねぇね「だったら証明してください。誰も知らない、母親にしか分からないおチビちゃんの秘密とか、特別なことを言ってみてください。ちなみに私は言えますよ？　私たち３人だけが知っている、おチビちゃんの秘密」

女性「え、えっと……離れ離れになったのが昔のことだから、ちょっと……」

おにぃ「そこが変なんです。年単位で離れ離れだったのに、なんで今頃になって現れたんですか？」

女性「ずっと探していて、最近になって『たまたま』アミちゃんのことを知っている人に――」

ねぇね「ずっと探していた？　死に物狂いで本気で探せば、何年も見つけられないなんてあるはずありません。探す範囲はこの町の中だけでしょ？　はぐれた直後に必死に探していれば、すぐに見つけられたはずです。そもそもちっちゃな子供ですよ？　行動範囲なんてたかが知れているじゃないですか」

女性「そ、それには訳があって――」

おにぃ「『訳』ですか？　だったら言ってみてください、その『訳』とかいうヤツを」

女性「えっと……」

ねぇね「愛する子供より大切な『訳』なんでしょ？　きっと、とてもとても重要なことだったんでしょうね？　でも逆に言えば、今後も同じ理由で子供を何年も置き去りにするかもしれませんね？」

女性「そ、そんなことは……」

ねぇね「しないなんて言い切れませんよね？　実際、何年もほったらかしだったんですから」

女性「ほったらかしだなんて……」

ねぇね「あなたからは、子供を探す必死さだとか、離れ離れにしてしまった後悔だとか、そういう『愛のある思い』が全く伝わってきません。あなたが『本当の母親』で、自分の子供を心の底から愛しているなら、何年も音沙汰なしだったのに、いきなり平気な顔で会いに来るなんて、どうしてそんな無恥で無情なことができるんですか」

女性「……」

　いつもの穏やかでやさしい雰囲気とは違い、威厳のような響きが伝わってくるねぇねの声音。

　実感のような強い思いが込められているその言葉には、説得力と重みを感じます。

おにぃ「ところで、探している子供の名前はなんて言うんですか？」

女性「え？　えっと、アミ、アミちゃんっていうのよ？」

おにぃ「へぇー、【アミ】って言うんだー。めずらしい名前だなー」（棒）

ねぇね「そうだねー、おチビちゃんと一緒だねー」（棒）

女性「そ、そうなの。だからね、アミちゃんのこと、私のところに帰してくれない？」

ねぇね「それにしても、【アミ】なんてお名前、よくつけましたね？」

女性「え？　どういう意味？」

ねぇね「普通なら、恐れ多くて自分の子供の名前にはしないと思いますけど」

おにぃ「そうだよな。なんたって、御使い様の尊いお名前だもんな」

女性「それは、そうなんだけど……えっと、可愛らしくていいと思わない？」

ねぇね「そうですね。カワイイし、おチビちゃんにはピッタリなお名前です」
女性「そうでしょ？　だったら別に――」
ねぇね「でもそれ、私がつけたんです」
女性「え？」
ねぇね「おチビちゃんに【アミ】ってお名前をつけたのは、私なんです」
おにぃ「そうそう。ハンターギルド登録の時に名前が必要だったから、そのときにその場で考えたんだよな？」
ねぇね「こういう時のために、他の人が絶対につけないお名前にしたんです」
ねぇね「まあ、それだけが理由じゃないですけど」（ボソボソ）
（そうだったんだ！　知らなかった～。ねぇねすっご～い！　まるでこうなることを予想していたみたいだね～）（ﾟ∀ﾟ）

ギルド登録の時、何の相談もなくちゃちゃちゃっと決まってしまったワタシのお名前でしたが、そんな理由があったと知って、驚きと共にねぇねの先見性に敬服です。

ねぇね「おばさん、もういいでしょ？　あなたが嘘をついておチビちゃんを連れ去ろうとしていることは、はじめから分かってるんです。この国で母親が自分の子供に【アミ】という御使い様のお名前をつけないことぐらい、スラムにいた私たちだって知っている常識なんですから」
女性「……」
おにぃ「ということでイライザさん、このおばさんは偽者です。少なくとも、おチビのことを任せられる人ではありません。だから残念ですけど、オレたちがイライザさんに恩を感じることはありませんし、ハンターギルドの幹部さんたちに、あなたのことを取りなすこともありません」
イライザ「そんな！　ちょっと待ってよ！」
ねぇね「それからイライザさん。私たち、普段は絶対名前で呼びあったりしていないんです」
おにぃ「だからオレたちの名前を知っている人は、ほとんどいないんだ」
ねぇね「おチビちゃんのお名前が【アミ】だと知っているのはごく限られた人だけ、具体的には、ハンターギルドで受付をやっていた人ぐらいなんです」
イライザ「え？」
ねぇね「つまりイライザさんから聞かない限り、おチビちゃんのお名前が【アミ】だって、誰も知らないはずなんです」
イライザ「……」
ねぇね「イライザさん、はじめからあなたが考えたことなんでしょ？　今回の誘拐」
イライザ「誘拐だなんて！」
おにぃ「もしかして、おチビを連れ去ってアレコレこき使おうとか、そんなことを考えてたりしてます？　いろいろ知ってますもんね？　おチビのこと」
イライザ「……」
おにぃ「もしそんなことを考えてるんなら、覚悟しておけ！　オレの家族に手を出すんなら、絶対に容赦しない！　絶対にだ‼」
ボォォォッ
そう言って、憤怒の表情と共に大きな炎の剣を創り出したおにぃ。

　以前一緒に練習した、おにぃオリジナルの火魔法です。

（おにぃが怒るのはいつもワタシとねぇねのためだけ、そんなおにぃのお顔も炎の剣も、カッコイイ～！）　ヽ(≧ω≦)ノ
　それにしてもおにぃの火魔法は、以前からギルドの魔法の講師さんにもすごいと褒められるぐらいでしたが、日頃の訓練の成果なのか、最近さらに威力が上がった感じです。普通のひとが相手であれば威嚇《いかく》には十分、むしろ、やり過ぎに思えるほどの、大きく威勢のある炎の大剣です。

イライザ「ひぃっ」

女性「ちょ、ちょっとどうなってるのよ！　まるで話が違うじゃない！　アンタが子供相手で楽勝だって言うから乗ったんじゃない！　こんなの、やってらんないわ！」

　そう言って、一目散に逃げ出してしまったワタシのお母さん（偽）。勢いあまって、頭からなにかがずり落ちてしまいました。

ねぇね「あれって……」

おにぃ「髪の色まで嘘だったのかよ……」

　道端に置き去りにされた、しな垂れた灰色のカツラが、得も言われぬ敗北感を醸し出しています。

イライザ「まっ、待ってー、置いてかないでー」

　ついには顔面蒼白のイライザさんも、こげ茶色にリニューアルした髪を振り乱して逃走する女性の後を追って、退散してしまったのでした。

　ようやく邪魔な割り込み者がいなくなったので、さてそれではといった感じで、おにぃが最初に話しかけてきた店員さんに向き直ります。

おにぃ「それで、なんの話でしたっけ？」

店員「え？　えっと、も、もういいの。急に声をかけたりして、ごめんなさい……」

　古着屋の店員さんが、いたたまれなさそうに謝ってきました。その視線の先には、おにぃが手にしている大きな炎の剣。きっと子供だけだから御しやすいだろうと声をかけてきたのでしょう。そしてあわよくば、目新しいお洋服の情報を聞き出そうと企んでいたのかもしれません。

　ところがどっこい、ワタシたちは『鍛えられた』元スラムっ児なのです。町のひとたちからぞんざいにあしらわれ続けても、子供３人だけで生き抜いてきたのです。３人いっしょなら、ワタシたちに怖いものはないのです。

（子供だからって甘く見てると、ヤケドしちゃうぞ～）　（´ε｀）

見た目に惑わされて下手に手を出すと、おにぃの火魔法で返り討ち、本当の意味で大ヤケドです。

まあ、やさしいおにぃは基本的に威嚇以上のことはしないんですが……

とにかく話は終わったようなので、再度３人で手をつないで帰路につくワタシたち。するとねぇねの手からは、わずかな震えが伝わってきたのでした。

ワタシ「ねぇね、怖かったよね？　ワタシのために無理してくれてありがとう」

　大勢の人がいる場所が苦手な、物静かで穏やかな性格をしているねぇね。いくらスラムの頃から場数を踏んでいるとはいえ、心根のやさしいねぇねには、争いごとは荷が重かったはずです。

ねぇね「これくらい平気よ？　何があっても、おチビちゃんは絶対守るからね？」

おにぃ「オレももちろんおチビを守るぞ？　この炎の剣をおチビに教えてもらってから、変なヤツらを追っ払うのが楽になったしな」

そう言って、大きな炎の剣をお空に向かって掲げたおにぃ。

おにぃ「役割分担じゃないけどさ、今までどおり3人それぞれ自分ができることをやっていこうな」

「「うん」」

そんな感じで、顔見知りが絡んだ『おチビなワタシ誘拐事件』は、未遂ということで一応の解決を見ました。これまで通り3人で協力して、世知辛い世の中を生きて行こうと決意も新たにして。

（それにしても、お母さんか……、ワタシのお母さん……）

母親に成りすました誘拐未遂には何度かあっているので慣れています。慣れているはずなのですが、それでも毎回、『お母さん』と聞くとついつい目も耳も向いてしまうおチビなワタシです。

偽者だと分かっていても、今回も最後はアレほどの醜態だったのに、どうしてもお胸の奥がチクリとして、ちょっぴりうつむき加減になっちゃうおチビちゃんなのでした。

◆◇◆◇◆

ワタシ「アイリーンさん、こんにちは～」
「「こんにちは～」」
アイリーン「あら？　今日はみんないつもと違った服装をしているのね？　珍しい装いだけど、みんなとってもよく似合っていて、カワイイわね？」
ワタシ「カワイイ？　やったー！　ねぇね、おにぃ、ワタシたち、カワイイって！」　(*゜▽゜)ノ

ねぇね「ホントですか？　うれしいです！」（o^∇^o）

おにぃ「オレ、カワイイはちょっと……」（-ε-）

　ハンターギルドに到着早々、ワタシたち3人のいでたちの変化に気づいて、すかさず褒めてくれたアイリーンさん。もしかすると社交辞令的なお世辞なのかもしれませんが、服装を褒められるのは嬉しいことです。社交辞令とかお世辞とか、言葉の裏を読むなんて芸当はおチビなワタシには10年早いので、褒め言葉を素直に受け取って気分を良くしたワタシは、アイリーンさんともこの喜びを分け合いたいと思いました。

ワタシ「アイリーンさん、新しいお洋服を褒めてくれてありがと～。それでね？　よかったら、アイリーンさんもねぇねと同じお洋服着てみる？」

アイリーン「え？　私？　えっとそうねぇ～、私にはそれはちょっと若過ぎるみたいだから、今回は遠慮しておくわね？」

　ワタシ的にはカワイイお洋服のお仲間を増やそうとしてのお誘いだったのですが、ちょっと頬を引きつらせたアイリーンさんにご遠慮されちゃいました。そこでふと気が付いたワタシ。中学生ぐらいの年齢向けのお洋服を立派な成人女性に勧めてしまったと。今の自分の発言は、配慮に欠けるものだったのではないかと。

　さらに前世の記憶がワタシに警鐘を鳴らします。それは、コスプレとかロールプレイとか、ちょっと危ない匂いがすることではないのかと……

　それでもワタシはあえて、いいえ、だからこそ、もう一押ししておくことにします。

ワタシ「もし気が変わったら、いつでも言ってね～。アイリーンさんにもカワイイセーラー服、す

ぐに用意するからね～」

アイリーン「え？　ええ。機会があれば、そうさせてもらうわね？」

（オトナなアイリーンさんが、カワイイ女子学生のコスプレか～。それはぜひ見てみたいな～。でもどうせなら、もっと違った、例えば男装とか？　ねぇねと同じじゃなくて、おにぃと同じ詰襟の学ランにしちゃう？　キレイな女のひとが男装すると、不思議とかわいくなっちゃうんだよね～）

ねぇね「おチビちゃん、どうしたの？」

おにぃ「急に黙って、眠くなったのか？」

　前世の記憶をもとに、アイリーンさんのコスプレ姿をいろいろ想像して、ひとり静かにニンマリしていたおチビなワタシ。急に無口になったワタシをねぇねとおにぃが心配してくれましたが、ワタシの妄想は止まりません。

　自分のことをカワイイと言われるのも好きですが、カワイイ格好をしたひとを見るのも好きなワタシなのです。

◆◇◆◇◆

　そんなひとコマがあった後、いつもの会議室に通されて、いつもと同じ厚めのクッションが敷いてある席に、いつも通りおにぃに持ち上げられて座らせてもらい、そしていつものように納品完了報告開始です。
おにぃ「いつもの常設依頼の完了報告です。お願いします」

ねぇね「します」

アイリーン「はい、承りますね。報酬の処理はいつも通り、ということでよろしいですか？」

ワタシ「はい、お願いしま～す」

　今日の納品もいつも通りだったので、特に報告することもなく事務手続きは短時間で終了です。
そう思っていたのですが、ここで珍しく、ねぇねがアイリーンさんに追加の報告をはじめました。

ねぇね「アイリーンさん、実は納品の帰り道、ちょっとしたことがありました。前からたまにあるんですけど、おチビちゃんを狙って、連れ去ろうとすることがあるんです」

アイリーン「連れ去り!?」

ねぇね「今日はおチビちゃんのお母さんを名乗る人が現れました」

アイリーン「え？」

ねぇね「そしてその人と一緒に、以前受付にいたイライザさんも来ました」

アイリーン「何ですって！」

ねぇね「きっと、イライザさんが計画して、おチビちゃんを連れ去ろうとしたんだと思います」

おにぃ「あの人、おチビのことをいろいろ知っているでしょ？　だから、おチビにアレコレやらせようとしたんじゃないかなって」

アイリーン「何てこと……何かされなかった？　けがは？」

ねぇね「大丈夫です。似たようなことはスラムでもありましたし」

おにぃ「とりあえず、オレの火魔法で脅しておきました」

アイリーン「そう……『シュッセ』のみんなに何もなくて、ホントよかった……。教えてくれてありがとう。イライザについては本当にごめんなさい。こちらで必ず対処します。イライザ……どうしてあの子がこの町に……王都に送還されたはずじゃ……。いずれにしても、『シュッセ』には護衛をつけないといけないわね……」（ボソボソ）

最後は独り言のように何かをつぶやいていたアイリーンさんでしたが、追加の報告も程なく終了しました。

さあ、あとはお家に帰ってなにをして遊ぼうかと考えていたら、ここで会議室にノックの音が響き渡りました。

コンコンコン

副支部長《イーサン》「失礼します。『シュッセ』の皆さん、少しお時間をいただけますでしょうか」

丸いメガネがピカリと凛々しい、副支部長さんが会議室にご登場なのでした。

副支部長《イーサン》「実は『シュッセ』の皆さんに、お願いがありまして」

そう切り出した副支部長さんのお話をまとめると、商業ギルドに助力を乞うことになったので、商業ギルドに何か利益を提供したい。そんな折、先日報告にあった【そろばん】という計算機を思い出した。日々計算に明け暮れているだろう商業ギルドに差し出すのであれば、【そろばん】はまさにうってつけなのではないのかと。

副支部長《イーサン》「どうでしょう、【そろばん】を商業ギルドに提供していただけませんでしょうか？」

ワタシ「えっと、別にいいけど、【そろばん】の使い方はどうするの？　あれって、覚えるのも慣れるのも、結構大変だよ？」

そう、前世でそろばん4級だったワタシは知っています。そろばんの最初の難関、『桁上がり』。

『10になるお友達』を意識して、足し算なのに引き算が発生する『桁上がり』の処理。

　このハードルは、九九とか筆算が必修で算数慣れした日本人ならいざ知らず、この国の人に容易に理解できるとはとても思えません。

副支部長《イーサン》「【そろばん】の使い方は簡単ではないんですか？」

ワタシ「う〜ん。どんなに計算慣れしているひとでも、それなりに練習しないとダメだと思うの。【そろばん】をすぐに使えるひとは、いないと思うな〜」

副支部長《イーサン》「そうだったんですか。それではちょっと厳しいかもしれませんね」

ワタシ「えっとね？　それなら、代わりにこれを使ってみてね？」

　そう言って、いきなり本日６回目の【想像創造】です。

【カ〇オ　ソーラー式電卓　ミニジャストタイプ　10桁表示　１４５×１０３×32㎜　１００ｇ　５８０円】×１００　５８０００円

　藪《やぶ》から棒に異世界の文明の利器を、一気に１００個も創り出しちゃいました。

副支部長《イーサン》「ほう？　こんなにたくさん？　それでこれは何なのでしょうか」

ワタシ「これは【電卓】といってね、数字を押すだけで自動的に計算してくれる道具なの」

副支部長《イーサン》「『デンタク』？　自動で計算ですか？　それは素晴らしいですね」

ワタシ「でもね、この【電卓】は外国の数字で書かれているから、読み替えないとダメなの」

「ふむ。外国の数字ですか。でも数字を10文字覚えればいいだけなんですよね？」

ワタシ「そうで～す！　だから、【そろばん】の使い方を覚えるより、簡単だと思いま～す！」

実はワタシ、この国の数字を覚えた時、少し不満なことがありました。それは、例えるなら漢数字みたいになっていて、そのままでは簡単に筆算できない感じなのです。だからこの際、【電卓】を利用してもらうことにかこつけて、アラビア数字を普及させちゃおうと目論《もくろ》んでいるのです。

（公文書とかだとダメかもだけど、日常使うのならアラビア数字の方が便利だと思うんだよね～）

ということで、なぜか副支部長さんが持っていた、見覚えありまくりのクマさんとネコちゃん柄のノートに、この国の数字とアラビア数字の対応表を書いて、副支部長さんに渡します。

副支部長《イーサン》「ふむふむ。これなら、覚えるのは大したことはなさそうですね」

ワタシ「アリスちゃんもすぐ覚えたから、きっと大丈夫～！」

副支部長《イーサン》「アリスちゃん？」

アイリーン「あら、【マダムメアリーの薬店】のお孫さんのことよね？」

ワタシ「そうで～す。ねぇねと同じぐらいのおともだちで～す」

副支部長《イーサン》「ほう？　それは私も負けられませんね」

そんな感じで、やる気になってくれた副支部長さん。【電卓】を餌にアラビア数字を普及させるというワタシの目論見は、うまくいきそうな雰囲気です。

副支部長《イーサン》「それでは、この『デンタク』の対価については後日改めて、ということでお願いします。どっこいしょっと。あ～やれやれ、今日ももう少し頑張りますか……」

そう言って立ち上がった副支部長さんは、なんだかお疲れのご様子です。

（およよ？　副支部長さん、かなりお疲れだね。だって『どっこいしょ』って言っちゃってるもん。

アラビア数字を普及してもらうためにも、ここは副支部長さんには頑張ってもらわないとだね！）
ということで、本日打ち止め、７回目の【想像創造】です。

【指定医薬部外品　ドリンク剤　アゲイン　50ml　10本　２８６０円】

　前世のワタシの中で、ドリンク剤といったらこれです。24時間戦えちゃうイメージソングが、今も頭をよぎります。
（ちょっとブラックな発想だけど、これでいろいろがんばっちゃってくださ～い！）
ワタシ「副支部長さん、お疲れでしょ？　これ、ワタシからの気持ちで～す」
　そう言って、黄色と黒の勇気が出ちゃうモノを差し出します。
アイリーン「あら！　副支部長も天使ちゃんからステキな贈り物をもらえちゃいましたね？　でも、私がもらったのとは違うみたい」
副支部長《イーサン》「もしかして、これが例の『琥珀《こはく》色のソーマ』……。おチビちゃん、ありがとうございます。大切にいただきますね？」
ワタシ「いえいえ。疲れてるのなら、今すぐグビっといっちゃってくださ～い」
副支部長《イーサン》「なるほど！　この『ソーマ』は疲れに効くのですね？　分かりました。それでは早速部屋に戻って、いただくことにしましょう」
　そう言って、たちまち笑顔になった副支部長さんは、数個の【電卓】と【ドリンク剤】を抱えて、颯爽《さっそう》と会議室を後にしたのでした。

（ん？　ところで『ソーマ』ってなんだろう？　よく分からないけど、お気に召してくれたのかな？）

ちなみに残念ながら、今日は【想像創造】のレベルは上がらずじまいでした。ここ最近は毎日レベルアップしていただけに、ちょっと肩透かしです。

（きっとたくさんのモノを創り出さないと、レベルアップしないんだろうな～）

今日はワタシたち3人が使うお洋服やバッグを中心に【想像創造】したので、創り出したモノは数的にも金額的にもわずかでした。そのためにレベルアップできなかったとしたら、それは少し残念ですが、ねぇねとおにぃが喜んでくれたり、大切なひとたちとの記念撮影も行えたので、今日は大変満足です。

（たまにはこういう自分たちが使うモノを中心に【想像創造】する日があってもいいよね？）

ひとり密かにそう思うワタシなのでした。

◆◇◆◇◆

おめかしして、ジョシュアさん&ジェーンさんといっしょに記念撮影をした翌日。

今日は朝から朝食もとらずに、町にお出かけしているワタシたち3人です。その目的はズバリ、ローラおねえちゃんのお店の様子を覗きに行くという大義名分のもと、たまには甘いモノで朝食をいただいてしまおうという、ワタシの大いなる野望を実現するためだったりします。

（今朝はふんわりふっくら甘～いパンケーキで、優雅に朝食をいただいちゃうので～す！）

ちなみにワタシたち3人のお洋服は昨日と同じで、ねぇねがセーラー服、おにぃが学ラン、そしてワタシが幼女フォーマルです。

その理由は、昨日ハンターギルドをお暇するタイミングで、
アイリーン「それにしても、3人ともよく似合っているわ〜。目の保養になるから、これからもずっとカワイイ衣装を着ていてね？」

ねぇね「これカワイイですか？　おチビちゃんが用意してくれたこのお洋服、私も気に入ってるのでうれしいです！」

こんな感じのやり取りがあったからです。

ねぇねが嬉しそうにはしゃいでいたのですよ？　ねぇね大好きなワタシとしては、もちろんその望みは叶えるべきでしょう。ということで、今日もおめかししたワタシたちは、お揃いの柄のバッグにいろいろ詰め込んで、いざ、ローラおねえちゃんのお店を目指したのです。

そして3人仲良く手をつないで、町中を歩くこと15分ほど、やってきました【ガレットのお店ローラ】。材料の質の問題で、以前はボソボソしてちょっと苦みがあるガレットを作っていた、ローラおねえちゃんのお店です。

ワタシ「おはよ〜ございま〜す！」

「「ごめんくださ〜い」」

ローラ「ごめんなさーい。まだ開店前の準備中……って、あっ！　おチビちゃんたちじゃない！先日はありがとう！　あの【ホケミ】粉、とっても助かってるわ！　アレのおかげで、やっと思い通りのお菓子を作れるようになったの！　仕入れられる量も申し分ないし、嬉しい限りだわ〜。そ

れでこんなに朝早くどうしたの？　もしかして、ウチのお菓子を食べに来てくれた？」
ワタシ「そうで～す。ワタシたちの朝食を作ってくださいな？」
ローラ「え？　朝食？　あの、これでも一応、ウチのお店、お菓子屋さんなんですけど……」
ワタシ「えっとね？　【ホケミ】さんを使えば、いろいろな食べ物を作れるの。厚くふっくらと焼き上げれば、お食事にもなるんだよ？」
ローラ「【ホケミ】粉でいろいろ作れるのは分かるわよ？　今もちょうどクッキーを作ってるところだしね」
ワタシ「え！　クッキー作ってるの!?　あの、ワタシたちもお手伝いしていいですか？」
ローラ「もちろんいいわよ！　おチビちゃんのことだから、また何か良い提案とかしてくれるんでしょ？」
ワタシ「そうで～す！」
　ということで、ローラおねえちゃんのお店に到着早々、ちゃっかりお店の厨房に潜入成功です。
ローラ「これがしばらく寝かせておいたクッキー用の生地よ。今から小さく切り分けして、オーブンで焼き上げるところなの」
ワタシ「それじゃ、これを使って生地を型抜きしてもいい？」
　そう言って、今日1回目の【想像創造】したモノは、
【クッキー型カッター　20種類セット　クマ　ゾウ　ライオン　カバ　パンダ　ウシ　柴犬　ウサギ　ネコ　ネズミ　花型10種　３２５０円】

抜き型と押し型が一体になった、クッキーの型カッター20種類セットです。これはただ単に生地を切り取るだけではなく、同時に立体模様も描けちゃう優れモノ。愛らしい動物の型と、10種類のお花の型が入っていて、いろいろな年齢層にも対応できそうです。

ワタシ「これでクッキーの生地を型抜きするとね、キレイでかわいく、しかも毎回同じ形にすることができるんだよ？」

ローラ「へぇー、なんだか面白そうね？　それじゃ、みんなも手伝ってくれる？」

「「「は～い」」」

ということで、ねぇねの魔法のお水で手をしっかり洗った後、4人でぺったんぺったんクッキーの型抜きです。

ローラおねえちゃんはプロのお菓子屋さんなだけはあって、さすがの手際でポンポンといろんな型を使って仕上げていきます。ねぇねはウサギの型が気に入ったのか、ずっとウサギの型抜きをしています。おにぃもずっと柴犬の型を使っています。ワタシはネコとネズミを交互に持ち替え、ぺったんぺったんです。ちなみにおチビなワタシはそもそも作業台の上に手が届かないので、靴を脱いで椅子の上に乗せてもらっての作業です。

型抜きが終わったら、できあがった生地をオーブンに入れて、後は焼き上がるのを待つだけ。その間にワタシの当初の目的、甘くて美味しい朝食をローラおねえちゃんに作ってもらうことにしましょう。

ワタシ「ローラおねえちゃん、あのね？　ワタシたちの朝食を作ってくださいな？」

ローラ「ん？　そう言えば、最初にそんなこと言ってたよね？　それって、どうすればいいの？」

ワタシ「あのね？　ガレットみたいに薄くするんじゃなくってね？　生地を厚くふわもこに焼いてほしいの」

ワタシ「試しにワタシが焼いてみてもいい？」

ローラ「え？　おチビちゃんが焼くの？　大丈夫？」

ワタシ「平気だよ？　ワタシ、お料理できるんだよ？」

ローラ「そうなの？　ちょっと不安だけど、それじゃ、このガレット用の生地を使ってね？」

　ということで、実際にパンケーキを焼いてみることにします。でも、普通に焼いても面白くないので、可愛くアレンジしちゃいます。

　まず大きく丸く本体を焼いて、その上に小さな丸を2つくっつけます。そして裏返してしばらく焼いたら、目と鼻をつけて、さらにひっくり返して、ちょっと焼いたら完成。マルマルぷっくり、クマさんパンケーキのできあがりです。

ワタシ「こんな感じで、ふっくらクマさんパンケーキの焼き上がり〜！」

ローラ「おチビちゃん上手ね〜」

おにぃ「いい匂いだな〜」

ねぇね「これクマさんなの？　カワイイね？　でも食べるのがかわいそうかも」

ワタシ「ねぇねとおにぃも焼かせてもらう？　ローラおねえちゃん、いい？」

ローラ「もちろんいいわよ」

ねぇね「やったー！」

おにぃ「ありがとう」

そんな感じでねぇねはウサギさんのパンケーキ、おにぃはワンちゃんのパンケーキ、ついでにローラおねえちゃんもネコさんのパンケーキを焼き上げました。

ということで、後は実食あるのみなのですが、せっかくなのでお茶もご用意しちゃいます。

ワタシ「ローラおねえちゃん、お茶を作るから、お鍋を貸してね？」ローラ「それなら、はい、これ使ってね。コップも用意しておくね」

ワタシ「ありがとう。ねぇね、おにぃ、いつものヨモギとドクダミとタンポポモドキのお茶を作ろっか？」

ねぇね「は～い」

おにぃ「りょ～かい」

お鍋にねぇねが魔法のお水を入れて、そこにバッグに忍ばせておいた乾燥させたヨモギを入れます。そしてそのお鍋をおにぃが火魔法で煮立たせて、しばらく放置でヨモギ茶の完成です。つづいて同じ要領で、ドクダミ茶を作り、最後は炒ったタンポポモドキ（ブタナ）の根の茶（タンポポモドキコーヒー）です。

これはいつもワタシたち3人が好んで飲んでいる野草のお茶。ノンカフェインで健康にも良い、無料のハーブティーです。

ワタシはヨモギ茶をストレートで、甘党のねぇねはドクダミ茶にたっぷりはちみつを垂らして、そしておにぃはブラックのタンポポモドキコーヒーが好みです。

（ビタミンとかミネラルとかいろいろとれるし、野草のお茶はスラムっ児の救世主だよね～。なん

てったって、原っぱに行けば、ただでとり放題だもんね〜）

　そんなことを思っていると、ローラおねえちゃんがワタシに話しかけてきました。

ローラ「ねぇ、おチビちゃん。それ、なんだか凄く個性的な香りのお茶だけど、何のお茶なの？」

ワタシ「えっとね、ワタシのがヨモギ茶で、ねぇねのがドクダミ茶で、そしておにぃのがタンポポモドキの根のお茶なの」

ローラ「え？　全部野草？　むしろ雑草に近いよね？　美味しいの？」

ワタシ「後味がスッキリしていて、栄養もあるし、おいしいよ？　ローラおねえちゃんも飲む？」

ローラ「うん、興味あるわ。よければ一口ずつもらえる？」

ワタシ「は〜い」

「「どうぞ」」

ローラ「へぇー、3つとも独特な風味だね。でも後味がいいね。その辺の野草とは思えないかも」

ワタシ「そうなの。それにね、原っぱで採ってきて乾燥させてるだけだから、ただなんだよ？」

ローラ「ハハッ、それは重要だね。でも、ウチは採取している時間も乾燥させる余裕もないしな〜」

（およ？　新たなるお仕事の予感！　野草の採取なんて、まさにハンターっぽいお仕事だよね？）

　ということで、早速ローラおねえちゃんにプレゼンをはじめるワタシです。

ワタシ「それならハンターギルドに依頼を出してみたら？　採取だけじゃなくて乾燥までしたモノを納品してもらえば、すぐにお茶として使えるよ？」

ローラ「そうね、それもアリかな？　あとは値段次第だけど……」

そんな会話を交えていると、オーブンのクッキーもいい匂いに焼き上がり、後は食べるだけになりました。だけど残念ながら、ローラおねえちゃんのお店には、快適なイートインスペースがありません。

（ガレットを手渡しで販売しているお店だから仕方ないんだけど……。でも、お店の奥のスペースが全く活用されてないんだよね〜）

ということで、お店の奥のデッドスペースを見つめながら、再度ローラおねえちゃんに提案です。

ワタシ「ローラおねえちゃん、あのね？　お店の奥の使ってない場所に、食べる所を作ってもいい？」

ローラ「ん？　食べる所？　空き箱とかでテーブルを作るの？　別にかまわないわよ」

ローラおねえちゃんからの了承も得られたので、早速本日２回目の【想像創造】です。

【二人用応接セット　１人掛けソファー（スカイブルー）×２　木製スクエアテーブル　３６０００円】×４　１４４０００円

ちょっとしたソファーとテーブルのセットをお店の半分ぐらいの面積が埋まる程度に【想像創造】しちゃいました。これまで全く活用されていなかったお店の奥のデッドスペースが、快適なイートインスペースに早変わりです。

普通の椅子だと面白みがないと思ったので、ゆったりふんわりのソファーをチョイス。前世の記憶的には、談話喫茶的な感じです。けれども明るい色調にすることで、お菓子屋さんらしく、ポップでハイカラ、前世的に言えば、『ナウい』感じにしてみました。
（パンケーキと同じで、椅子もふんわりふわふわの方が気持ちいいよね！　決して、おチビなワタシでも座れるように座面が低いソファーにした訳じゃないよ？　ホントだよ？）
ローラ「え？　なにこれ？　空き箱どころか、凄く高級そうな接客セットじゃない？」
ワタシ「お茶といっしょにお菓子をここで食べてもらうのもいいでしょ？　ローラおねえちゃん、よかったら使ってくださいな？」
ローラ「お金に余裕がなくてできなかったけど、こういうお店、ウチの夢だったの。ありがとう！　でもいいの？　これって凄く高いんじゃない？　今のウチじゃ、何もお返しできないよ？」
ワタシ「いいのいいの。クッキーの型抜きも、よかったらもらってね？　お礼ならね？　パンケーキとかクッキーとか、お菓子がもらえればうれしいな？」
ローラ「そんなのでいいの？　もちろんよ！　今後おチビちゃんたちはすべて無料にするから、いつでも食べに来てね？」
ねぇね「今後すべて？」
おにぃ「いつでも無料？」
ローラ「前回の【ホケミ】粉、そして今回のクッキーの型抜き、野草のお茶、そして最後はこんなに豪勢な接客セットよ？　ウチの商品なんかで返せるとは思えないけど、お菓子なら好きなだけ食べてってね？」
ワタシ「いいの？　やったー！」　＼(^o^)／
　こうして、町の中に無料でおやつを食べられる『たまり場』をゲットしたワタシたち３人なのでした。

◆◇◆◇◆

ワタシ「う～ん。朝から幸せ～」　(*^～^*)
ねぇね「ん～、ふんわり甘くっておいし～」
ローラ「このパンケーキ？　このボリュームなら、食事として十分満足できるよね～」
　ワタシとねぇねとローラおねえちゃんは今、先程【想像創造】したソファーセットに腰かけて、自分で焼いた動物型のパンケーキに舌鼓を打っているところです。もちろん、ねぇねのボディバッグに忍ばせてあった小袋のはちみつをたっぷりと上から垂らしているのは言うまでもありません。
　そしておにぃはというと、
おにぃ「お～い、こっち向いてくれ～」
カシャ（パッ）　ウィーン
　おにぃの学習能力は、ワタシのそれを遥かに凌駕《りょうが》しているご様子で、
おにぃ「この椅子とかテーブルとか、どうせまたアイリーンさんに報告しなくちゃならないんだから、今のうちに『シャッシン』しておこうぜ」
　と提案してくれました。
　しかも自分が言い出しっぺだからと、現在おにぃは自発的にカメラマンをやってくれています。口だけ出して後は知らんぷりではなくて、言ったからにはキッチリその責任は負うおにぃ。有言実

行、言行一致、さすがワタシの大好きなおにぃ、カッコイイです。

ローラ「う～ん、どのお茶にも合うけど、この甘いパンケーキとなら、ウチはタンポポモドキのお茶が一番好きかな～」

ワタシ「タンポポモドキの根のお茶はね、一番手間がかかるんだよ？」

ローラ「そうなの？」

ワタシ「タンポポモドキの根を掘り出して、キレイに水洗いして乾燥させて、そのあと細かく刻んで、甘く香ばしい香りがでるまで炒って、そしてやっとお茶になるんだ～。ねぇねが水魔法で洗うのと乾燥させるのをやってくれるし、おにぃが程よく炒るところまでやってくれるから、ワタシは全然大変じゃないんだけどね～」

ねぇね「魔法でなんとかできることは、私たちが担当だもん」

おにぃ「そこは役割分担だな。指示とかそういうのはいつもおチビが担当だもんな、オレたち」

ねぇね「どの野草のどの部分が食べられるとか、そういう知識はいつもおチビちゃんが教えてくれるの」

ワタシ「え？　そうだっけ？」

ねぇね「そうよ？　若いタンポポモドキの葉っぱは生で食べてもあまり苦くないとか、いろいろ教えてもらったよ？」

おにぃ「そうだな。そのおかげでオレたち今まで何とか食いつないでこれたよな」

ねぇね「うん。おチビちゃんがいてくれたから、私たち、今まで生きてこれたの」

おにぃ「まあ、おチビに教えてもらっても、未だにオレはタンポポとタンポポモドキの違いがよく分からないけどな」

ねぇね「どっちも食べられるんだし、それはあんまり気にしなくていいんじゃない？」

ローラ「ふぅ～ん。上手く作業分担ができてて、なんだかいいね？　そういうの」

（え～？　ワタシそんなことしてたの？　もしかしてワタシ、前世の記憶が戻る前から、前世の知識を使ってたのかな？）

　そんなことを思っていたら、今更ながらとても大変なことに気が付いてしまいました。

（およよ？　そういえばワタシ、前世の記憶を思い出す前って、どんなことしてたっけ？）

　なんということでしょう。ワタシ、前世の記憶が戻ってから、それ以前の記憶のかなり重要な部分がスポーンと飛んでしまっているのです。

（あれれ？　そういえばワタシって、いつ、どこで、ねぇねとおにぃに会ったんだっけ？　そもそもワタシ、なんでスラムにいるの？　ワタシの両親はだれ？　どこにいるの？　どんな顔だったたっけ？　あれれ？　う～ん、全然思い出せないや……）(?_?)

　ひとり悶々《もんもん》と思い悩んでいると、ローラおねえちゃんが別のお話をはじめました。

ローラ「でもいいよね～、火魔法だとか水魔法だとか、有名で便利な魔法が使えるのってさ～。ウチなんて『ハズレ』属性だよ？　ホントついてないわ～」

ワタシ「『ハズレ』属性？」

ローラ「そうなの。使い物にならない属性だから不遇属性だとか『ハズレ』属性だとか呼ばれててさ～。なんていうか、神様も不公平だよね～」

ワタシ「ローラおねえちゃんは、どんな魔法属性なの？」

ローラ「教えてもいいけど笑わないでよ？　ウチの魔法属性は【塊】属性なの」
ワタシ「かたまり？」
ローラ「そう。いろいろな【塊】を操る魔法なんだけどさ～、何それって感じだよね～。これ、お菓子の生地をまとめるぐらいにしか使えないのよ～？　ホントもう、『ハズレ』でしょ？」
ワタシ「それじゃ、さっきのクッキーの生地も魔法を使って作ったの？」
ローラ「そうよ？　【塊】属性魔法でまとめたの」
ワタシ「すっご～い！　お仕事につかえる魔法なんて、すごいよ～！」
ローラ「え？　そうかな～」
ワタシ「そうだよそうだよ！　ワタシなんて、魔法属性【なし】だよ？　魔法使えないんだよ？　それなのにローラおねえちゃんは魔法を使ってお仕事できるなんて、いいな～、うらやましいな～」
ローラ「いやいやいや。おチビちゃんってば、物凄いモノをポンポン出してるよね？　アレって、どう考えても魔法でしょ？　仮に魔法じゃなかったとしても、むしろ普通の魔法以上に凄いヤツだよね？　アレ」
おにぃ「まあ、おチビのアレは、どう考えても異常だよな」
ねぇね「おチビちゃんは特別だもん」
ワタシ「え～、そうかな～、魔法を使える方がすごいと思うけどな～。まあ、たしかにワタシのスキルはとっても便利でありがたいけど」
ローラ「でもさ、『ハズレ』属性と言えば、有名なのはご領主家のお嬢様だよね～」

ワタシ「え？　ビーちゃん様のこと？」
ローラ「ん？　ビーちゃん様？」
おにぃ「そのお嬢様のことを、おチビは『ビーちゃん様』と呼んでるんです」
ねぇね「私たちもそう呼ばせてもらっています」
ワタシ「ビーちゃん様はね、ワタシたちのおともだちなんだ～」
ローラ「え？　そうなの？　それじゃ、滅多なことは言えないじゃん。でも有名な話だよ？　お嬢様の魔法属性は『ハズレ』だって。ウチも具体的にどんな属性なのかまでは知らないけど、なんたって『ハズレ姫』なんてあだ名されるくらいだからね」
「「「え⁉」」」　（゜Д゜；）!!!
　おともだちのビーちゃん様が、そんな悪口めいたあだ名で呼ばれていると聞いて、とってもショックなワタシたち３人。ビックリ驚いて、固まってしまいます。
ローラ「たとえ『ハズレ』属性でもさ、ウチみたいなド庶民なら、他人からどうこう言われることなんてないんだけど。でもお貴族様ともなると政敵とかやっかみとか、いろいろあってさ、あることないこと言われちゃうんだろうね。しかもご領主様と奥様の魔法属性がかなり有名だから、尚更なんだろうね～」
おにぃ「なんだよ、それ」
ねぇね「ひどいよ……」
ワタシ「むぅ～、むぅ～、ムゥ～ッ！」　／(*｀＞´)／
（も～！　魔法が使えるだけでもスゴイことなのに～！　なんでそんなイヤなこと言うの～！）

おともだちのことを悪く言うひとがいると聞いて、悲しくて悔しくて、ムカムカぷりぷりしちゃうおチビちゃん。

　この町のことをアレコレ一生懸命考えて、元気にいろいろ動き回っているビーちゃん様の笑顔を思い出すと、はちみつたっぷりのパンケーキのおかげで甘いはずのお口の中が、ちょっぴりしょっぱく感じられちゃうワタシなのでした。

◆◇◆◇◆

ワタシ「ローラおねえちゃん、たくさんクッキーのおみやげ、ありがと～」
ねぇね「ごちそうさまでした」
おにぃ「ありがとうございました」
ローラ「いえいえ、こっちこそいろいろありがとうね～。またいつでも寄ってね～」
ワタシ「バイバ～イ。また来るね～」　(^-^)/~~

　ローラおねえちゃんのお店に急造したイートインスペース、カフェのようなその場所で、甘いパンケーキの朝食をいただいたワタシたち3人は、みんなで作った動物やお花の形をしたクッキーを手みやげにもらい、ローラおねえちゃんのお店をお暇します。

　そして目指すはハンターギルド。ハンターギルドの受付兼ワタシたち3人の専属、アイリーンさんに今朝の出来事を報告するためです。

　行きと同様、3人で手をつないでの道行ですが、ちょっとだけ気分の重い帰り道です。

ワタシ「ねぇね、おにぃ。さっきのビーちゃん様のお話、なんか悔しいね……」
おにぃ「そうだな……」
ねぇね「ねぇ、おチビちゃん。私たちは、私たちのできることをしよう？　ビーちゃん様が遊びに来たら、おともだちとして、笑顔で迎えるの。ビーちゃん様が嫌なことを忘れてしまうくらい、一緒に楽しく遊んで過ごそうね？」
ワタシ「うん、そうする！　ビーちゃん様の笑ったお顔、ワタシ大好きだもん！　よ～っし、もっともっと笑ってもらえるように、いろいろ考えちゃうぞ～」
　優しいねぇねの諭すような語り口に、俄然《がぜん》やる気になったワタシ。おチビなワタシには大したことはできないでしょうが、せめておともだちとしてビーちゃん様が楽しい時間を過ごせるようにしようと、ムフンと決意を新たにするワタシなのでした。
　そんな会話をしつつ気分を切り替えていると、ハンターギルドに到着しました。
ワタシ「アイリーンさん、おはよ～ございま～す」
「「おはようございま～す」」
アイリーン「あら『シュッセ』のみんな、おはよう。うんうん。やっぱりその衣装、可愛くていいわね？」
ねぇね「えへへ。カワイイと言ってもらえて、うれしいです」
ワタシ「わぁ～い、ほめてくれてありがと～」　o(´∇`)o
　昨日に引き続き、今日もお洋服を褒められて、嬉しそうにはにかむねぇね。そんなねぇねの姿を見られて、つられてワタシも大喜びです。

アイリーン「いえいえ。それでどうしたの？　何か依頼を受けるのかしら？」
おにぃ「えっと、今朝、町のお菓子屋さんでおチビがいろいろアレだったので、その報告をしておこうと思いまして」
アイリーン「ああ、そういうことね？　それじゃあ、いつもの会議室に行きましょうか」
おにぃ「お願いします」
ねぇね「します」
ワタシ「は～い」
　ということで、早速いつもの会議室にご案内です。例によっておにぃに抱き上げてもらい、厚めのクッションが敷いてあるいつもの席にポスンと座らせてもらうワタシ。そうして全員がいつもの席に着いたところで、会議室に急なご来客みたいです。
　コンコンコン
アイリーン「はい、どうぞ～」
　あらかじめ知っていたのか、待ってましたと言わんばかりにお返事をするアイリーンさん。すると、今日も銀縁丸メガネがピカリと輝く、インテリ系副支部長さんが颯爽とご登場なのでした。
副支部長《イーサン》「失礼します。私も少しの間、同席させてもらいますね？」
（あれ？　今日の副支部長さん、なんだかいつもより動きにキレがあるというか、キビキビしてる気がするよ？　昨日会った時は、かなりお疲れさまな感じだったのに、何かあったのかな？）
　そんなことを考えていたら、さっそくとばかりに真面目モードのアイリーンさんがお話をはじめました。

アイリーン「『シュッセ』の皆さんからの報告をお聞きする前に、まずはハンターギルドから、お金のことについてのお話があります」
副支部長《イーサン》「ここからは私が説明させていただきますね？　まずは昨日ご提供いただいた、１００台の『デンタク』についてです。あの後、早速商業ギルドに持ち込んだところ大変ご好評いただきまして、かなりの金額で買い取っていただけることになりました。最終的に商業ギルドには95台売却し、我がハンターギルドに5台残すことになりました。外国の新しい数字表現方法等、諸々込みで、対価は1台あたり10万リル、ということでいかがでしょうか」
ワタシ「えっと、１００台だから、１千万リルってことですか？」
副支部長《イーサン》「そういうことです」
おにぃ「いっせんまん？」
ねぇね「ん？　え？」
ワタシ「ほよ？」
　驚き過ぎて、まともにリアクションがとれないワタシたち3人です。
（はわわわ～。１千万リル？　それって、おいくらなのかな～日本円で考えると、大体12億から14億円ぐらい？　ここまで来ると、もう意味が分からない金額だよね～。なんだか頭がグルグルしちゃいそうだよ～）　(*_*)
　すごい金額にワタシが目を回していると、今度はアイリーンさんがお話を続けます。
アイリーン「そして私から、先日のご領主さまとの謁見についての報告があります。その時の納品物と献上品への対価についてなんですけど、領主館から、『謝礼として大金貨１００枚を下賜《かし》する』との連絡がありました」
おにぃ「え？」
ねぇね「大金貨？」
ワタシ「ん？　大金貨１００枚？　それって、おいくらリルなの？」
アイリーン「大金貨1枚が10万リルなので、１００枚だと1千万リルですね」
おにぃ「ま、また、いっせんまん？」
ねぇね「もう大きすぎて、桁がよく分からないかも……」
ワタシ「ほよょょ～」
　先程の電卓１００台の代金と合わせると、２千万リル。そんな大金が、一気に手に入っちゃうみたいです。
副支部長《イーサン》「ちなみに双方とも依頼ではありませんので、税金や手数料は引かれません。まあ、どちらもあまり表沙汰《おもてざた》にしたくない内容なので、御内密にお願いしますね？」
　２千万リルを４分の１しても、５００万リル。日本円で6億～7億円です。
アイリーン「お金の処理は今まで通り、４等分して個人とチームに分けて預入するということでいいですか？」
ワタシ「いいで～す。お願いしま～す」
（いや～ホント、もうこれ以上お金を稼ぐ必要ないよね？　というか、こんな大金もらっても、逆に困っちゃいま～す）
　ということで、不相応な大金は、さっさとオトナのひとたちに丸投げしちゃいましょう。

ワタシ「えっとね？　ワタシの分のお金は全部郵便屋さんに使っちゃってくださ～い」
おにぃ「それなら、オレもおチビと同じで」
ねぇね「わ、私もおチビちゃんと同じにしてください」
アイリーン「分かりました。では、そのように対応しますね？」
副支部長《イーサン》「すみません。その『ユービン』事業への投資のことで、『シュッセ』の皆さんにご相談があるのですが、よろしいでしょうか？」
　お金のお話がやっと終わったと思ったら、さらに副支部長さんからなにやらご相談されちゃうみたいです。
ワタシ「ご相談？」
副支部長《イーサン》「ええ。今回お預かりする金額があまりにも多額なため、『ユービン』事業だけでは使いきれないかもしれません。ですので余剰分は、ハンターギルド【オーレリア】支部のために有効活用させていただければありがたいのですが、いかがでしょうか？　もちろん、『シュッセ』の皆さんに不利益が生じるようなことはいたしませんので」
ワタシ「もちろんいいよね？　ねぇね、おにぃ」
おにぃ「おチビがそう言うなら、オレはいいと思うぞ」
ねぇね「私もおチビちゃんの思う通りにしたらいいと思う」
ワタシ「ということなので、いろいろ良きに計らっちゃってくださ～い！」
副支部長《イーサン》「ありがとうございます。このイーサン、昨日いただいた『元気が出るソーマ』に見合った仕事をさせていただく所存です。それでは次の仕事がありますので、私はお先に失礼させていた

だきますね？　いや～、仕事が捗る捗る！」

　そう言って、颯爽と会議室を退室していく副支部長さん。昨日とは打って変わり、帰る姿も元気ハツラツ、今にもスキップしだしそうな勢いです。

（う～ん。副支部長さんのあのご様子、あれはきっと例の24時間戦っちゃうヤツがかなり効いちゃってる感じだよね～）

　この世界には未だ定義されていない『ブラック労働』や『社畜』という概念。図《はか》らずも、その先駆者をワタシ自らプロデュースしてしまったようです。

（副支部長さん、あまりがんばりすぎてお体を壊さなければいいけど……）

　副支部長さんにバリバリ働いてもらおうとドリンク剤を渡しておきながら、その効果てきめんっぷりにちょっと後ろめたさを感じちゃう、ちょっと自己矛盾気味なワタシなのでした。

◆◇◆◇◆

アイリーン「ハンターギルドからは以上ですけど……みんな大丈夫？」
おにぃ「え？」
ねぇね「へ？」
ワタシ「ほぇ？」　（@_@）
　会議室に入るや否や、のっけから驚きの報告を食らってしまったワタシたち３人。想像もつかない大きな桁のお金がもらえると言われて、軽くパニック、そして放心状態に移行です。もらえる金額を想像しようとしても、まるで頭の周りにトリさんがピヨピヨグルグルしているみたいで、頭がクラクラしちゃいます。

そんなこんなでちょっと時間をあけて、なんとか気を取り戻したワタシたち3人。どうにか意識を復活させたおにぃが、アイリーンさんに、ローラおねえちゃんのお店での報告をはじめました。

おにぃ「えっと、すいません。前に【ホケミ】って粉の時にここに来たローラさんって覚えてますか？」

アイリーン「ええ、おチビちゃんが営業をかけて連れて来たガレット店の女性ですよね？」

おにぃ「そうです。今朝、そのローラさんのお店に行ってきたんですけど、そこでおチビがいろいろモノを出しまして……」

ワタシ「えっとね？　クッキーをかわいく作る型抜きと、ローラおねえちゃんのお店にイートインスペースをご用意したんだ～」

アイリーン「イートインスペース？」

ワタシ「お店の奥をオシャレで『ナウい』カフェにしてみたの」

アイリーン「『ナウい』？　カフェ？」

おにぃ「え～っと、とりあえず、これを見てください。言葉だと伝わらないかもと思って、現場を『シャッシン』してきました」

アイリーン「あら『シャッシン』してくれたの？　それはありがたいわ～。おチビちゃんのお話だけでは、何のことやらさっぱりだもの。以前の【マダムメアリーの薬店】の時は、理解するだけでテンテコマイだったしね？」

おにぃ「そ、そう言ってもらえると、『シャッシン』してきたかいがあります」（//∀//）

そう言って、ちょっと照れ気味にアイリーンさんに写真を手渡すおにぃ。写真を受け取ったアイリーンさんは、早速検分をはじめました。

アイリーン「……ふむふむ。この器具を使って、動物とお花の柄のクッキーができるのね。……へぇー、明るい色彩のステキな応援セットね。……ほぅほぅ。そこに座って飲食するのね。なるほど。これが『ナウい』カフェということなのね？　大体分かりました。今回は特に大ごとになりそうにないわね」

写真を見たアイリーンさんに一通りご納得いただけたところで、ワタシは今回も営業活動をしてきたことをアピールすることにします。

ワタシ「アイリーンさん、あのね？　ワタシたちがいつも飲んでる野草のお茶をローラおねえちゃんにも飲んでもらったの。そしたらね、ローラおねえちゃんに気に入ってもらえたの。だからね、今度ハンターギルドに野草のお茶の採取依頼が来るかもしれないよ？」

アイリーン「あら、今度は採取依頼の営業をしてくれたの？　おチビちゃん、偉いわね～」

ワタシ「ワタシえらい？　えへへぇ～」（〃´∀`〃）

褒められて嬉しくなったワタシは、ポシェットから大きな葉っぱに包まれた、いろいろなお花の形をしたクッキーを取り出します。

ワタシ「それとね、ローラおねえちゃんがおみやげに【ホケミ】さんで作ったクッキーをたくさんくれたの。だから、はいどうぞ？　アイリーンさんも食べてみてくださいな？」

営業活動を褒めてくれたアイリーンさんにも、クッキーのおすそ分けです。

アイリーン「あら、今日はおみやげも持ってきてくれたの？　へぇー、可愛らしい形のクッキーなのね？　なんだか食べるのがもったいない気がするわ。でも甘い香りがして美味しそうだから、遠慮なくいただくわね」

　サクッ、サクサクッ

アイリーン「あら美味しっ。さっくり軽い食感で、そして程よい甘さで、ついつい手が伸びてしまうわね。これが【ホケミ】でできているのね？　これは予想以上にいいモノだわ～」

ワタシ「でしょでしょ？　【ホケミ】さんはパンケーキにもなるし、万能なの」

アイリーン「パンケーキ？」

おにぃ「あっえっと、それはこの『シャッシン』でおチビたちが食べているヤツです」

ワタシ「パンケーキはふっくらふんわり、甘くておいしいお食事なんだ～」

アイリーン「へぇー、それは今ココにないの？」

おにぃ「すいません。さすがにそれは……」

ワタシ「パンケーキは焼きたてのアツアツがおいしいから、アイリーンさんもローラおねえちゃんのお店で食べてみてね？」

アイリーン「そうね、そうよね？　今度行ってみるわ」

ワタシ「場所はね？　前にアイリーンさんが教えてくれた、意地悪なお菓子屋さんの大通りを挟んだお向かいさんだよ？」

アイリーン「あ～、あの【セオドア菓子店】のとこね？　りょーかい」

ワタシ「【三輪自転車】で行けば、すぐだよ？」

アイリーン「ん～【三輪自転車】か～。町中で走るには、もう少し練習してからじゃないと、私ちょっと怖いのよね～」

そんなこんなで報告会はなにごともなく無事終了。

そしてその後は、【三輪自転車】と【リアカー】の追加納品のために、ハンターギルドの裏庭の広場に移動です。今回の納品も、ワタシたちの専属であるアイリーンさんが立ち会ってくれることになりました。

（【三輪自転車】はビーちゃん様が最初に注目してくれたんだもん。ビーちゃん様のためにも、早く【三輪自転車】を普及させて、町中に便利さをアピールしちゃうぞ～。そして間接的だけど、ビーちゃん様の悪口を言ったひとたちを見返してやるんだ～。よ～っし、一気に【想像創造】開始～！）

【オトナの三輪車　マウンテントライク24インチ　７スピードギア　リアショッピングバスケット付き　赤色　４３９００円】×15　６５８５００円
【オトナの三輪車　マウンテントライク24インチ　７スピードギア　リアショッピングバスケット付き　青色　４３９００円】×15　６５８５００円
【オトナの三輪車　マウンテントライク24インチ　７スピードギア　リアショッピングバスケット付き　黄色　４３９００円】×15　６５８５００円

連続３回の【想像創造】で、色違いの【三輪自転車】を各々15台ずつ、一気に創り出しちゃいました。

　続いて本日６回目の【想像創造】で、【リアカー】も納品です。

【アルミ製折り畳みリアカー　ノーパンクタイヤ仕様　全長２４０×全幅１１６×全高81cm　質量40kg　耐荷重３５０kg　８９８００円】×７　６２８６００円
　今日の追加納品で、【三輪自転車】は、赤色、青色、黄色の各々合計28台ずつになりました。

【リアカー】は、合計14台になりました。

　ここで今更ながら、ふと疑問に思ったことをアイリーンさんに聞いてみます。

ワタシ「ねぇアイリーンさん、【三輪自転車】と【リアカー】は、全部で何台必要なの？」

アイリーン「うん？　そうね～、とりあえず３色１００台ずつかしら」

ワタシ「赤色、青色、黄色、みんな１００台ずつで、合計で【三輪自転車】３００台ってこと？」

アイリーン「ええ。それだけあれば、十分足りるでしょう」

　納品完了までは、まだまだ先は長そうです。

　ついでに以前お話ししておいたことも確認してみます。

ワタシ「あのね？　【三輪自転車】の練習とか、交通ルールのお話は大丈夫？」

アイリーン「ルールは基本的に馬車と同じ扱いということになったから、特に問題ないと思うわ。問題があるとすれば、練習の方でしょうね。ただ乗れるようになっただけで、いきなり町中を走るのは、ちょっと不安ですもの。私自身、今のまま【三輪自転車】で町中に出るとなると、ちょっと怖いというか、心もとないもの」

　そんなお話を聞いたワタシは、ピカッとひらめいちゃいました。

ワタシ「それなら教習コースを作っちゃおうよ！　この裏庭の広場に本格的な教習コースを作って、そこでいっぱい走って【三輪自転車】に慣れればいいんだよ～」

アイリーン「教習コース？　よく分からないけど、実際に町を走る前に、ちゃんとした場所でしっかり練習できるのなら、それはありがたいわね」

　ということで、【三輪自転車】の町中への普及のため、早速行動開始です！

◆◇◆◇◆

【三輪自転車】の教習コースを作るため、ワタシは必要なモノを考えてみます。

（えっと、コースを作るなら、地面に道とかを描く必要があるよね？　ということは、地面に線を描けるアレを創り出せばいいかな？）

　ということで、本日最後、７回目の【想像創造】です。

【陸上用ライン引き（ライン幅50㎜）　シロライン（石灰）20kg　セット　13000円】×10

130000円

　前世の記憶の中で、学校の運動会の準備で大活躍していた、コロコロ走らせると石灰粉の白線を引いてくれる、赤いボディの二輪の手押し車、それを10台創り出しました。

（これで裏庭の広場に線を引いて、教習コースを描けばいいよね？）

そんなことを考えていたら、目の前に、お馴染みのワタシのステータス画面が出てきました。

名前：アミ
種族：人族
性別：女
年齢：5歳
状態：発育不良　痩せすぎ
魔法：【なし】
スキル：【想像創造】レベル8（8回／日）

どうやらいつも通り、スキルのレベルアップをお知らせしてくれたみたいです。

（やった！　【想像創造】がレベル8になって、これで1日8回使えるようになった〜！）

今日は7回【想像創造】したので、あと1回、なにかを創り出せることになります。

（状態は【発育不良　痩せすぎ】のままか〜。もっともっと、いっぱいおいしいものをたくさん食べるぞ〜）

そんなことを考えていると、アイリーンさんがワタシが創り出したモノに興味を示してくれました。

アイリーン「何かしら？　この赤い手押し車」

ワタシ「えっとね、これは【ライン引き】で〜す。これをコロコロ転がすとね、地面に白い線が引けるの。まずはこの白い粉、石灰の粉をね、この蓋を開けて、ここに入れておくの」
アイリーン「ふ～ん。これを使って、広場にコースを描けばいいのね？」
ワタシ「そうで～す」
そんな会話をしていると、いつもの聞きなれた野太い声の主がやってきました。
マスター「よお！　今日も【リアカー】と【三輪自転車】の納品だったのか？」
ご存じ、食堂の強面マスターさんが、片手をあげつつ今日もご登場です。
ワタシ「うん。納品もしたけど、今から教習コースを作るところなんだ～」
マスター「ん？　教習コースだぁ？」
ワタシ「えっとね、実際に町中で【三輪自転車】を走らせる前に、たくさん練習して――」
という感じで、マスターさんに今までの経緯を説明しちゃいます。
マスター「なるほどな。するってーと、実際の町の一角をこの広場に描けばいいってこったな？」
アイリーン「そうね。その方がより実践的かもしれないわね」
そんな会話が行われていると、あれよあれよという間に、見知らぬオトナのひとたちがワラワラと集まってきました。
マスター「よ～し、みんな聞いてくれ。今からこの赤い手押し車を使って、広場に白線を引く。白線で町の一角を描く予定だ。一同、オレの指示通り動いてくれ！」
「「「「「「「お～！」」」」」」」
ワタシの目の前で、10人弱のオトナのひとたちが、見事な連携プレーを見せてくれています。
さながら軍隊、とまではいきませんが、前世の記憶でたとえるなら、全国大会を目指している強豪校の野球部員ぐらいの統率はある感じです。

（なんだか今にも、『バッチコーイ！』とか『ピッチャービビってる〜！』とか言い出しそう）

そんな光景を目にしつつ、レベルアップでもう1回使えるようになったので、ワタシはさらに追加で必要と思われるモノを【想像創造】しちゃいます。

【カラーコーン　低密度ポリエチレン製　高さ700㎜　幅380㎜　750g　赤　990円】
×500個　495000円

白線で描いただけでは、教習コースとして少し物足りないというか、立体感がないと思ったワタシ。なので、ワタシの目の高さぐらいあるカラーコーンをたくさんご用意してみました。その数なんと500個。これを描いた白線の上に等間隔に置いていけば、よりリアリティある教習コースになるのではないでしょうか。
マスター「うお！　なんだなんだ？　赤いとんがり帽子みてぇのが、スゲェたくさん出てきやがったな。またおチビが創り出したのか？」
ワタシ「うん。これはね？　【カラーコーン】という目印なの。これを白線の上に等間隔に置けば、立体的なコースになるでしょ？」
マスター「ほうほう、なるほど。それはアリだな」
アイリーン「そうね。その方がただ線を引いただけのコースより、ずっと本格的ね」
マスター「よしみんな〜、聞いての通りだ。白線を引き終えたら、その上からこの赤いとんがり帽子を等間隔に置いてってくれ～」
「「「「「「お～！」」」」」」
　すると白線を引き終えたオトナの皆さんが、今度は【カラーコーン】と格闘しはじめました。
　その隙を見て、役割を終えた【ライン引き】をちょっと拝借するワタシ。その【ライン引き】を使って、教習コースの邪魔にならない場所に白線で小さめのマルを多数描きます。
おにぃ「ん？　何やってんだ？　それ」
ねぇね「おチビちゃん、地面にお絵描きしているの？」
ワタシ「えっとね？　これでね？『ケンケンパ』ってするの。マルの中だけ足をつけていい遊びなんだ～。マルがひとつだけのところは片足で、ふたつ横並びのところは両足で立ってね？　マルから足がはみ出たら失敗だよ？」
　ワタシがはじめたのは、前世の記憶にあった子供のお遊び、『ケンケンパ』の省略バージョン。おチビなワタシには石を投げたり拾ったりする動作は難しそうだったので、そういった部分はごっそり端折って、ただぴょんぴょんと飛び跳ねてマルの中に足を置くだけで遊んでみることにしました。
ワタシ「まずはワタシがやってみるね？」
　ケンケンパ　ケンケンパ　ケンパ　ケンパ　ケンケンパ
　自分で地面にマルを描いただけのことはありました。ワタシの体格にあった小さいマルばかりだったので、おチビなワタシでも見事に成功です。
おにぃ「へぇー、うまいもんだな～。『ケン』が片足で、『パ』のときが両足なのか？」

ねぇね「なんか楽しそうだね。次、私もやってみていい？」

ワタシ「いいよいいよ～」

　オトナのひとたちがテキパキと作業を進める中、ワタシたち3人だけは、広場の隅っこでぴょんぴょんと楽しい時間を過ごしたのでした。

　そんなこんなで小一時間。

　400メートルリレーができそうな学校の校庭ぐらいの広さがある裏庭の広場には、その4分の1ぐらいの面積に、赤い【カラーコーン】で作られた教習コースができあがりました。おチビなワタシから見ると、ただただワタシと同じぐらいの高さの赤い壁があるだけに見えるその場所。きっとワタシがひとりでそこに入り込むと、迷路に迷い込んだ感じになっちゃうことでしょう。

マスター「よ～っし、できたな～。確認のため、みんな【三輪自転車】で実際にその中を走ってみてくれ～」

「「「「「「お～！」」」」」」

　とっても良いお返事をして、見知らぬオトナのひとたちは、ワタシが納品した赤い【三輪自転車】にまたがりはじめました。

（よよ？　ワタシ、赤い【三輪自転車】は郵便屋さん用だって言っておいたよね？　ということは、このひとたちはみんな、郵便配達のひとなのかな？　でもなんていうか、郵便屋さんっぽく見えないんだよね～）

　ワタシの目の前では、性別も体格も、そして服装もバラバラなオトナのひとたちが、赤い【三輪自転車】を漕いでカラーコーンでできた教習コースを目指しています。

（う～ん。やっぱり郵便屋さんは、誰が見ても一目で分かるようにしたいよね～。郵便屋さんと言えば赤色だよね～。あれ？　赤は消防かな？　ん？　でもそもそも消防みたいな組織はあるのかな？　ねぇねみたいに水魔法が使える人がいれば、消防はいらないのかな？　でもきっと、ねぇねみたいに優しくてかわいくて、すごい水魔法を使えるひとは、なかなかいないよね～。うんうん。やっぱりワタシのねぇねは最高だよね～）　（＞－＜）

　ポフッ

ねぇね「ん？　おチビちゃんどうしたの？　急に抱き着いたりして」

ワタシ「えへへぇ～。なんでもないよ～」

　郵便配達のひとだと一目で分かるようにしたい、はじめはそんなことを考えていたはずでしたが、途中でアレコレ脱線してしまい、なぜだか最後は近くにいたねぇねに思わず抱きついちゃうぐらい、ねぇね称賛の思考に変わってしまったワタシ。

　いつでもどこでもどんな時でも、ねぇね大好きなおチビちゃんなのでした。

【第３章】✦ビーちゃん様の魔法

ローラおねえちゃんのお店に顔を出してパンケーキの朝食をごちそうになったり、【三輪自転車】用の教習コースを作ったりした翌日。

今朝は、無洗米と炊き込みご飯の素で、いつもの自炊に戻ります。

今回は、松茸（風味）の炊き込みご飯をチョイスしたワタシ。いつものように、ねぇねの水魔法とおにぃの火魔法で、程よくふっくらに炊きあげられたコシヒカリちゃん。ワタシたちのお家の周りが松茸とお醤油の素敵な香りのベールで包まれはじめた頃、こんな朝早い時間にもかかわらず、どうやらワタシたちにお客さんみたいです。

アリス「みんなおはよ～、とってもいい匂いだね～」

メアリー「おやおや、なんとも食欲を誘う香りじゃないかい」

ワタシたちのお隣さん、【マダムメアリーの薬店】のオールスターキャストが、そろってご来訪なのでした。朝一でワタシたちのお家に来たということは、それなりの理由があるのでしょうが、今はとりあえずそのお話は後回しです。なぜならワタシたちの目の前には、炊き立て出来立て、つやつやの炊き込みご飯があるのです。

何事にも優先順位というものがあるということで、お客さんも一緒に、みんな揃ってお食事タイムです。

ワタシ「いっただきま～す！　はぐはぐっ。うぅ～ん、松茸の香り最高ぉ～」　(*^～^*)

おにぃ「はふはふっ。うんめぇ～。やっぱオレ、朝は『タキコミゴハン』だなぁ～」

ねぇね「あむあむっ。おいしぃ～。私、この鼻に抜けるキノコの香り大好き～」

アリス「ほふほふっ。これジュワッと味が染みてて美味しいね～」

メアリー「あつあつっ。ほぉ～、なんとも滋味だねぇ～。冷めたおにぎりも美味しかったけど、温かい出来立てはまた格別だねぇ～」

　そんな幸せな朝食の後は、いつもの野草のお茶で一服です。

メアリー「ほぉほぉ。おチビちゃんが飲んでいるのはヨモギのお茶かい？　そしてお嬢ちゃんのはドクダミ茶だね？　いいねいいね。どちらも薬としても利用されているものだし、体にいいモノさね。毎日飲み続けていれば、悪いものを体から出してくれるはずだよ」

　さすが長年薬屋さんを営んでいるメアリーさんです。一目見ただけで、ワタシたちが何のお茶を飲んでいるのか、ピタリと言い当ててしまいました。しかもその効能の解説というサービスまでついています。その眼力と知識は、お見事としか言いようがありません。

メアリー「ところで、お兄ちゃんが飲んでいるそれは、何なんだい？　色からすると、南国で飲まれているコーヒーに似ているようだけど、それよりも香りが甘い気がするねぇ」

（よよ？　薬草のプロでも、タンポポモドキの根のお茶は知らないのかな？　それなら、みんなにも知ってもらって、広まるといいな～）

　そう思ったワタシは、早速メアリーさんにも勧めてみることにします。

ワタシ「えっとね？　これは炒ったタンポポモドキの根のお茶なんだ～。コーヒーよりちょっぴり甘くて体にも優しいから、ワタシたちでも安心なんだよ？　メアリーさんも飲んでみる？」

メアリー「ほぉほぉ。それはタンポポモドキの根のお茶なのかい？　まさかあの草の根っこをお茶にするとは思いもしなかったよ。どれどれ、せっかくだからご相伴にあずかろうかね？」
アリス「あっ、私も私も！　私にもちょうだい？」
ワタシ「うん、もちろん。アリスちゃんも飲んでみてね？」
　こんな感じでタンポポモドキの根のお茶を布教しつつ、ようやく本題のメアリーさんたちのお話を聞くことにします。
ワタシ「それで、こんな朝早くから、どうしたの？」
メアリー「そうだったそうだった。実は先日の指名依頼の時に作ってもらった銀色の体力回復ポーションについて、報告とお願いがあって来たんだよ」
おにぃ「ああ、アレですか」
ねぇね「何か分かったんですか？」
メアリー「あれから薬師ギルドで詳しく調べてもらったんだけどね、その報告が昨晩やっと届いたのさ。その結果がなんと、複数の病気に効果がある万能薬『簡易エリクサー』ときたもんさね」
「「「『簡易エリクサー』？」」」
メアリー「そうそう。不老不死になるという、伝説の『エリクサー』とまではいかないものの、ほとんどの病気に効果が期待できる薬みたいでね？　薬師ギルドは今、この万能薬をめぐって、上を下への大騒ぎさ」
おにぃ「へ、へぇー」
ねぇね「そ、そうなんですねー」

ワタシ「すごいねすごいね！　さすがねぇねとおにぃが作っただけのことはあるね！」

すかさず大好きなねぇねとおにぃの手を取り、ブンブンと振り回しながら二人を褒めちぎるワタシ。第三者を交えてねぇねとおにぃを称賛できる、こんなチャンスは決して見逃しません。

おにぃ「おチビ、ありがとう」

ねぇね「これもおチビちゃんが魔法の使い方を教えてくれたおかげだよ？」

ワタシ「ちがうよ？　ねぇねとおにぃの実力だよ？　二人の魔法がすごいんだよ？　そうでしょ？　メアリーさん」

メアリー「そうともそうとも。なんたって、新しいポーションを作っちまうんだからねぇ。これはもう、二人は魔法の天才としか言いようがないよ」

（ですよね、ですよね！）　(≧ω≦)ゞ
　まさに我が意を得たり、そんなメアリーさんのお返事に大変満足なワタシです。

おにぃ「あ、ありがとうございます」　(〃∇〃)

ねぇね「そ、そう言ってもらえて、嬉しいです」　(///ω///)

　一方、他人から褒められ慣れていないねぇねとおにぃは、メアリーさんからのストレートな賛辞にテレテレです。

　しばらくそんなほほえまシーンが繰り広げられていると、ついにメアリーさんが本題を切り出しました。

メアリー「それで、朝早くからお邪魔したのはね？　あのポーションを毎日作ってもらえないか、お願いに来たんだよ」

おにぃ「え？　あのポーションを毎日？」
ねぇね「毎日ですか？　それは……」
メアリー「まあ、ハンターギルドでの活動とか、『シュッセ』にもいろいろあると思うしね。だからまずは、すり合わせができればありがたいんだけどね？」
　魔法が使えないワタシはポーション作りには直接関係ありませんが、ねぇねとおにぃのバックアップをする気は満々なので、ここで口を挟むことにします。
ワタシ「えっとね、ワタシたちはハンターギルドにお世話になっているので、ワタシたちだけで決められないと思うの。だからね、ワタシたちの専属さんと一緒に、ハンターギルドでお話し合いをしてほしいの。ねぇね、おにぃ、そうだよね？」
おにぃ「うん、そうだな」
ねぇね「おチビちゃんの言う通りでいいと思う」
ワタシ「でもね、今日はこれからお仕事があるの」
ねぇね「そうだね、今日は納品日だもんね？」
おにぃ「すいません。オレたち今から行くところがあるので、その後でどうですか？　たぶん30分ぐらいで戻って来られると思います」
メアリー「ほぉほぉ。そういうことなら、ハンターギルドで待たせてもらおうかね。それにしても、『シュッセ』にはハンターギルドの専属職員がついているのかい？　その年で凄いねぇ」
ワタシ「あのね、ワタシたちの専属さんは、受付のアイリーンさんなの。だからね、アイリーンさんにお話をしておくと、いろいろ早いと思うの」

メアリー「そうかねそうかね。それじゃあ、まずはアイリーン嬢に話を通しておこうかね」
アリス「あの、おチビちゃん、私はここで、【ブランコ】で遊んでていい？」
ワタシ「いいよいいよ～。戻ってきたら、またいっしょに遊ぼうね～」
朝一から『万能薬』とか『エリクサー』だとか、豪華絢爛《けんらん》な単語が並んだお話でしたが、このお話はここで一旦お開き。そんな訳なので、すぐさま【ジョシュア雑貨店】にいつもの納品に向かうワタシたち3人。その足取りは、いつもより早歩きなのでした。
「「「おはようございま～す」」」
【ジョシュア雑貨店】に到着早々、ワタシたちが元気よくご挨拶すると、お店の奥から、ジョシュアさんとジェーンさんがいつものように笑顔で出迎えてくれました。
ジョシュア「いやぁ～、『シュッセ』のみんな、いらっしゃい！　今日は納品だね？　いつもありがとうね」
ジェーン「みんなおはよう。あら、今日もおめかしさんだね？　それ、可愛くていいねぇ」
ねぇね「ありがとうございます」
ここからは、いつも通りの丁寧な、ニコニコ笑顔で雑談も交えた納品がはじまります。たとえ他に重要な用事があったとしても、恩人である【ジョシュア雑貨店】への対応をおざなりにするようなワタシたちではないのです。
ねぇね「あの、ジェーンさん。美味しいクッキーをたくさんもらったので、よかったらどうぞ」
ねぇねに至っては、大好きなジェーンさんに、ここぞとばかりにローラおねえちゃんからもらったクッキーをしっかりおすそ分けまでしちゃうのでした。

そんな和気あいあいとしたやり取りで、【ジョシュア雑貨店】での納品を済ませたワタシたち3人。メアリーさんをお待たせしていることもあり、ハンターギルドに急いでトンボ返りです。

そして急ぎ足でハンターギルドの建物に入ると、ハンターギルドの受付には、アイリーンさんとメアリーさんの姿が見えました。

ワタシ「アイリーンさん、おはよ～ございま～す」

「「おはようございま～す」」

ワタシ「そしてメアリーさん、お待たせしました～」

メアリー「おやおや、また随分と早かったねぇ」

アイリーン「『シュッセ』のみんな、おはよう。メアリーさんから大体の事情は聞いたわよ。とりあえず、いつもの依頼の完了手続きからでいいのかしら？」

おにぃ「そうです。この完了報告書をお願いします」

こうして、ささっといつもの納品依頼完了手続きをして、いつもの会議室に全員集合！

ワタシたち3人とアイリーンさん、そしてメアリーさんが席に着いたタイミングで、アイリーンさんのお話がはじまります。

アイリーン「とりあえず、メアリーさんからの説明をまとめると、『シュッセ』に毎日『簡易エリクサー』の製作を依頼したい、ということみたいですけど、『シュッセ』として対応はできますか？」

おにぃ「え～っと、ポーション作り自体は大丈夫ですけど、毎日というのがちょっと……」

ねぇね「あの、一気にたくさん作りだめするのはダメなんですか？」

メアリー「最初はそれでもいいんだけどね、材料となる薬草の入荷の関係や、できあがったポーションの保管のこともあるしね、できれば毎日コツコツ少量ずつ作ってもらう方が、こちらとしては助かるんだけどねぇ」
おにぃ「毎日かぁ……」
ねぇね「う～ん……」
『簡易エリクサー』作成には直接関係がないワタシですが、ねぇねとおにぃが困っているようなので、ここでも口を挟んじゃいます。
ワタシ「ねぇね、おにぃ、前にあの銀色のポーションを作ったときは、どれくらいでできたの？」
おにぃ「ん？　30分もかからなかったよな？」
ねぇね「そうね。前に作ったポーション程度の量なら、20分ぐらいでできると思う」
メアリー「いいともいいとも。材料や保管のことを考えると、アレぐらいがちょうどいいんだよ」
ワタシ「ねぇね、おにぃ、【マダムメアリーの薬店】はお隣なんだし、20～30分ぐらいなら、毎日でも大丈夫じゃない？」
おにぃ「う～ん。でも依頼だろ？　手続きとかいろいろあるから、なんだかんだであちこち歩きまわることになるしな～」
（たしかに、ハンターギルドの受付にもよらなければならないから、意外と面倒かも……。あ！　それなら……）
ワタシ「あのね？　それなら、依頼じゃなくしちゃえばいいんじゃない？　そうすれば、【マダムメアリーの薬店】だけに行けばいいことになるでしょ？」
おにぃ「それじゃ、ただ働きってことか？」
ワタシ「お金じゃなくてね、現物支給にしてもらえばいいんだよ。『簡易エリクサー』を作ったらね、その一部をちょっともらうの。どうかな？　それならただ働きじゃなくなるでしょ？　それにもう、あまりお金を稼ぐ必要もないでしょ？」
おにぃ「う～ん。それなら別にいいと思うけど……」
ねぇね「私はおチビちゃんの言う通りでいいと思う」
ワタシ「メアリーさん、アイリーンさん、どうですか？」
メアリー「ほぉほぉ。あたしゃそれで構わないさね。無理を言っているのはこちらだからね。なるだけそちらの要望に沿うつもりだよ」
アイリーン「依頼にしないというのであれば、ハンターギルドからとやかく言えることはありませんね。後は『シュッセ』の皆さんとメアリーさんで決めていただければいいと思いますよ」
ワタシ「それなら、お昼に30分ぐらい、ねぇねとおにぃが二人で『簡易エリクサー』を作りに【マダムメアリーの薬店】に行くってことでどう？　対価は作成した『簡易エリクサー』の一部をもらうの。ワタシはその時、お家に残ってお留守番してるね？　足手まといのワタシがいなければ、さっと行ってささっと作業ができるでしょ？」
ねぇね「え？　おチビちゃんを一人にするの？　それはダメ！」
おにぃ「そうだぞ。おチビだけ残して行くのはオレも反対だ」
ワタシ「え～？　ワタシお昼寝してるから平気だよ？」

ねぇね「他に誰もいないのはダメ！　絶対ダメ！」
（え？　いつもなら、ワタシの意見に賛成してくれるのに……）
　いつになくねぇねとおにぃに反対されて、ちょっと戸惑っちゃうワタシ。特にねぇねの反発は、予想外に強硬です。
メアリー「それならその時間、二人の代わりにアリスがおチビちゃんと一緒に過ごせばいいんじゃないかい？　最近のアリスはお昼時、そちらで遊んでいるようだしね？」
ワタシ「そうだよ！　アリスちゃんが一緒だよ？　どうかな？　ねぇね、おにぃ」
おにぃ「う～ん。それなら、いいのかな」
ねぇね「アリスちゃんがおチビちゃんと一緒にいてくれるなら……」
　渋るねぇねとおにぃをどうにかこうにか説得して、戦力外のワタシはお留守番で、ねぇねとおにぃ二人だけでの『簡易エリクサー』作成の内職（現物支給）が決定したのでした。

◆◇◆◇◆

ねぇね「アリスちゃん、おチビちゃんのこと、よろしくね？」
アリス「うん。【ブランコ】しながら見てるね」
おにぃ「それじゃおチビ、行ってくるな」
ねぇね「おチビちゃん、すぐ戻ってくるからね？」
ワタシ「ねぇね、おにぃ、ポーション作りがんばってね？　いってらっしゃ～い」　(＞◇＜)/~~

早速その日のお昼から、ねぇねとおにぃによる『簡易エリクサー』作りの内職がはじまりました。打ち合わせで決定した通り、戦力外のワタシはお家でお留守番。このお仕事は『シュッセ』が依頼として受けるのではなく、ねぇねとおにぃの二人だけで対応してもらいます。

しかも報酬はお金ではなく、成果物の一部をもらうという現物支給です。

（たぶん、『簡易エリクサー』なんてお名前がついちゃうくらいだから、これから先、普通の方法では入手が難しくなるよね？　だから、今のうちから少しずつでも現物がもらえるのは、お金をもらうよりよっぽどありがたいよね～）

ちなみに本日2回目の【想像創造】で、この現物支給に対応したモノを創り出しておきました。

【虎さん印の魔法瓶　ステンレスボトル　500ml　3500円】×10　35000円

ステンレス製の保温水筒10個。そのうちの1つをおにぃに持って行ってもらい、報酬の『簡易エリクサー』はそれに入れて持ち帰ってもらう予定です。

（【魔法瓶】はちゃんと密閉できて保温もできるから、下手な容器よりいいと思うんだ～。それにしても、魔法のない世界の化学的な製品なのに、【魔法瓶】ってお名前、なんだか変だよね？　魔法のあるこの世界で【魔法瓶】なんて言ったら、きっといろいろ誤解されちゃうかも）

ねぇねとおにぃを見送りながらそんなことを考えていたら、ワタシの子守り役として残ってくれたアリスちゃんがワタシを心配して話しかけてくれました。

アリス「おチビちゃん大丈夫？　暗いお顔をしてるし、やっぱり寂しいよね？」

自分では気づきませんでしたが、アリスちゃんからそう指摘されるほど、どうやらワタシは暗い表情をしていたみたいです。頭で考えていた以上に、ねぇねとおにぃと別行動をするということは、おチビなワタシにとって、つらいことなのかもしれません。

ワタシ「うん。アリスちゃんありがとう……。でもね、大丈夫だよ？　なにかあってもすぐに連絡取れるようにね、ねぇねとおにぃにこれを渡しておいたの」

そう言って、右手に持っている【トランシーバー】をアリスちゃんに見せるワタシ。

そう、ねぇねとおにぃが内職に出かける前、本日３回目の【想像創造】で、異世界の文明の利器を創り出しておいたのです。

【小電力トランシーバー　ＡＭ送受信　送信出力10ｍＷ　単３電池３本　本体重量１００ｇ　６台セット　２８９９０円】

前世で小さい頃にスキー場で使った記憶がある、かなり旧式の【トランシーバー】です。もちろん免許がいらない簡易なモデルで、片手で容易に持ち運びができるハンディタイプです。送信ボタンしかないから操作はとっても簡単、ねぇねとおにぃでもすぐに使いこなせるでしょう。

（内職が終わったらすぐに連絡してくれるって言ってたし、それまでお昼寝して待ってよ～）

とにかくさっさとお昼寝してしまおうと、開け放たれた【軽パコ】のリアハッチに向かおうとしますが、不安というか落ち着かないというか、なんだか気もそぞろで眠れそうにありません。

アリス「心細いだろうけど、あの二人はすぐに戻ってくるからね？」

ワタシ「うん。アリスちゃんがいてくれるから平気だよ？　ありがとう」
アリスちゃんが心配してワタシに寄り添ってくれたので、気を紛らわせるためにお話を続けてみます。
ワタシ「あのね？　ねぇねとおにぃはすごい魔法が使えるから、ポーションを作ったりいろいろできるの。でもね、ワタシは魔法が使えないから、二人のお手伝いができなくて、ちょっと悔しいの」
アリス「そうなんだ。　あの二人の魔法は凄いもんね～」
ワタシ「うん……アリスちゃんは魔法が使えるの？」
アリス「うん、使えるよ。私は【無】属性だから、弱い魔法しか使えないけど、その分、いろいろな魔法を少しずつ使えるの」
　アリスちゃんの説明によると、【無】属性は練習次第で薄く広くいろいろな魔法を使えるようになるとのことで、庶民の間では『アタリ』属性と呼ばれているそうです。特別に何か強力な魔法が使えることはないけれど、小さな火だったり、ちょっとしたお水だったり、生活に役立つこまごまとしたことを魔法でいろいろこなすことができる、【無】属性はそんな庶民の味方的な属性なのだそうです。
ワタシ「へぇ～、いいな～。いろんな魔法を使えるのは、とっても便利だよね～」
アリス「そうなの。でも、あの二人みたいな凄い属性魔法を見ちゃうと、ないものねだりというか、憧れちゃったりするんだよね～」
　そんな会話をしていると、聞き覚えのある声がワタシたちの会話に入ってきました。

ベアトリス「いいわよね～、ちゃんとした魔法が使えるのって」

「「え？」」

二人の護衛さんを伴って、金髪ツインドリルの美少女お嬢様、ビーちゃん様のご登場です。

ベアトリス「私なんて、誰も知らない、どんなことができるのか全く分からない、そんな魔法属性なのよ？　ホント、『ハズレ』もいいところよ。『ハズレ姫』ここに参上～！　なんちゃってね？」

　小首をかしげ、右目をウィンクして、舌をペロッと出して、おどけてみせるビーちゃん様。その表情には、悲壮感とか哀愁だとか、そういった負の感情は見受けられません。お目見え早々、一番デリケートというかセンシティブというか、とっても気を遣う話題を自ら語りはじめたビーちゃん様に、ワタシはビックリ仰天です。

（わぁわぁわぁ～！　そのお話、当の本人がしちゃうんだ！　でもビーちゃん様、なんだかすごいな～、そして強いな～。もしかして、悪口とか陰口とか言われ過ぎて、もう、いろいろ吹っ切れちゃったのかな？）

　でもこの際なので、この流れに乗っかって、ビーちゃん様ご本人に、いろいろ詳しく聞いちゃうことにします。

ワタシ「ビーちゃん様、あのね？　『ハズレ』属性って、どういうことなの？」

　そう質問した矢先、右手の【トランシーバー】から、待ちに待った声音が聞こえてきました。

ねぇね『おチビちゃ～ん、おチビちゃ～ん。聞こえますか～。お仕事終わったから、今から帰るね～』

ワタシ『ねぇね！　うん、ねぇねの声、聞こえるよ～』

すかさず右手の【トランシーバー】でお返事するワタシ。うれしくてうれしくて、1オクターブぐらい高めの声になっちゃいます。
すると、そのワタシの様子を見て、アリスちゃんとビーちゃん様が驚いています。
アリス「うわぁ～、凄いね～。本当にこの小さい箱から声が聞こえてきた～」
ベアトリス「え？　何？　今私の頭の中に、姿が見えないネーネちゃんの声と、おチビちゃんのお返事が響いてきたんだけど⁉」
ワタシ「ほぇ？」
　ビーちゃん様のそんな思いも寄らない発言に、今度はワタシがビックリして固まってしまいました。ねぇねとおにぃと離れ離れになっちゃった寂しさなんて、一気に吹き飛んじゃいました。
（え？　【トランシーバー】でねぇねとワタシがお話ししたことが、ビーちゃん様の頭の中で聞こえたの？　ビーちゃん様は、無線の通話を聞くことができたの？　それってもしかすると、ビーちゃん様の魔法の能力なのかな？）
　そう思ったワタシは、再度ビーちゃん様に質問してみることにします。
ワタシ「ビーちゃん様、あのね？　ビーちゃん様はどんな魔法が使えるの？」
ベアトリス「私の魔法属性は【電波】属性って言うんだけど、魔法に詳しい人に聞いても、誰も何も知らないのよ。何をどうする魔法属性なのか、いろいろ調べてみたけどさっぱり分からなかったわ。だから、どんな魔法が使えるかと聞かれても困っちゃうのよね。だって、何ができるのか全く分からないんだもの。お父様が【雷】属性だから、それに近いかも知れないって、はじめはかなり期待されたんだけどね」

（え？　【電波】？　それって、遠くのひとと通信とかできるアレのことじゃないの？　もしかすると、【電波】は目には見えないし聞こえないから、この世界では【電波】の存在が知られていないのかな？）

　そう思ったワタシは、さらに確認してみることにします。

ワタシ「ビーちゃん様は【電波】属性の魔法を使ったことはないの？」

ベアトリス「もちろんあるわよ？　でも、使っても何も起きないのよ。『ピー』とか『ガー』とか『ザー』とか不快な音が聞こえてくるか、たまに鳥や小動物が逃げていくくらいだったわ」

（『ピー』とか『ガー』とか『ザー』とかって、アレだよね？　前世のラジオで、チャンネル合わせがうまくできてないときの音だよね？　そうだとすると、ビーちゃん様は、ひとの耳では聞こえない【電波】を聞くことができるんじゃないのかな？　そして鳥や小動物が逃げていくのは、ひとより敏感な野生動物には、ビーちゃん様が出した【電波】がイヤだったってことじゃないのかな？　つまり、ビーちゃん様は、【電波】を送受信することができるんじゃないのかな？）

　前世では聞きなれた【電波】という言葉。もちろん、【一般人では理解不能な言動をする困ったちゃん】的な、特殊な意味の【電波】ではありません。

　ここは魔法という不思議能力が幅を利かせた世界です。その魔法で【電波】を上手く利用できるのであれば、もしかするともしかするかもしれないと、前世の記憶が訴えかけてきます。

（ビーちゃん様の【電波】魔法って、使い方次第では離れた場所との通信とかできちゃうんじゃないのかな？）

　そう思ったワタシは、早速ビーちゃん様に提案してみることにします。

ワタシ「ビーちゃん様、あのね？　今からビーちゃん様の魔法の実験をしてもいいですか？」

ベアトリス「実験？　まあ、別にいいわよ？　でも、どうせ私が【電波】魔法を使っても何も起きないわよ？」

　苦笑い気味にそうお返事してくれたビーちゃん様。どうやらビーちゃん様は、完全に【電波】魔法をあきらめてしまっているみたいです。

　そんなビーちゃん様のためにも、この実験がうまくいけばいいなと思いながら、ワタシは【トランシーバー】を使ってビーちゃん様に話しかけてみます。

ワタシ『ビーちゃん様、ビーちゃん様、聞こえますか～』

ベアトリス「え？　おチビちゃんの声が、耳からと頭の中と、二重に聞こえてくるわ？」

ワタシ「やっぱり！　ビーちゃん様は、【電波】魔法を使って、離れたひととお話ができるんだよ～」

ベアトリス「え？　どういうこと？」

ワタシ「【電波】はね？　目に見えなくて聞こえなくて、だけどすっごく速くて遠くまで届くの」

ベアトリス「そんな……目に見えないものなんて、どうすればいいっていうのよ……」

ワタシ「でもね、今、この【トランシーバー】を使ってお話ししたら、ビーちゃん様の頭の中でワタシの声が聞こえたでしょ？」

ベアトリス「そうね、耳とは別に、頭に直接響いてくるみたいだったわ」

ワタシ「たぶんそれはね、ワタシがこの【トランシーバー】で送った【電波】をビーちゃん様が【電波】魔法を使って聞いたんだと思うの」

そう言って、ビーちゃん様から少し離れるワタシ。そして、再度【トランシーバー】を使ってビーちゃん様に話しかけてみます。

ワタシ『ビーちゃん様、ビーちゃん様、聞こえますか～』

ベアトリス「え？　凄い！　離れたおチビちゃんの声が、まるで隣にいるかのように頭の中に聞こえてくるわ」

　さらに続けて【トランシーバー】でビーちゃん様に語りかけるワタシ。

ワタシ『ビーちゃん様、ビーちゃん様～、声を出さずにワタシにお返事できますか～？』

ビーちゃん様に【トランシーバー】越しに【電波】でお返事してみるよう要求します。受信ができることは確認できたので、今度は送信を試してみるのです。

ベアトリス「え？　えっと……う～ん。何かできそうなんだけど、もうちょっとな感じなのよね～。たぶん、あと少しで、できるようになる気がするんだけど……」

ワタシ『ビーちゃん様は、今まであまり【電波】魔法を使ってなかったんでしょ？　でもこれからいっぱい練習すれば、きっと【電波】魔法でお返事もできるようになるよ？　そうすれば、【トランシーバー】を持ったひとと、お話ができるようになるね？』

ベアトリス「えっとそれはつまり、その【トランシーバー】を持っている、離れた場所にいる人と、瞬時に会話ができるってことよね？」

ワタシ『そうで～す』

　頭の回転が速いビーちゃん様は、【電波】魔法の可能性に気づいたみたいです。

ビーちゃん様の【電波】魔法は、離れた相手にリアルタイムで連絡がとれる可能性があります。

うまくいけば、この世界の情報伝達のありかたを一変させられるのではないでしょうか。

ベアトリス「それって凄い……。うん、やるわ！　私、【電波】魔法をいっぱい練習するっ！」

　ビーちゃん様の決意表明を聞いたワタシは、通信実験を終了して、未使用の【トランシーバー】を持ってビーちゃん様のところまで戻ります。

ワタシ「あのね？　この【トランシーバー】は全部で6台あってね、使ってないこの4台は、ビーちゃん様に全部あげるね？　どれくらいの距離までなら離れても声が聞こえるかとか、同時に何人とお話ができるかとか、いろいろ試してみてね？　うまくいけばね、【電波】魔法は本当はスゴイって、みんなに分かってもらえると思うの。ビーちゃん様、ずっと『ハズレ』だとか悪口を言われて、今まで悔しかったよね？　でももうきっと大丈夫！　この【トランシーバー】で、ビーちゃん様のこと悪く言ってたひとたちを見返しちゃおうね！」

ベアトリス「おチビちゃん、そのこと知って……、ぐすっ……、ありがとっ……」

　おねだり上手のビーちゃん様は、日頃から贈り物をもらい慣れているはずです。だから【トランシーバー】もいつものプレゼント同様すんなり受け取ってくれると思ったのですが、今回はなんだか違うみたいです。下を向いて涙ぐんで、言葉を詰まらせてしまったビーちゃん様。登場した時のおどけた雰囲気は、今はすっかり霧散してしまっています。

　しばらくして、おチビなワタシからの贈り物を、うつむき泣きながらようやく受け取ってくれたビーちゃん様。両手で大切そうに抱きかかえています。

（今まで苦労してきたから、【電波】魔法が使える【トランシーバー】に出会えた喜びはひとしおなんだろうな～）

魔法が使えないことで悪口のようなあだ名をつけられていたビーちゃん様にとって、【トランシーバー】はまさに、人生が変わるきっかけになりそうな、ゲームチェンジャー的なパワーアイテムです。そんなモノが手に入ったとなれば、ビーちゃん様の雰囲気がいつもと違くなるのも当然です。

（ビーちゃん様、使えないと思っていた【電波】魔法の使い道が分かって、良かったね〜。今までずっとつらかっただろうから、これからは報われてほしいな〜）

むせび泣いているおともだちの姿を見て、そうあってほしいと思うワタシ。

おチビなワタシでもギリギリ届きそうな位置にある、うつむいて低くなったビーちゃん様の頭を、めいっぱい背伸びをしながら無言でヨシヨシナデナデしてあげるおチビちゃんなのでした。

◆◇◆◇◆

（ベアトリス視点）

ベアトリス『衛兵のみんな〜、私の声、聞こえるかしら？』

衛兵1『こちら500メートル地点、お嬢様のお声、たしかに聞こえております』

衛兵2『こちら1キロ地点、聞こえま〜す』

衛兵3『こちら2キロ地点です。凄いですね〜、ちゃんと聞こえています』

ベアトリス『街壁の外はどう？』

衛兵4『……』

ベアトリス『おーい。街壁の外〜』

衛兵4『……』
ベアトリス『う〜ん。どうやら街壁の外はダメみたいね……。よし、みんなお疲れ様〜。今日はこれで【電波】魔法の検証は終了よ〜。領主館に戻ってきてちょうだ〜い。あっ！　できれば【トランシーバー】同士でどれくらいの距離会話できるかも確認しておいてちょうだいね〜』
衛兵1『了解です』
衛兵2『分かりました〜』
衛兵3『帰還しつつ試してみます』
衛兵4『……』

　私はベアトリス・オーレリア。歴史あるオーレリア子爵家の一人娘です。
オーレリア領主家ただ一人の子供ということで、小さい頃から周りにかなり期待されてきました。私もその期待に応えようと、私なりにいろいろ努力してきました。次期オーレリア領領主として、その名に恥じぬよう精進してきたつもりです。

　でも世の中には、努力しようが頑張ろうが、自分ではどうすることもできないことがあります。私の場合、それは生まれ持った魔法属性。判明した私の魔法属性は、【電波】属性という、未知の『使えない』属性だったのです。お父様はこの国でも有名な【雷】属性の使い手で、お母さまは希少な【光】属性魔法の保持者。そんな二人の間に生まれた私は、有望な魔法属性になるのではないかと思われていたにもかかわらず……

　私の【電波】属性はかなり稀な属性みたいで、私以外に保持者はいませんでした。そんな状況だったので、最初は周りからかなり珍しがられ、お父様の【雷】属性に近い、未知の強力な魔法を使えるのではないのかと、一時は期待と羨望《せんぼう》の眼差しを受けました。しかし、現実は非情でした。実際に【電波】魔法を使ってみても、何も起きなかったのです。

【電波】と呼ばれるモノを操ることができるみたいなのですが、そもそも【電波】というモノ自体、何なのか分かりません。魔法の第一人者と呼ばれる魔導師や博物学の権威と呼ばれる学者、それ以外にも多方面に問い合わせてみましたが、誰も何も知りませんでした。

　そんな状況がしばらく続くと、【電波】属性は次第に『ハズレ』属性扱いされるようになっていました。お父様の【雷】属性、お母様の【光】属性。有名な二人の属性と比較され、そしてその落差から、口さがない貴族や教会関係者から、悪意に満ちた噂が意図的に広められました。

　そして気づいた時には、私は周囲から『ハズレ姫』とあだ名されるようになっていました。貴族令嬢としての私の誇りはまたたく間に、地に落ちるどころか、奈落の底まで突き落とされてしまったのです。

　当初は心無い言葉を耳にするたびに嘆き悲しみ、胸が締め付けられる思いでしたが、月日が経つにつれて、なんとか『表面上だけは』平静を取り繕えるようになりました。つらい、悲しい、何より悔しい、そんな気持ちは、心の奥底に『無理やり』追いやりました。それは、貴族の娘として生まれた、私のなけなしの矜持でした。俯いてしまえば、それはアイツらの思うつぼ。だから負け惜しみじゃないけれど、せめてもの意趣返しとして、何を言われても、涼しい顔で微笑むように『装い』ました。

　さらに歳月を重ねると、何より私自身が、自分の属性魔法を『ハズレ』だと納得し、認めるべきだと思うようになりました。だって、【電波】属性魔法が『使えない』ことは、本人が一番良く分かっているのですから。

悪口陰口を言われ続けていたせいで害意に慣れてしまったこともあり、最近では『表向きは』完璧に誹謗《ひぼう》中傷を平気な顔で聞き流すことができるようになりました。『ハズレ』と罵《ののし》られても気にも留めていない、きっと誰もが私のことをそう思っていることでしょう。けれど、私の町、オーレリアの領民から、『次期領主はハズレだ』、そう思われることだけは我慢できませんでした。だから、このオーレリア領の繁栄のために、とにかく必死に動き回りました。

少しでもこの町に役立つと思えることは、どんなことでも試してみました。町で人気の商品があると聞けば、現物を手に入れてその秘密を調べてみたり。災害が発生したと聞けば、現地を視察したり。教会が定期的に行っている炊き出しが不評と聞けば、私なりのやり方で独自に炊き出しを行ってみたり。

そうこうしているうちに、いつしか私は【電波】属性魔法のことを考えなくなっていました。もっともっとこのオーレリアの町を盛り上げたい、その思いの方が強くなっていたからです。そんな時、私の人生の転換点とも言える出会いがありました。

ある日、お父様から接見に呼ばれた住民たちが、馬を使わないで済む人力の【三輪自転車】と荷車で領主館に乗り付けてきました。面白そうだったのでその接見にお邪魔してみると、灰色の髪と灰色の目をしたおチビちゃんが、お父様とお母様にいろいろ貢ぎ物をしていました。どさくさ紛れに私もねだってみると、ふわもこカワイイ私の身の丈ほどの大きなネコのぬいぐるみをもらうことができました。その後、周囲にいろいろ聞いて回ると、どうやら【三輪自転車】と荷車もこのおチビちゃんが関わっているみたいでした。

【三輪自転車】にとても興味を惹かれた私は、早速次の日、そのおチビちゃんの在所を訪ねてみました。するとその場所は、見たことがない遊具であふれかえっていました。

（何ココ？　何アレ？　何だかとっても楽しそう！）

そして気づけば、当初の目的をすっかり忘れて、おチビちゃんたちと楽しく遊んでいました。

（この遊具、凄いわ！　これを普及させれば、オーレリアの町の名物になるんじゃないかしら）

そんなことを考えていたら、おチビちゃんから手みやげとばかりに、【三輪自転車】をあっさりもらってしまいました。

（え？　こんな希少そうな【三輪自転車】を？　そんな事もなげに？）

その後もおチビちゃんたちとふれあうたびに、驚きとドキドキがありました。【カメラ】という瞬時に風景を描くことができる道具をもらった時は、現場の状況を目で見たように画紙で報告ができる『シャッシン』、その利便性と実用性に、ワクワクが止まりませんでした。

そして今日、私は忘れかけていた自分の『ハズレ』魔法の使い方を知ることができました。【電波】とは、目に見えないけれど物凄く速く遠くまで届くモノのようで、それをうまく使えば、遠く離れた場所にいる人と会話することも可能だと、おチビちゃんが教えてくれました。

高名な学者でも知らなかったことを、どうして知っているのか疑問に思いますが、あの遊具や【三輪自転車】、そして【カメラ】といい、見たことがない不思議なモノをポンポンと出しちゃうおチビちゃんについては、考えても今更な気がしてきました。

そして最後に、おチビちゃんから【電波】を扱うことができる道具、【トランシーバー】をプレゼントされました。

私のことを慮《おもんぱか》る、こんな一言と共に。

『今まで悔しかったよね？　でももうきっと大丈夫！』

おチビちゃんが何とはなしに発したこの一言を聞いた時、思わず涙がこぼれてしまいました。

それは『ハズレ』だと悪口陰口を聞かされ続けてきた屈辱、そして、【電波】魔法は『ハズレ』なんだと自らあきらめざるを得なかった無念、その二重の悔しさからくる涙でした。

（私、取り繕ってきたけど、格好を付けて誤魔化してきたけど、本当は悔しかったの……。ずっとずっと言い返したかった、【電波】魔法は、私は、『ハズレ』なんかじゃないって……）

おチビちゃんの一言は、そんな私の秘めた胸中に寄り添ってくれているようで、何だかとても救われた気がしました。

私は今まで『ハズレ姫』だと後ろ指を指されてきたので、貴族の子息女からは疎《うと》まれてきました。そして自領の子供たちからは、変に気を遣われて遠巻きにされてきました。そんな私の前にひょっこり現れたおチビちゃん。

（私、同年代の子と普通にふれあったり、普通におしゃべりしたのって、おチビちゃんがはじめてかも……。普通って、なんだかうれしい。これがお友達ってことなのかな？　はじめてできたお友達……。今日は私にとって、人生最良の日になっちゃったみたい！）

そんな物思いに耽っていると、【電波】魔法の実験を手伝ってくれた衛兵のみんなが戻ってきました。

衛兵１「いや～凄いですな、この【トランシーバー】というヤツは。遠く離れたお嬢様の声が、こんな小さな箱から聞こえてくるなんて、まったくもって驚愕です」

衛兵2「【トランシーバー】を使って我々だけでも会話ができました」
衛兵3「でも、【トランシーバー】同士だと、せいぜい100~200メートルぐらいしか会話できませんでしたね」
ベアトリス「なるほどなるほど、そうなのね」
衛兵4「私からも報告させてください。街壁の外でも、【トランシーバー】からお嬢様の声は聞こえていました」
ベアトリス「え？　街壁の外にも私の声は届いていたの？」
衛兵4「はい。ただ、こちらからの声かけに、お嬢様から何らのご返答をいただけなかったということは、お嬢様には私の声は届いていなかったのでしょうか？」
ベアトリス「ええ。あなたの声は聞こえてこなかったわ。だから街壁の外へは【電波】魔法は届かないのだと思ったのだけど、違ったのね？」
衛兵4「たぶんですが、この【トランシーバー】は、お嬢様の【電波】魔法より、力が弱いのではないのかと」
衛兵1「ふむ。お嬢様の【電波】魔法は、今の時点でも【トランシーバー】より強い力で遠くへ【電波】を届けることができる。となると、これから本格的に練習すれば、お嬢様の【電波】魔法は、より強力なモノに化けるかもしれませんな。お嬢様はまだ【電波】魔法を使い始めたばかりですし、『伸びしろ』しかありませんぞ？」
ベアトリス「ふふっ。それはとてもうれしい報告だわね」
（私、この【電波】魔法をもっともっと練習して、絶対に使いこなしてみせるわ。それから私なりの方法で、このオーレリアの町の発展に役立たせてみせる。そして最後には、悪口陰口をたたいていた連中を必ず見返してやるんだから！　【電波】魔法も、そして私自身のことも、もう『ハズレ』なんて言わせない！　おチビちゃん、きっと見ていてね！）

◆◇◆◇◆

ベアトリス「おチビちゃん、素敵なプレゼントありがとう。早速【電波】魔法をいろいろ試してみたいから、今日はもう帰るわね？　今度会うときには、胸を張れる報告ができるように、できる限りのことはしてみるつもりよ」
ワタシ「うん。ビーちゃん様、がんばってね～。バイバ～イ、また遊んでね～」　(^-^)/~~
ベアトリス「それじゃあね～」
　そう言って、【トランシーバー】を抱えた護衛さん二人と共に、片手をあげて颯爽と草むらの小道を帰っていくビーちゃん様。なんだかとても凛々しく感じられる後ろ姿です。
アリス「ビーちゃん様、とってもやる気だね。それと、お顔がちょっとスッキリしてたね」
ワタシ「そうだね、カッコよかったね」
　アリスちゃんとそんなお話をしていると、帰っていくビーちゃん様とは反対側の草むらから、ねぇねとおにぃが現れました。
おにぃ「おチビ～、ただいま～」
ねぇね「おチビちゃ～ん、お待たせ～」

ワタシ「あっ！　ねぇね、おにぃ、おかえり～っ！」
　お返事しながら二人に駆け寄り、すかさずねぇねとおにぃの手を取るワタシ。本当はガバッと抱き着きたかったけれど、アリスちゃんもいることですし、ちょっと人目を気にして自重するワタシなのです。
　こうして、ワタシのお留守番という名のお昼寝タイムは、全くその役目を果たすことなく終わってしまったのでした。
アリス「二人も戻ってきたことだし、私はお店に戻るね？　また明日来るねー」
ねぇね「アリスちゃん、今日はありがとう」
おにぃ「悪いけど、明日もよろしくな～」
ワタシ「アリスちゃん、バイバ～イ」　(^-^)/~~
　ねぇねとおにぃと合流してアリスちゃんとお別れした後は、納品完了に向けて、今日も【三輪自転車】と【リアカー】を納品します。
　戻ってきたばかりで申し訳ないけれど、おにぃにハンターギルドの受付までひとっ走りしてもらい、納品の立ち会いをお願いするため、ワタシたちの専属、アイリーンさんを呼んできてもらいます。待っている間、ねぇねに先程までのビーちゃん様とのことをお話ししておくことにします。
ワタシ「ねぇね、あのね？　ビーちゃん様のことなんだけどね？　ビーちゃん様、全然『ハズレ』なんかじゃなかったよ？　ビーちゃん様の魔法、すごく便利かもしれないんだ～」
ねぇね「ん？　もしかしてビーちゃん様、ここに来てたの？」
ワタシ「そうなの。それでね？　ビーちゃん様、ねぇねとワタシの【トランシーバー】でのお話を、頭の中で聞くことができたんだよ？　それってすごいことなんだ～」
ねぇね「そうなのね。おチビちゃんがそう言うのなら、きっと凄いことなんだね？」
　そんな会話をしていると、待ち人プラスアルファさんたちがやってきました。
おにぃ「お～い。呼んできたぞ～」
アイリーン「お待たせ～」
マスター「よぉ！」
　どうやらひとり、呼んでいない強面さんまでついてきてしまったようです。
（マスターさん、いつもお仕事大丈夫なのかな？　ほったらかしにしてないよね？）
　そんな心配をしつつ、早速納品作業開始です。
（レベルアップしたから、昨日より多く創り出せるはずだよね？　よ～っし、今日も一気に【想像創造】！）
【オトナの三輪車　マウンテントライク24インチ　７スピードギア　リアショッピングバスケット付き　赤色　４３９００円】×18　７９０２０００円
【オトナの三輪車　マウンテントライク24インチ　７スピードギア　リアショッピングバスケット付き　青色　４３９００円】×18　７９０２０００円
【オトナの三輪車　マウンテントライク24インチ　７スピードギア　リアショッピングバスケット付き　黄色　４３９００円】×18　７９０２０００円
【アルミ製折り畳みリアカー　ノーパンクタイヤ仕様　全長２４０×全幅１１６×全高81㎝　質量

40kg　耐荷重３５０kg　８９８００円】×８　７１８４００円

連続４回の【想像創造】で、色違いの【三輪自転車】を各々18台ずつ、そして【リアカー】を８台、一気に創り出しちゃいました。

これで今日は７回【想像創造】したことになります。

今日の追加納品で、【三輪自転車】は、赤色、青色、黄色の各々合計46台ずつになりました。

【リアカー】は、合計22台になりました。

【三輪自転車】に比べて【リアカー】の台数が少ないと思ったワタシは、本日最後、８回目の【想像創造】で、【リアカー】を追加納品することにします。

【アルミ製折り畳みリアカー　ノーパンクタイヤ仕様　全長２４０×全幅１１６×全高81㎝　質量40kg　耐荷重３５０kg　８９８００円】×８　７１８４００円

これで【リアカー】は、合計30台になりました。

すると、毎度お馴染みのワタシのステータス画面が出てきました。

名前：アミ
種族：人族
性別：女
年齢：５歳

　状態：発育不良　痩せすぎ
　魔法：【なし】
　スキル：【想像創造】レベル９（９回／日）
またまた、スキルのレベルアップをお知らせしてくれたみたいです。
（やったね！　【想像創造】がレベル９になって、これで１日９回使えるようになったよ！）
今日は８回【想像創造】したので、あと１回、追加でなにかを創り出せます。
（状態は【発育不良　痩せすぎ】のままだね〜。残念）
そんな感じで、今日の納品作業は完了です。
ワタシ「納品かんりょ〜」
ワタシがそう宣言した瞬間、どこからともなく可愛らしいハーモニーが聞こえてきました。
クゥ〜ッ　キュゥ〜ッ　キュルルル〜ッ
その音の発生源は、ワタシ、ねぇね、そして、おにぃのお腹。示し合わせたかのような絶妙なタイミングで、３人同時にお腹が鳴ってしまったのです。
今朝はメアリーさんとアリスちゃんにも朝食の炊き込みご飯をおすそ分けしたので、朝食がいつもより少なめだったワタシたち３人。一仕事終えて午後を迎えた今、小腹がすいてしまったのです。
ワタシ「ねぇね、おにぃ、ワタシね？　ちょっとお腹が空いちゃった」（。」。）
おにぃ「オレも」（^^）
ねぇね「わ、私もなの……」（。-_-。）
　おにぃはいつも通りの表情ですが、ねぇねはちょっと恥ずかしそう。アイリーンさんとマスターさんを気にしているのか、下を向いてお顔を赤くしてしまいました。

ワタシ「あのね？　また、ローラおねえちゃんのお店に行かない？」

おにぃ「昨日行ったばかりなのに、今日も行くのか？　何だかローラさんに悪くないか？」

ワタシ「でもローラおねえちゃん、毎日来ていいよって言ってたよ？」

ねぇね「う～ん。手ぶらだとさすがに気が引けるから、何かおみやげを持っていこうか？」

ワタシ「あっ！　今日、【魔法瓶】をたくさん創り出したから、お茶を作って、それに入れていく？」

おにぃ「【魔法瓶】って、アレだろ？　作ったポーションの一部をもらうために持って行った、銀色の水筒のことだろ？」

ワタシ「うん。アレに入れておくとね、温度が変わらないから、ずっと温かいままなんだ～」

ねぇね「それいいかも。それじゃあ、私たち二人でお茶を作ってくるね」

　そんな訳で、ねぇねとおにぃがお茶を作りに戻っていくと、アイリーンさんがワタシに話しかけてきました。

アイリーン「『まほーびん』というモノも気になるけど……。ねえ、おチビちゃん。もしかして、例の【ホケミ】で作るお菓子屋さんに行くのかしら？」

ワタシ「そうで～す！　おやつを食べさせてもらいま～す」

アイリーン「それなら、私もついて行っていいかしら。前に『シャッシン』で見せてもらったパンケーキ？　アレ、ずっと気になってたのよね～」

マスター「そういうことなら、オレもいくぜ！　というより、【三輪自転車】と【リアカー】で、その店まで送ってやるぞ？」
　ということで、マスターさんによる送迎付きで、みんなで【ガレットのお店　ローラ】へ行くことになりました。
　そしてお出かけの準備が整ったら、みんなで『マスターさんタクシー』に乗り込んで、ローラおねえちゃんのお菓子屋さん【ガレットのお店　ローラ】に横付けです。
ワタシ「ローラおねえちゃん、こんにちは～」
「「こんにちは～」」
ローラ「やあ！　おチビちゃんたち、いらっしゃい。あれ？　今日は大人のお客さんも連れてきてくれたの？」
ワタシ「そうで～す。ハンターギルドのアイリーンさんとマスターさんで～す」
アイリーン「ローラさん、こんにちは。先日ぶりですね」
マスター「邪魔するぜ」
　そんなご挨拶をしていると、ローラおねえちゃんの横に、ローラおねえちゃんより見た目も雰囲気も少しふくよかな女性がいることに気がつきました。
ローラ「ん？　ああ。こちらはレイラ。ウチの姉でね、お店の手伝いに来てもらってるの」
レイラ「どうも～、妹がお世話になってま～す」
「「はじめまして～」」
　レイラさんの自己紹介によると、レイラさんは普段、牛乳や卵をこの町の市場に卸しているとのことでした。

レイラ「私ね、実家を継いで酪農をしてるんだけど、ローラがどうしても手伝ってほしいと言うから、午前の配達が終わった後、少しだけお手伝いすることになったの。妹共々、よろしくどうぞ～」

　そんなレイラさんとのご挨拶の後、みんなでお店の奥のカフェスペースへ進むと、とても興味を惹くモノが目に入ってきました。寸胴鍋のような大きな入れ物と、割れたりひびが入ったりした卵が入った深皿が、調理台の近くに置かれていたのです。

レイラ「ん？　おチビちゃん、アレ、気になっちゃう？　アレはね、売れ残りの牛乳と、商品価値がない卵なの」

　どうやら市場で引き取ってもらえなかった売れ残りの牛乳と、割れちゃった卵のようです。

レイラ「卵って、どうしても輸送中に何個か割れちゃうのよね～。卵はいいお値段で売れるから、今日みたいに割れた卵が多い日は、結構厳しいのよね～」

　そんなレイラさんの愚痴ともぼやきともとれるお話を聞いたワタシは、チャンスとばかりにもちかけてみます。

ワタシ「レイラさん、あのね？　卵が割れにくい入れ物があるんだけど、もらってくれる？　その代わりね？　その売れ残りの牛乳と割れた卵を使わせてほしいの」

レイラ「もちろんいいわよ～。売れ残りはどうせ処分しなければならないし」

ローラ「なになに？　もしかして、またおチビちゃんの新しい提案がはじまるの？」

ワタシ「そうで～す！」

　ということで、本日ラスト、９回目の【想像創造】です。

【プロテクターツールケース　波型ウレタン（軟質）・切れ目入ウレタン（硬質）の混合緩衝材入り　防水　ポリプロピレン樹脂製　寸法350×280×150㎜　質量1・7kg　11900円】

前世で【カメラ】やレンズを輸送する際に使っていた、精密機械運搬用のケースです。このケースにしまったモノは、中にびっしり詰まったウレタンの緩衝材に包まれて、ちょっとやそっとの衝撃ではびくともしなくなるという逸品です。

ワタシ「はい、卵をこの【ケース】に入れて運べばね、馬車でガタガタ揺れたとしても大丈夫だと思うよ？」

レイラ「へぇー、それはすごく助かるわ〜。ありがとうね。早速明日から使ってみるわね」

ということで、売れ残りの牛乳と廃棄寸前の卵をゲットしたワタシ。いつもねぇねがボディバッグに忍ばせている小袋入りのはちみつを追加して、早速レッツクッキングです！

まずは、牛乳と卵とはちみつを、おにぃの魔法で少しずつ温めながら混ぜ合わせます。そして、ねぇねの魔法で完全になめらかになるまで混ぜてもらいます。

（ねぇねの魔法で混ぜてもらうと、裏ごししたみたいにとってもなめらかになるんだよね〜）

そして器に入れて、あとは蒸すだけ。ローラおねえちゃんにお鍋を用意してもらい、ねぇねの水魔法と、おにぃの火魔法で蒸すことしばし。牛乳と卵とはちみつだけで作った、甘さ控えめ、シンプル【プリン】の完成です。

おいしくいただくため、完成した【プリン】は、ねぇねの水魔法で出した冷たいお水で冷やしておきます。
ローラ「ねぇおチビちゃん、これは何ていう食べ物なの？」
ワタシ「これはね？　【プリン】という、甘くておいしいお菓子なの。食べるとちゅるんとしてね、なめらかでとろける感じで、ワタシの大好物なんだ～」
ローラ「おチビちゃんの大好きなお菓子？　それは期待しちゃうね」
アイリーン「おチビちゃん、あなた、お料理もできたのね？」
ワタシ「お料理はねぇねとおにぃがやってくれたんだよ？　ワタシはなにもしてないよ？」
マスター「いやいやいや、何もしてねぇということはねぇだろう。作り方から分量まで、指示してたのは全部おチビだろうが」
レイラ「う～ん。とっても甘くて美味しそうな匂いね～。細かいことはどうでもいいから、早くいただきましょうよ」
マスター「お、おぅ……」
　おっとりとした見た目と違って、意外と性格強キャラな感じのレイラさんの音頭で、早速実食タイムです。
ワタシ「う～ん。程よく甘くて、おいしぃ～」　(*^～^*)
ねぇね「あま～い。でもただ甘いだけじゃなくて、コクもあってなんだかやさしぃ～」
おにぃ「うめぇ～。柔らかくてなんだか口の中が不思議な感じだけど、とにかくうめぇ～」
マスター「スゲェなコレ。あんな簡単な作業と材料だけで、これほどの甘味になるとはな……」

アイリーン「美味しっ。これ、今までで最高のお菓子かも。それに、この黒茶色のお茶の苦みともよく合うわ〜」

おにぃ「あっ、それは、タンポポモドキのお茶です」

アイリーン「これが前に話に出た、野草のお茶なのね？」

ねぇね「そうです。これもおチビちゃんが教えてくれたんです」

レイラ「へぇー、おチビちゃんって凄いのね〜。それにしても美味しいわ〜、この【プリン】。今日は割れた卵が多くて大損だと思ってたけど、でもそのおかげでこの【プリン】と出会えたみたいなものだし、むしろ感謝しなくちゃね〜」

ローラ「おっ、おチビちゃん。こっ、これ、ウチのお店でも真似してもいいかな？」

ワタシ「もちろん……いい……おいし……い……お菓子……いっぱい……作って……」

おにぃ「おっと。あ〜、おチビもうダメだな〜」

　おやつタイムの語らい中に、やおらコックリコックリしだしたおチビちゃん。【プリン】の入った容器にお顔からダイブしそうでしたが、すんでのところで、おにぃが抱きとめてくれました。

ねぇね「おチビちゃん疲れちゃったのかな？　もしかして、今日はちゃんとお昼寝できなかったのかな？」

アイリーン「あら、おチビちゃんにはいろいろ聞きたかったけど、今日は無理そうね？」

マスター「明日はハンターギルドで納品があるだろ？　その時に聞けばいいんじゃねぇのか？」

アイリーン「それもそうね、そうしましょうか」

マスター「ということで、そろそろ暇《いとま》させてもらうぜ」

アイリーン「急に押しかけてしまって、ごめんなさいね？」
ローラ「いえいえ、いつでもお越しください。おチビちゃんたちなら、大歓迎なんで！」
レイラ「……ねえローラ。牛乳と卵なんだけど、明日から市場へ卸す量を減らして、この店に持ってくることにするわね？【プリン】を作って売った方が、何倍も利益になると思わない？」
ローラ「ねぇちゃん、そういう話は、お客さんがいない時にしてよ～」
マスター「【プリン】の作り方はオレも覚えた。いっちょ、ハンターギルドでも売り出してみるか」
レイラ「ふふっ。ライバルってことですね？　その勝負、受けて立ちますよ？」
マスター「おう！　望むところだぜぇ」
　おチビちゃんが電池切れでスピスピしている間に、そんな新たなる戦いの火ぶたが切られようとしていたのでした。
（むにゃむにゃ……）　（*´～`*）。o○

【第４章】◆【想像創造】レベル10

ねぇねとおにぃの二人だけで『簡易エリクサー』の内職をはじめたり、ビーちゃん様の魔法の使い方が分かったり、ローラおねえちゃんのお店で【プリン】を美味しくいただいたりと、なにかとあわただしかった日の翌日。今日はハンターギルドにいろいろなモノを納品をする日です。

　いつものように炊き込みご飯でおいしくささっと朝食を済ませたら、ハンターギルドの受付に、ワタシたちの専属、アイリーンさんを訪ねます。

「「「おはようございま～す」」」

アイリーン「『シュッセ』のみんな、おはよう。今日は朝からハンターギルドへの納品ということでいいのかしら？」

ワタシ「は～い。それでお願いしま～す」

アイリーン「それじゃ、早速ご案内しますね？」

　そうして連れてこられたのは、いつもの２階の会議室ではなく、ハンターギルドの地下のだだっ広い倉庫のような場所でした。

ワタシ「うわぁ～、ここ広いね～」

ねぇね「そうだね～」

アイリーン「この倉庫は非常時の避難場所にもなっていて、千人以上収容可能な広さなのよ？」

おにぃ「千人？　スゲェ～」

ワタシ「へぇ～」
　そんなお話をしていたら、マスターさんと購買部のハンナさんがやってきました。
ハンナ「おはよぅさん」
マスター「よぉ！　待たせたか？」
アイリーン「いいえ大丈夫。私たちも今来たところよ」
（ゴメン待った？　ううん、今来たところ～。なんだか待ち合わせカップルのセリフみたいだね～）
　そんな前世の『オヤクソク』じみたやり取りを、おチビならではの下から目線で仰ぎ見ながら、ワタシは納品内容の確認をしておくことにします。
ワタシ「えっとね？　今日の納品は、前回納品したモノといっしょでいいの？」
アイリーン「ん？　そうね。【干し肉】、【小袋の蜜】、【ホケミ】粉、それからなんだけど、できればもう少し落ち着いたデザインの【筆記用具】をお願いできるかしら」
【想像創造】スキルもレベルアップして、一度に創り出せる量も増えたワタシは、そのあたりも確認しておきます。
ワタシ「それとね？　納品の数を前より増やせるようになったの」
ハンナ「へぇー、そうなのかい？　それならできるだけ多く納品してもらえると、こちらとしてはいろいろとありがたいよ」
ワタシ「分かりました～」
　ということで、早速納品物を一気に【想像創造】しちゃいます。

【本格熟成ビーフジャーキー　30g　１２０個セット　粒胡椒　和風ダレにんにく風味　９９８０円】×９　８９８２００円（合計１０８０個）

【給食用小袋ジャム　業務用セット　いちごジャム　オレンジマーマレード　ブルーベリージャム　りんごジャム　チョコレートスプレッド　ピーナッツクリーム　つぶあん　はちみつ　メープルゼリー　レーズンクリーム　15g×１２００袋　３２４００円】×27　８７４８００円（合計３２４００袋）

【ふんわりパンケーキミックス　１７０g　小麦粉、砂糖、米でん粉、ホエイパウダー（乳成分を含む）、食塩、ベーキングパウダー等　３６８円】×２４４５個　８９９７６０円

【筆記用具セット　女の子用（たれ耳眠たげワンコのキャラ絵付き）筆箱、A４自由ノート、２B鉛筆１本、シャープペンシル１本、HBシャープペンシル替え芯、消しゴム、カラーマーカー６色、付箋《ふせん》　６５９円】×１０００　６５９０００円

【ビーフジャーキー】は、ワタシたちのお食事用に80個確保して、１０００個納品します。【小袋ジャム】は、ワタシたちのおやつ用に全種類40袋、合計４００袋確保して、３万2千袋納品します。【ホケミ】さんは全部納品です。初めて創り出す【筆記用具セット】は、とりあえず千セット出してみました。

（今回の【筆記用具セット】は、有名なワンちゃんのキャラものになっちゃった！　今までの【文房具セット】のクマさんとネコちゃんよりはおとなしめだから、アイリーンさんのご要望にお応え

できたよね？）

　どうやらおチビちゃん的には、スリーピーなたれ耳ワンちゃんは『落ち着いたデザイン』扱いのようです。

ワタシ「この【筆記用具セット】カワイイでしょ？　これならオトナっぽいと思うの」

アイリーン「え？　えっと、ま、まあ、大丈夫でしょう。たぶん……」

ハンナ「おやおや、いいじゃないかい。可愛らしくて愛嬌《あいきょう》があって、私はいいと思うけどね？」

　アイリーンさんはちょっと言葉を濁してしまいましたが、購買部のハンナおばさんからは受け入れられたみたいです。

マスター「単価は前回と同じ、干し肉は１袋30リル、小袋入りの蜜は１袋15リルで頼むぜ」

ハンナ「【ホケミ】粉も前回と同じ、１袋10リルでお願いよ」

アイリーン「【筆記用具セット】は前回とは内容が変わってますが、予算的な問題で、お値段は前回と同じ１セット２００リルでお願いしたいの」

　ということで、【ビーフジャーキー】で３万リル、【小袋ジャム】で48万リル、【ホケミ】さん２万４４５０リル、【筆記用具セット】で20万リル、合計73万４４５０リル。日本円で大体、８８１３万４０００～１億２８２万３０００円、そんな感じでしょう。

（うわぁ～、おおよそ１億円前後？　またすごいお金が……）

　またも大金をゲットしてしまって、ちょっと引き気味のワタシ。そこに追い打ちをかけるかのように、アイリーンさんが言葉を続けます。

アイリーン「それで、以前特別に３台用立ててもらった【カメラ】の代金なんだけど――」

ワタシ「あ～わぁ～、あの【カメラ】は納品じゃないから、お金はいらないで～す！　お試しで使ってもらっているだけだから、ただでいいで～す！」　ヾ(≧>_<;≦)ノ

　これ以上はノーサンキューとばかりに、ちんまりとした両手をめいっぱいフリフリして、お金の追加は断固拒否なワタシなのでした。

　その後、今回の納品の報酬はいつも通りチームと個人で4等分して預入、個人３人分は投資に回してもらうことにしました。端数を調整してもらい、チーム『シュッセ』の預入金は30万５６２９リル。ワタシとねぇねとおにぃ個人３人は、各々30万５６２７リル（全額投資）です。

　そんな感じでお金のお話が終わったところで、マスターさんが思い出したかのようにお話をはじめました。

マスター「そういやぁ投資で思い出したんだがよ、『ユービン』の業務を明日から始めることに決まったぞ？　まぁ今のところは、ハンターギルドに配達依頼で来たヤツを『ユービン』の受付に誘導するだけなんだがな」

　そんなお知らせを聞いたワタシは、前から考えていたプラン、誰が見ても郵便屋さんだと一目で分かるようにするため、【想像創造】でお揃いのアイテムをご用意しちゃいます。

【大人用スポーツヘルメット（軽量ソフトシェルモデル）　バイザー付き　フリーサイズ（アジャスター機能）　赤　３８９０円】×１００個　３８９０００円

　前世的に例えると、ちょっとエイリアンっぽいデザインの、軽くて通気性の良い自転車用ヘルメ

ットです。

（この町のひとに、真っ赤な【ヘルメット】をかぶった『赤ヘル』さんは、郵便屋さんだと覚えてもらいたいな〜）

そう思いつつ、マスターさんに事情説明です。

マスター「うぉ、何だこりゃ？　赤くてへんてこりんだな」

ワタシ「マスターさん、これはね？　【ヘルメット】と言ってね、頭を守る帽子なの。お仕事で一日中自転車に乗っていると、事故にあうかもしれないでしょ？　だからね、郵便配達のひとには、これをかぶってほしいの」

マスター「ほぉ〜、頭を守る帽子か〜。なるほどなぁ〜。軽くて邪魔にならねぇだろうし、『ユービン』の全員にかぶらせるか。全員同じものをかぶって走り回ってりゃ、町の連中へのいい宣伝になるかもだしな」

ワタシ「そうなのそうなの！　郵便屋さんは『赤ヘル』さんなの！　町のひとたちに、そう覚えてほしいの！」

マスター「赤い【ヘルメット】で『赤ヘル』か？　はっはっは、なかなか語呂がいいじゃねぇか。『ユービン』と言ったら『赤ヘル』、そんな感じにもっていくんだな？」

ワタシ「うん！」

マスターさんにも統一アイテムを用意した意図がご理解いただけて、大変満足なワタシなのでした。

こうして地下倉庫での納品が終わったので、続けて【三輪自転車】と【リアカー】の追加納品も済ませてしまいます。アイリーンさんとマスターさんを引き連れて、場所を裏庭の広場へ変えて、早速【想像創造】です。

【オトナの三輪車　マウンテントライク24インチ　７スピードギア　リアショッピングバスケット付き　赤色　４３９００円】×20　８７８０００円
【オトナの三輪車　マウンテントライク24インチ　７スピードギア　リアショッピングバスケット付き　青色　４３９００円】×20　８７８０００円
【オトナの三輪車　マウンテントライク24インチ　７スピードギア　リアショッピングバスケット付き　黄色　４３９００円】×20　８７８０００円
【アルミ製折り畳みリアカー　ノーパンクタイヤ仕様　全長２４０×全幅１１６×全高81cm　質量40kg　耐荷重３５０kg　８９８００円】×10　８９８０００円

今回の納品で、【三輪自転車】は、赤色、青色、黄色の各々合計66台ずつになりました。
【リアカー】は、合計40台になりました。
今日は９回【想像創造】したので、これで本日は打ち止め。そう思った矢先、いつものステータス画面が目の前に現れました。

名前：アミ
種族：人族
性別：女

年齢：5歳
状態：発育不良　痩せすぎ
魔法：【なし】
スキル：【想像創造】レベル10（10回／日　または、10倍1回／日）

いつものように、スキルのレベルアップをお知らせしてくれたみたいです。

でも、スキルの欄が、いつもとちょっと違います。

（やった！　【想像創造】がレベル10になって、これで1日10回使えるようになった〜！　ってあれ？　レベル10の後ろに『または、10倍1回／日』って書いてあるよ？　これって新機能？　もしかして、1日10回【想像創造】するか、1回で10倍のモノを【想像創造】するか、とちらか選べるということなのかな？　う〜ん。『10倍1回／日』って、とっても気になる〜）

とりあえず、今日はあと1回、追加で【想像創造】できるはずです。明日は【ジョシュア雑貨店】へのいつもの納品があるので、今日のうちにその納品物を【想像創造】しておいて、早速明日、1回で10倍の【想像創造】を試してみたいと思うワタシなのでした。

（ワタシの予想どおりなら、もしかすると、すっごくお高いモノを創り出せちゃうかも⁉）

◆◇◆◇◆

ワタシの【想像創造】のレベルが10になった翌日。

午前中の早めの時間に【ジョシュア雑貨店】のいつもの納品を終え、その完了報告をするためにハンターギルドの受付にやってきたワタシたち３人。受付カウンターにお目当てのアイリーンさんを見つけると、早速、常設依頼完了の手続きをしてもらいます。そしてそれが終わると、ここからが本番とばかりに、ワタシはアイリーンさんを勧誘しはじめます。

ワタシ「アイリーンさん、あのね？　これからワタシたち、人類の憧れに挑もうと思うの。それでね？　お仕事とは関係ないことだけどね、アイリーンさんもごいっしょし～ましょ～？」

アイリーン「え？　人類の憧れ？　とっても大ごとみたいだけど、一体何をするつもりなの？」

ワタシ「それはそのときまでのお楽しみで～す♪」　o(^o^)o

アイリーン「何だかよく分からないけど、もちろん専属として立ち会いはさせてもらいますよ？　でも、おチビちゃんがわざわざ事前にこんなことを言うなんて……。ちょっと、いいえ、かなり不安だわ……」

　そんな感じでオトナの立ち会い人さん（という名の共犯者）をゲットしたワタシたちは、そそくさとハンターギルドの裏庭の広場に移動です。

　その道すがら、いつもと違うワタシの言動に何かを感じ取ったのか、すれ違った職員さんに一言二言、伝言を頼んだアイリーンさん。するといくらもしないうちに、野次馬根性丸出しのニヤケ顔で、マスターさんもいつの間にやらご登場なのでした。

　そんなこんなでハンターギルドの裏庭の広場の真ん中付近に到着したワタシたち一行。そこでワタシはアイリーンさんに日頃から疑問に思っていた素朴な質問をしてみます。

ワタシ「ところでアイリーンさん、魔法でお空を飛んだり浮いたりすることってできるの？」

アイリーン「風で物を飛ばしたり、重力を軽減して物を軽くするぐらいなら聞いたことがあるけど……。空を飛ぶとか浮くとか、そういう魔法があるとは聞いたことがないわね。もしかして、今このタイミングでそんなことを聞くっていうことは……」

ワタシ「そうで～す。今からワタシたち、お空へ飛んじゃいま～す」

そう言って、例のモノを、10倍1回／日の【想像創造】で創り出しちゃいます。

（今日は晴天、そして無風。絶好の空中散歩日和だね。よ～っし！　飛ぶ寸前の状態で、アレを【想像創造】！）

【熱気球　遊覧用大人５人乗り　バルーン高さ：約25m、直径：約19m　地上固定用ロープ１００m　８８００００００円】

ワタシたちの目の前に、前世で見たことがある、派手なパステルカラーの巨大なバルーンが現れました。するとその瞬間、いつものワタシのステータス画面も登場です。

名前：アミ
種族：人族
性別：女
年齢：５歳
状態：発育不良　痩せすぎ
魔法：【なし】
スキル：【想像創造】レベル11（11回／日　または、11倍1回／日）

いつものように、スキルのレベルアップをお知らせしてくれたみたいです。

（わぁ！　【想像創造】がレベル11になった！　1回の【想像創造】でレベルアップしちゃったよ～。ということは、レベルアップの条件は、創り出したモノの数じゃなくて、金額なのかな？）

とりあえず、今日はあと1回、追加で【想像創造】できるようになりました。

そしてワタシが自分のステータス画面を確認し終えると、驚きで固まっていた周りのみんなも一斉に騒ぎ出しました。

おにぃ「うわぁ～でっけぇ～！　今までおチビが創り出したモノの中で、一番でっけぇ～」

ねぇね「わぁ～、すご～い。見上げちゃう大きさだね～」

マスター「なっ、何だこりゃ～！　見たとこ、でっけぇ風船か？」

アイリーン「まさか、これは空を飛ぶ乗り物なの？」

ワタシ「ぱんぱかぱ～ん！　これは【熱気球】と言ってね？　お空を飛ぶことができるんだ～。でもね、この【熱気球】は、お空に浮くだけしかできないの。進む方向は風まかせになっちゃうんだ～。だからね、風でどこかへ飛んでいかないように、ロープでしっかりつなげておきたいの」

マスター「オイオイ、それじゃホントにただのでっけぇ風船じゃねぇか。とりあえず、ハンターギルドの建物は石造りで丈夫だろうから、その柱にでもロープをくくりつけておくとするか。あと念のため、そこらにいる暇そうな連中をとっつかまえてくらぁ。何かあった時のため、人手はあった方がいいみてぇだしな」

そう言うや否や、テキパキ&的確な行動を開始してくれたマスターさん。どうやらただの野次馬さんではなかったみたいです。そうこうしていると、見慣れたギルドの職員さんや、例の『赤へル』を装着した郵便屋さんと思しき人たちが、ワラワラと集まってきました。
マスター「よ〜っし、こんだけいれば十分だろう」
そんな感じで諸々準備が整ったようなので、無風の今のうちに、遊覧飛行を楽しんじゃうことにします。
ワタシ「それじゃあみんな、ゴンドラに乗ってね？」
アイリーン「ゴンドラ？　それって、この大きなカゴのこと？」
ワタシ「そうで〜す」
ワタシとねぇねとおにぃ、そして、アイリーンさんとマスターさんが乗り込んだら、早速上昇開始です。
ワタシ「おにぃ、いつもの【ドライヤー】魔法をすごく熱くして、上のバルーンのお口に向けて出してほしいの」
おにぃ「ん？　髪とか服を乾かすいつもの魔法か？　すごく熱くていいんだな？」
ワタシ「そうで〜す。お願いね？」
ボゥォ〜〜〜
おにぃは毎日、火魔法と風魔法を巧みに操り、お風呂あがりにワタシたちのドライヤー係として活躍してくれています。そんな日頃の訓練？　の結果、以前はあまり得意ではなかった風魔法も、今ではかなり使えるようになりました。今日の【熱気球】によるフライトは、おにぃの火魔法と風魔法があって、初めて実現できたのです。
（おにぃはすごいよね〜。火魔法だけじゃなくて、風魔法も達人レベルで操ることができるんだ

よ？　二刀流ってヤツなのかな？　カッコイイよね〜）

　ワタシが頭の中でおにぃを褒め称えていると、そろそろとゴンドラが浮き出しました。

　グラッ

ねぇね「わぁ！」

アイリーン「きゃっ！」

マスター「お？　浮いてきやがったぞ」

おにぃ「へぇー、デカい風船みたいなヤツに熱い風を送ると、こんな感じに浮くのか〜」

ワタシ「そうなの。熱い空気は上に行くから、それを大きな風船で捕まえてあげれば、風船ごと持ち上げてくれるんだ〜」

　そんなお話をしている間もゆっくり上昇を続ける【熱気球】。しばらくすると、ハンターギルドの裏庭の広場の上空20メートルぐらいに達しました。

　あまり高く行くのはいろいろと怖いので、この辺りでおにぃに送熱風を止めてもらいます。

ねぇね「わぁ〜、高いねぇ〜」

おにぃ「そうだな〜、でも何かいい気分だな〜」

アイリーン「凄く見晴らしがいいわ〜。とってもステキね〜。あっ、見て見て！　下の人たちがあんなに小さく見えるわよ？」

ねぇね「ホントだ〜」

おにぃ「スゲェ〜」

　ねぇねは高いところを怖がるかと思っていましたが、ニコニコ笑顔で周囲の景色を楽しんでいます。おにぃも目を輝かせて、気分よさげに周囲を観覧しています。それはアイリーンさんも同様で、たまにゴンドラから体を乗り出して、下の状況を確認したりしています。

マスター「お、オレは、ちょ、ちょっとばっかり、落ち着かねぇな……」

そう言って、ゴンドラの縁にしがみつくような姿勢になったマスターさん。いつもの強面が引きつって、より一層アレな感じになっちゃっています。

アイリーン「あららら？　もしかしてあなた、怖いのかしら？」

マスター「そ、そんなんじゃねぇ。ただちょっと、寄る辺ないというか何というか、ケツがムズムズするだけだ」

（もしかすると、マスターさんは高所恐怖症なのかな？）

そんなことを思いつつワタシも風景を楽しもうとしたのですが、おチビなワタシにはゴンドラの高い囲いが邪魔をして、清々と風景を楽しむことはできません。所々に空いているちっちゃな覗き穴からのチラ見になっちゃいました。それでも移り行く風景を十二分に満喫していると、この町の街壁の外側に、大きな川を見つけました。

ワタシ「あっ！　大きな川があるよ？」

おにぃ「どこだ？」

ワタシ「あっちあっち！」

ねぇね「あ、ホントだ～」

アイリーン「ああ。あの川は、ロータル川と言って、この国最大の川なのよ？　あの川を下ると海まで行けるの。そしてその途中には王都もあるわね」

ワタシ「へぇー」

　そんな会話を交えつつ、しばしの遊覧飛行はつつがなく終了。リップラインと呼ばれる下降用のヒモを引いてバルーンの空気を抜きつつ、ゆっくりソフトに着陸です。

ワタシ「う〜ん。楽しかったね〜」

ねぇね「お空って、キレイだったね〜」

おにぃ「そうだな〜。それにしても、こんな簡単に空を飛べるなんて思ってもみなかったよ」

アイリーン「最初は不安だったけど、思いのほか楽しかったわ〜」

マスター「はぁ〜、やっと地面か〜。お、オレはもう、御免こうむりてぇ……」

　本当はもっとお空からの景色を楽しみたかったのですが、時刻はもうすぐお昼という時間。そう、ねぇねとおにぃの内職タイムが迫っているのです。ということで、ねぇねとおにぃには【マダムメアリーの薬店】へ向かってもらうことになりました。

ワタシ「ねぇね、内職が終わったら、また【トランシーバー】で連絡してね？」

ねぇね「うん。そうするね」

おにぃ「すぐ帰ってくるから、おチビはおとなしくしてるんだぞ？」

ワタシ「うん。いってらっしゃ〜い」　(>◇<)/~~

　そう言って、いつでも連絡を受けられるように【トランシーバー】の電源を入れたワタシ。すると、いきなり聞き覚えがある声が【トランシーバー】から聞こえてきました。

？．？．？．？．？．『あっ！　これっておチビちゃんかな？　お〜い、聞こえる〜？』

ワタシ『え？　この声ってもしかして……』

？？？？？『そうよ～、私よ私～』

前世の感覚だと『新手のオレオレ詐欺？』と思わなくもないセリフですが、違いました。

巧妙な手口（【電波】魔法）を使った、知り合って間もない人物（おともだちのビーちゃん様）からの着信アリなのでした。

◆◇◆◇◆

ワタシ『ビーちゃん様、【電波】魔法でお話しできるようになったんだね？』

ベアトリス『そうなの！　昨日おチビちゃんと別れてから、衛兵のみんなに【トランシーバー】で手伝ってもらって、いろいろ試してみたの。そうしたら、ある時急にスッとお話しできるようになってね？　私もビックリしているくらいなの』

ワタシ『へぇー、1日でお話しできるようになるなんて、すごいね！　でも、どうしてさっき、ワタシのことが分かったの？』

ベアトリス『そう、それなんだけどね？　実は昨日からずっと【電波】魔法を使っていたら、どこにお話しできる【トランシーバー】があるのか、頭の中で位置が分かるようになったの。それでさっき、衛兵以外の【トランシーバー】が急に現れたから、もしかするとおチビちゃんなのかなって思って、【電波】魔法で話しかけてみたのよ？』

（え？　ビーちゃん様は【トランシーバー】の場所が分かるの？　さっき、ワタシが【トランシーバー】の電源を入れたのが分かったの？　すっご～い！　それってもう、【電波】で物を見つける

【レーダー】みたいだよね？）

　そんなことを考えていたら、ビーちゃん様が本題は別だとばかりに話題を変えてきました。

ベアトリス『おチビちゃん、そんなことより大変なのよ！　この町に、花瓶をひっくり返したみたいな形の巨大な浮遊物体が現れたの。今、そのことで町中から問い合わせが殺到していて、領主館は大騒ぎなの。おチビちゃん、何か知らない？』

　ビーちゃん様が【電波】魔法で連絡してきたのは、どうやらこの町に急に現れた巨大な物体のことを確かめるためだったようです。

ワタシ『あ！　ビーちゃん様ごめんなさい。それはね、たぶんワタシのせいなの』

ベアトリス『え？　おチビちゃんのせい？』

ワタシ『そうなの。それはね、【熱気球】と言って——』

　素直に事情を白状するワタシ。まさか、ワタシが大空への憧れをかなえた結果、町がちょっとしたパニック状態になっているとは思いもしませんでした。

ベアトリス『なるほど、そういうことだったのね……。分かったわ。領主館のみんなには私から事情を説明しておくわね』

ワタシ『ごめんなさ～い。お願いしま～す』

ベアトリス『いいのいいの、お友達だもの。それくらい当然よ。それよりも、私もその【ネッツキッキュー】に乗ってみたいわ！』

ワタシ『もちろんいいよ！　みんなでいっしょにお空に上がれば、きっともっと楽しいよね～』

　ということで、ビーちゃん様もすぐに合流することになりました。そんな無線通話をしていたら、ねぇねとおにぃの交代要員、ワタシの子守り役のアリスちゃんがやってきました。

アリス「わぁ～、近くで見るとおっきいね～。これがあの二人が言っていた【ネッツキッキュー】なの？」

　どうやらアリスちゃんは、ねぇねとおにぃから事情を聞いているようです。

（それにしても、ビーちゃん様もアリスちゃんも、【熱気球】の発音中に『ッ』を大盤振る舞いしすぎじゃないかな？）

【熱気球】の発音に少し違和感を覚えながらも、アリスちゃんとお話ししていると、今度は【トランシーバー】から大好きな声が聞こえてきました。

ねぇね『お～い、おチビちゃ～ん。聞こえますか～？　今から戻りま～す。【ネッツキッキュー】のところへ行けばいいのかな～？』

ワタシ『ねぇね！　あのね？　これからビーちゃん様も来ることになったんだ～。みんなでいっしょに【熱気球】のところで待ってるね～』

アリス「私も私も！　私も乗ってみたい！」

ワタシ「もちろんいっしょだよ？」

　そんなやり取りをしてしばらくすると、ねぇねとおにぃが帰ってきて、ほぼ同時にビーちゃん様も合流しました。ということで全員揃ったので、みんなでいっしょにお空の散歩へ出発です。

　今回【熱気球】に乗るのは、ワタシとねぇねとおにぃ、そしてアリスちゃんとビーちゃん様、さらに、ビーちゃん様の護衛さん二人も追加です。ちょっと人数が多いですが、おチビなワタシを筆頭に子供ばかりなので、重量的には大丈夫でしょう。

ちなみに今回乗れないことになってしまったアイリーンさんは、ちょっと不満気。反対にマスターさんは『助かったぜ！』と言わんばかりに、笑顔で【熱気球】から距離をとっていました。
そんな感じで、今回飛行する全員がゴンドラに搭乗したら、またもおにぃの魔法で上昇です。
グラッ
アリス「きゃっ、ホントに浮いた！」
護衛１「おぉ！」
護衛２「う、浮き上がった！」
ベアトリス「凄いわ～。こんな大きなモノがお空に浮いちゃうのね～」
ワタシ「この【熱気球】はね？　火魔法と風魔法が使えないと、上手にお空に上がれないんだ～」
ベアトリス「へぇー、そうなのね？　というか、オニール君のその魔法、もしかして、火と風を両方使ってるの？」
ワタシ「そうなの。おにぃは火魔法と風魔法の両方が使えるんだよ？　すごいでしょ～」
当の本人（おにぃ）を差し置いて、ムフンと自慢げに語り出すおチビなワタシ。大好きなおにぃをおともだちに自慢できて、大変満足です。
そうこうしているうちに地上20メートルぐらいに達したので、前回同様この辺りでおにぃに送熱風を止めてもらいます。
アリス「凄～い。私のお家が、あんなにちっちゃく見える！」
護衛１「これはまた、壮観ですな～」
護衛２「こ、こんなに簡単に、このような高さにまで来ることができようとは……」

ベアトリス「いいわ〜。これは素晴らしい眺めね〜。高いところから見ると、町の様子がよく分かるわね〜」

1回目のフライトでは、遠くの風景を眺めていたワタシ。ビーちゃん様の発言を聞いて、今回は町の様子を中心に眺めてみることにします。といってもおチビなワタシではゴンドラの高い囲い越しには下を見られないので、所々に空いているちっちゃな覗き穴からのチラ見です。すると、1回目のフライトの時には気づかなかったことを発見しました。町の中心にほど近い場所に、歯抜けのようになっている場所があったのです。

ワタシ「あれれ？　なんで、町のまんなかに空き地みたいなところがあるんだろうね？」

そんなワタシの大きな独り言を、ビーちゃん様が拾ってくれました。

ベアトリス「あ〜、実は数年前、この町が流行《はや》り病に襲われたことがあってね？　そのときに神様の御許に召された人が出たりして被害が大きかったお家の跡なの」

おにぃ「っく……」

（ん？　おにぃのお顔が……どうしたのかな？）

ちょっと様子が変わったおにぃに声をかけたかったのですが、まだビーちゃん様のお話が続いていたので、そちらを優先することにします。

ベアトリス「縁起が悪いということで、みんなその土地を避けるのよ。だから、民家も商店も建てられないまま、ずっと放置されているのよね」

ワタシ「ということは、だれも使ってないの？」

ベアトリス「ええ。一応この町の土地はすべて領主の管理下ということになるから、今は領主館が更地にして管理しているけどね」

ワタシ「だったらとりあえず、ちょっとした憩《いこ》いの場というか、ちっちゃい公園にして、近所のみんなで遊べるようにしたらいいのにね？　遊具とか置いておけば、いつでも好きな時に遊べてうれしいと思うんだけどな〜」

　ワタシが思い付きでそう提案すると、ビーちゃん様が食い気味に乗っかってきました。

ベアトリス「遊具って、もしかして、おチビちゃんたちのお庭にある、【ブランコ】とかグルグル回るヤツとかのこと？」

ワタシ「そうそう。ああいうのがあれば、みんなで楽しめるでしょ？」

ベアトリス「おチビちゃん、それ、是非お願いできないかしら。実は前々からお父様に相談していて、おチビちゃんにも協力してもらいたいと思っていたの。もちろん報酬もちゃんと支払うわよ？」

ワタシ「報酬？　お金はもういいの」

ベアトリス「え？　お金じゃダメなの？　それじゃ、引き受けてくれないの？」

ワタシ「違うの。お金はいらないだけなの。遊具はどこに何を置いたらいいか、あとで教えてね？」

ベアトリス「うれしい！　おチビちゃん、ありがとう！」

　ガバッ

　感極まって、おチビなワタシに抱き着いてきたビーちゃん様。ここまでがっぷりハグされたのは、ねぇね以外では初めてです。

（わぁ！　ビックリした！　けど、なんだかうれしい！）

　スキンシップ大好きなおチビちゃんがどさくさ紛れにビーちゃん様にほっぺをスリスリしていると、周りから声があがりました。

ねぇね「わぁ！」

おにぃ「こえぇ～」

アリス「ひぃ～」

護衛1「うぉお！」

護衛2「お、お嬢様、ゆ、揺れますので、どうかお静かにお願いします」

　ビーちゃん様が急に動いたので、ゴンドラがグラついてしまったのでした。

　そんなドッキリハプニングがありつつも、2回目の遊覧飛行も滞りなく無事終了。またもリップラインを引いてバルーンの空気を抜きつつ、ゆっくり慎重に着陸です。

　ワタシたちが着陸すると、待ってましたとばかりに、マスターさんが話しかけてきました。

マスター「よう、おチビたち。ちょっと折り入って相談してぇことがあるんだが」

　そう切り出したマスターさんのお話は、ここに集まった他の皆さんも【熱気球】に乗ってみたい、ということみたいです。

アイリーン「まあ、ロープを引いてもらったり、まさかの時のために待機してもらったりしているのだから、それくらいの『特典』はあってもいいかもね」

マスター「火魔法と風魔法を使えるヤツはこちらで揃えたから問題ねぇ。どうだ？　この【ネッツキッキュー】とやら、しばらく貸してくれねぇか？」

ワタシ「もちろんいいよ！　みんなでお空の散歩を楽しんでね？」

　ということで、ハンターギルドの職員さんによる【熱気球】の大試乗会が急遽開催されることになりました。運営はマスターさんとアイリーンさんに丸投げ。ワタシたちお子様組は、少し離れた場所からその様子を見物することにします。

　そんな中、ビーちゃん様がワタシに質問してきました。

ベアトリス「ところでおチビちゃん。この【ネッツキッキュー】は大きな風船みたいなものなんでしょ？　使い終わったその後は、どうするの？　こんな大きなモノ、この広場でも邪魔になるんじゃない？」

ワタシ「え？」（。▷。;）

　お空への遊覧飛行、その目先の目的だけしか頭になく、その後のお片付けのことを全く考えていなかったおチビちゃん。ビーちゃん様に指摘されて、完全に思考がフリーズしちゃいました。

ワタシ「え、えっと〜、あの〜、そ、そうだ！　ビーちゃん様に、これ、あげま〜す！　どうぞ、もらってくださいな？」

ベアトリス「へ？　これ、私にくれるの？」

ワタシ「うん。ご領主さまとかビーちゃん様が乗ってもいいし、町の警備のひととかが使ってもいいかも！」

ベアトリス「領主館の庭はここよりもっと広いから、場所的には問題ないけど……」

護衛１「ふむ。物見の代わりにいいかもしれませんな」

護衛２「なるほど。そうとなれば、早急に火魔法と風魔法の使い手を確保いたしましょう」

ベアトリス「くれるというのならもらうけど、ホントにいいの？」
ワタシ「うん。ワタシたちはもういいの。ね？　ねぇね、おにぃ？」
ねぇね「おチビちゃんがそうしたいのなら、それでいいと思う」
おにぃ「おチビ、お前……使った後のこと、何も考えてなかったな？」
ワタシ「うっ……」（。∨。;）
　おにぃに図星を突かれて言葉に詰まるワタシ。今日のおにぃはなかなか勘が冴《さ》えてるみたいです。
　そんなやり取りをしていると、急に目をつぶって黙り込んでしまったビーちゃん様。どうやら【電波】魔法を使って、【トランシーバー】を持っている衛兵さんに、なにやら指示しているみたいです。
　そしてしばらくすると、どこから来たのか、衛兵の皆さんがワラワラと数十人ほど集まって来ました。
　そして参集した衛兵さんたちは、なぜか【熱気球】の試乗会の列に並びはじめました。ハンターギルドの皆さんと合わせると、１００人以上並んでいるのではないでしょうか。
ベアトリス「あの人たちったら、まったくもう、遊ぶ気満々じゃない……。そんなつもりで呼んだ訳じゃないのに、揃いも揃って……、ふふっ」
　キレイに整列して順番待ちしている衛兵の皆さんを見て、呼んだ張本人も、ちょっと呆れ気味。最後は思わずといった感じで笑い出しちゃいました。
アリス「それにしても、今日の広場は、凄く人が多くて賑やかだね？」
ねぇね「なんだか今日は、『お祭り』みたいだね～」

おにぃ「そうだな～」

ワタシ「ん？　『お祭り』？　そうだ！　それだよ～！」　o(*°▽°*)o

ワタシ「今日はいろいろとお手伝いしてもらったし、そのお礼もしたいから、みんなにパァ～っと、楽しんでもらっちゃお～」

『お祭り』という言葉を聞いて、またまた何かひらめいちゃったおチビちゃんなのでした。

◆◇◆◇◆

思い立ったが吉日とばかりに、早速行動に移るワタシ。

とててて

おチビな外見に似合わず意外なすばしっこさを発揮して、【熱気球】の発着地点に近づきます。

そして、その近くでいろいろ指示を出していたマスターさんとアイリーンさんに、早速オファー開始です。

ワタシ「マスターさん、アイリーンさん、お願いがありま～すっ！」

アイリーン「あらおチビちゃん、どうしたの？」

マスター「ん？　お願い？　何をしてほしいんだ？」

ワタシ「あのね？　ワタシたちが【熱気球】に乗るお手伝いをしてくれた、マスターさんや職員の皆さんに、贈り物をしたいの」

アイリーン「贈り物を渡すの？　別にいいわよ？」

マスター「何かくれるのか？　もちろん構わねぇぞ？」

ハンターギルドの幹部さん二人に許可をもらえたので、ただちにプレゼントをご用意します。

（オトナのひとが喜びそうなアレを、【想像創造】！）

【いろいろ無添加のおいしいペットボトルワイン　赤　度数11％　720ml　499円】×1000本　499000円

　オトナのひとが喜んでくれそうなモノと言ったらお酒、そんなワタシの独断と偏見で、ペットボトル入りのお手軽な【食卓ワイン】を採択、その数なんと、千本です。おかげで【熱気球】の発着地点付近には、【ワイン】が入った段ボール箱の山ができあがっちゃいました。

（前にハンターギルドの食堂で、マスターさんから、この国ではお食事時に【ワイン】は絶対欠かせないって聞いたんだ～。だからオトナのひとにプレゼントするなら、コレだと思うんだよね～。あれ？　でもちょっと多すぎたかな？　まあ、もし余ったら、マスターさんに食堂で使ってもらえばいいよね？　ん？　そうだ！　たくさんの【ワイン】を対価にして、マスターさんに宴会のお料理とかお願いできないかな？　お食事もあった方がお酒だけより絶対うれしいし、なにより『お祭り』っぽいもんね！）

　そんな思考展開を頭の中で繰り広げたワタシ。交渉材料である【ワイン】の山を背にしたワタシは、マスターさんたちに再度オファー開始です。

マスター「何だ何だ？　この箱の山は」

アイリーン「凄い量ね……」
ワタシ「えっとこれはね？　オトナのひとだけが受け取れる、オトナの贈り物。『山吹色のお菓子』で～す。危ないからね、これをもらった人は【熱気球】に乗っちゃダメなんだよ？」
アイリーン「来たぁ～！　おチビちゃんからの天使のご褒美ね！」
マスター「それって、つまりは、例のアレか？」
アイリーン「そういうことよ、きっとね？」
　マスターさんとアイリーンさんの間で、なにやら意味ありげな会話が交わされていますが、今はスルーです。
ワタシ「これはね？　ペットボトルに入ったお食事用の【ワイン】なの。『お祭り』みたいにここで飲んでもいいし、おみやげとしてお家に持って帰ってもいいと思うの」
マスター「ほぉ～、今回の例のアレは【ワイン】なのか」
アイリーン「『ぺっとぼとる』？　ガラスとは違う容器なのね？」
ワタシ「試しに飲んでみてね？　ペットボトルはキャップをひねると開けられるよ？」
おにぃ「コップはこれを使ってください」
　そう言って、おにぃが【魔法瓶】のフタをアイリーンさんに手渡します。いつの間にやら颯爽と現れて、すかさずフォローに入るおにぃ、ステキです。
アイリーン「あら、ありがとう。それじゃあ失礼して……。ふぁあ～。全く渋くなくて苦くなくて、後味がスッキリした【ワイン】だわ～。ほんのりとした甘さと酸味で、何杯でも飲めちゃいそうな美味しさだわ～」

　そんなコメントを聞いたマスターさんも、近くの段ボール箱からペットボトルを鷲掴みにして、こちらは直接ラッパ飲みです。
マスター「オイオイ、オイオイ！　何だこの【ワイン】、嫌味な感じが全くねぇ！　こいつぁいけねぇ、全くいけねぇ。飲みやすくて水みてぇにどんどん飲めちまう。こんなにうめぇ【ワイン】が山ほど……、これってある意味マズイんじゃねぇのか⁉」
　褒めているのかけなしているのか、美味しいのか美味しくないのか、どっちなんだとツッコミたくなるような口調ですが、どうやらマスターさんにもお気に召していただけたようです。
（これなら交渉できそうかな？）
　そう思ったワタシは、今がチャンスとばかりに、マスターさんにネゴシエーション開始です。
ワタシ「マスターさん、あのね？　この【ワイン】、千本あるの」
マスター「は？　千本だぁ？　何だそのべらぼうな数は」
ワタシ「それでね？　半分ぐらいを対価にしてね？　この広場でみんなで食べられるお料理とかをお願いしたいの」
マスター「ん？　それってつまり、ここで宴会をしよう、そう言ってるのか？」
ワタシ「うん、そうなの。なんだか『お祭り』みたいな雰囲気でしょ？　だからね、みんなにパァ～って、楽しんでほしいんだ～」
マスター「その心意気やよしっ！　おチビ、万事オレに任せておけ！」
　そうワタシに断言してくれたマスターさんは、【熱気球】の列に並んでいるハンターギルドの職員さんたちに向かって、号令をかけはじめました。

マスター「よ～っし、お前ら～、聞いての通りだ！　これからこの広場で宴会を行う！　会場設営をする者、料理をする者、食器や小物を準備する者、各自分担につけ！　ボヤボヤすんなよ？　かかれ～！」

「「「「「「「お～！」」」」」」」

　またもやどこかの強豪校球児並みの、息の合ったお返事です。

（今度ここで野球をやっても面白そうだよね～）

　そんなことを思っている隙に、いろいろなものが広場に運び込まれて、準備が着々と進んでいきます。

ベアトリス「あなたたちも、言われなくても分かっているでしょ？」

「「「「「「「ハッ！（ビシッ）」」」」」」」

　その様子を見ていたビーちゃん様に一言言われて、衛兵の皆さんも敬礼と共に動き出しました。バケツリレーの要領で、テーブルや椅子がどんどん広場に並べられていきます。

　そんなこんなで小一時間、時刻は夕方ちょっと前ぐらい。

　ハンターギルドの裏庭の広場には、いろいろなお食事が用意されて、さながらガーデンパーティーのようになりました。

マスター「よ～っし！　準備が整ったな～。これより、【ネッツキッキュー】祭りを開催する！　なお危険なので、酒を飲んだら【ネッツキッキュー】に乗ることを禁止する！　それでは、この祭りの言い出しっぺ兼出資者による開催の挨拶だ。一同、傾注～！」

　そう言うと、マスターさんは近くでウロチョロしていたおチビなワタシを片腕でヒョイと持ち上げ、そして自身の右肩の上に座らせました。

　ヒョイ

ワタシ「え?」　(゜▽゜)

　なんの前触れもなく、いきなりマスターさんの右肩の上に乗せられて、変則的な肩車状態になったワタシ。あまりにも急なことだったので、一瞬ビックリ固まってしまいましたが、少し経過すると、前々から憧れだった『高い高い』状態を経験できたのだと理解できて、気分は上々に。大勢の観衆が注目している状況にもかかわらず、キャッキャとはしゃいでしまいました。

ワタシ「わーいわーいっ!」　(*^ヮ^*)

おにぃ「おチビ、おチビ。みんな見てるぞ?」

　おにぃからそう声がかけられるまで、ニコニコスマイルを大盤振る舞いするおチビちゃん。それを見ていたお集まりの皆さんは、ほがらかほのぼのムードに一変です。

　そんなこととはつゆ知らず、おにぃの声でようやく落ち着きを取り戻したワタシは、今の状況を客観的に(なったつもりで)判断します。

(ん?　この状況って、アレだよね。マスターさんが、『お祭り』の言い出しっぺのワタシに花を持たせてくれたんだよね?)

　マスターさんの心遣いを無下にしないためにも、ここはビシッと決めるところでしょう。そう思ったワタシは、ちょっとオトナぶったセリフで、キリリとご挨拶をはじめます。

ワタシ「え~、本日は、【熱気球】のおてちゅだい、ありがと~ござましゅたぁ~。みなしゃんも【熱気球】に乗って、お空のお散歩を楽しんでくだしゃいね~。しょれではみなしゃん、『【熱気

球】祭り』、開催で～しゅ！」

　ビシッと決めるどころか、かみかみでゆるゆるなご挨拶になっちゃいました。

「「「「「「「「「……、お～！」」」」」」」」」

　一瞬『間』はありましたが、それでも聴衆の皆さんから盛大な歓声をいただきました。皆さんとても寛大だったようで、ワタシの滑舌には誰ひとり触れず、完全にスルーしてくれています。

（『ちょっとだけ』かんじゃったけど、ちゃんとご挨拶できてよかった～）

　どうやらおチビちゃんの中では、このご挨拶は（周囲の評価はいざ知らず）まずまずの出来だったみたいです。

ねぇね「おチビちゃん、緊張しちゃったのかな？　かんじゃったけど、上手だったよ？」

ワタシ「ホント？　ありがと～」（*^o^*）

おにぃ「それにしたって、ちょっとかみすぎじゃなかったか？」

ねぇね「いいのいいのそれぐらい。おチビちゃんはそれぐらいの方がカワイイからいいの」

　ワタシたち３人がそんなやり取りをしている中、周りではヒソヒソと極秘ミーティングが執り行われていました。

衛兵１「誰だ？　あのおチビな女の子」（コソコソ）

衛兵２「ばっかお前、知らないのか？　例のお嬢様のお友達だよ」（コソコソ）

衛兵１「あぁ、あの話題の。お嬢様の大恩人って聞いてたけど、あんなチビっ子だったのか」（コソコソ）

ギルド職員１「あのおチビちゃんは、あれでも立派なハンターなんですよ？」（ヒソヒソ）

ギルド職員２「ああ見えてやり手なんですよ、あのおチビちゃんたち」（ヒソヒソ）
ギルド職員３「あの子たち３人のチーム『シュッセ』は、人気、実力とも、若手ナンバーワンですもんね？」（ヒソヒソ）
ギルド職員４「今や『シュッセ』はハンターギルドのアイドル、みんなのオアシス的存在なんです！」（ヒソヒソ）
衛兵一同「「「「分かる！」」」」（コソコソ）
……
マスター「よしよし。どうやら衛兵の連中にも、おチビたちのことがしっかり知れ渡ったみてぇだな」（コソコソ）
アイリーン「ええ。町の衛兵に顔が知られていれば、もしもの時、いろいろと違うでしょうしね？」（コソコソ）
　どうやらおチビちゃんのご挨拶には、マスターさんとアイリーンさんによる『裏の思惑』があったみたいです。
　なにはともあれ、おチビちゃんのご挨拶によって『【熱気球】祭り』はつつがなく開催されることになりました。これを機に、ハンターギルドのみならず、町の衛兵の皆さんにも、その存在が広く知られるようになったおチビちゃんなのでした。

◆◇◆◇◆

そんなこんなで、時刻はワタシたち3人がいつもお夕飯をいただいている頃合いになりました。

マスターさんの指揮のもと、ハンターギルドの裏庭の広場にテキパキと作られた『【熱気球】祭り』のパーティー会場。その一角に設けられたお子様用特設エリアに座らせてもらったワタシたち一行は、おあつらえ向きとばかりに、お夕飯として宴会料理をいただくことにします。同じテーブルについたビーちゃん様は、ガッツリお食事をするというより、興味深げにいろいろとちょいちょいつまんでいる感じ。そしてアリスちゃんは、食べようかどうしようかと、ちょっと悩んでいる感じです。

ワタシ「アリスちゃんどうしたの？　お料理食べないの？」

アリス「えっと、食べたいけど、おばあちゃんがお家で待ってると思うし、どうしようかな～」

そんなお話をしていると、当のおばあちゃんこと、メアリーさんがひょっこりやってきました。

メアリー「おやおや。アリスがちっとも帰ってこないから様子を見に来たんだけど、何だい何だい？　この大騒ぎは」

アリス「あ！　おばあちゃん！　今ね、みんなで【ネッツキッキュー】祭りをやってるんだよ」

メアリー「【ネッツキッキュー】というのは、あそこで空に浮いてるデカ物のことかい？」

アリス「そうなの。私もおチビちゃんたちと一緒に乗せてもらったんだよ？」

メアリー「ほぉほぉ、それは面白そうだねぇ。どれどれ、老い先短い私もひとつ、冥途の土産として乗せてもらおうかねぇ」

そんな祖母と孫娘のやり取りに、ちょっとお顔を赤らめたマスターさんも加わります。

マスター「オイオイ婆さん、そいつは年寄りの冷や水ってもんだぜ。下手ぁすると、そのまま天に召されちまいかねねぇぞ？」

メアリー「はっはっはっ。そりゃあ神様も手が省けるってもんさね」

アリス「も〜！　おばあちゃん縁起でもないこと言わないで〜」

（へぇー、この世界でも、冥途の土産とか、年寄りの冷や水なんて言い方するんだね〜。前から思ってたけど、この世界って、ワタシの前世の世界といろいろ似てる気がするよね〜）

　そんなことを考えていると、ちょっとはなれた場所、広場の入り口の方がなにやら騒がしくなってきました。

助祭「何をしておるか、下民ども！　空は神の領域であるぞ！　神の許しもない卑しい者共が、神聖なる場所に立ち入るなど、決してあってはならない！」

　現れたのは、以前ワタシたちに指名依頼をしてきた教会の中年男性。そしてその隣には、でっぷりとして、金ピカの豪華な服装をした、もっと偉そうな男のひともいました。

　登場早々、ここにいる全員を見下した感じの、敵意満点の演説をはじめた教会の中年男性。その内容から、どうやらワタシたちが【熱気球】でお空の散歩を楽しんでいるのがお気に召さないご様子です。

（そういえば、おにぃはたしか、教会が嫌いだったよね？）

　そう思い出したワタシは、隣にいるおにぃの様子を窺《うかが》ってみます。すると、目を見開いたおにぃが、太っちょなお偉いさんの方を凝視していました。

おにぃ「あいつ、あの神父……」

ワタシ「おにぃ、あの太っちょさん、知ってるひと？」

おにぃ「ああ、知ってる……。あいつは、人じゃない……悪魔だ！」

怒りの表情で教会のひとを悪魔呼ばわりするおにぃに、ちょっとビックリなワタシ。でも、おにぃがそこまで断言するということは、ちゃんとした理由があるはずです。

（おにぃがすっごく怒ってる！　あの太っちょさん、きっととっても悪いひとだ！）

せっかくの楽しいお祭りだったのに、突然現れた闖入者《ちんにゅうしゃ》の暴言で、水を差されてしまったワタシたち。まさに冷や水を浴びせられたような気分です。

そんな状況は看過できないとばかりに、教会の二人に食ってかかったのは、この中で一番の体格と強面を誇る、我らがマスターさん。ちょっとお酒が入っているので、声も大きめになっちゃって、いつにもまして迫力満点です。

マスター「何だあんたら、藪から棒に！　せっかくの楽しい【ネッツキッキュー】祭りを邪魔してんじゃねぇよ！」

そんなマスターさんの抗議も意に介していないご様子の助祭さんともう一人のお偉いさん。強面&大男なマスターさんを目の前にしても、平然と言い返してきます。

助祭「お主、誰に口を利いておる！　こちらにおいでのお方がどなたか分からぬのか！　全く、これだからハンターごときの無知な連中は……。よいか？　この方は我が教会の司祭様であらせられる。そんな尊いお方にそんな口を利いて、ただで済むと思っておるのか？　この下郎が！」

司祭「まあよい、まあよい。こ奴の処分は追々考えるとして、今はそれどころではない。あの空に浮いている巨大な物体、アレを我が教会に献納せよ。これは命令である」

どうやら教会のお偉いさんたちがここに来た理由は、【熱気球】が欲しかったからみたいです。

（お空の散歩をしたいのなら、みんなといっしょに並べばいいのに～）

ワタシがそんなことを思っていると、教会の二人の言葉に不機嫌マシマシになったマスターさんが再度抗議をはじめました。

マスター「あ？　てめぇらのおつむ、大丈夫か？　そんな悪態つかれて、誰が教会なんぞに献納なんかするもんかよ！　そもそもここはハンターギルドの敷地内だ。勝手に入って来てんじゃねぇよ！」

助祭「全く、これだから学のないゴロツキは……。よいか？　大地は神のものである。よって、我々教会の聖職者は、どこの誰の土地へでも、自由に立ち入ることが許される！」

司祭「うむ。そして、空は神の領域である。よって、空を飛ぶことが許されるのは、崇高で清廉な心を持った、我々教会の聖職者だけである。故に、あの浮遊物体を使って空を飛んでよいのも、我々教会の聖職者だけなのである。分かったら、さっさとあの大きな浮遊物体を教会に運ぶ手筈《てはず》を整えるがよい」

おチビなワタシには到底理解不能な理屈を並べたてて、勝ち誇ったように【熱気球】を指さす助祭さんと司祭さん。理解できなかったのはワタシだけではなかったみたいで、マスターさんも二の句が継げずに固まってしまっています。まるで言葉が通じない、違う言語を話しているような相手とあっては、さすがの強面マスターさんでも勝手が違うご様子です。

そんな時でした。

いつの間にやらワタシたちのテーブルから離れていたビーちゃん様が、護衛さん二人と共に、颯爽と反撃開始なのでした。

ベアトリス「へぇー、教会はいつから『強請《ゆす》り』『集り』が教義に加わったのかしら?」

司祭「おやおや? そこにいるのは、かの有名な『ハズレ姫』ではありませんか? 子爵家のご令嬢ともあろうお方が、市井《しせい》の者共に媚びて、こんなところに顔を出しているとは。まともな魔法を使えず、貴族として扱ってもらえないからといって、なんとも嘆かわしいことですなぁ」

ベアトリス「ねえ、あなた。不敬罪って、知ってる?」

司祭「何を言い出すかと思えば。よいですかな? 別に私が『ハズレ姫』と言い出した訳ではありません。それこそ、数多の貴族の方々が、あなたのことをそう呼称しているではありませんか? 私は貴族の方々に倣《なら》っているだけに過ぎません。魔法のことについても、事実を申し上げたまでのこと。それをなぜ、不敬罪だと言えましょうや?」

ベアトリス「ふぅ～ん。まあいいわ、今は何とでも言ってなさい? あなたたちが故意に広めた陰口なんて、今の私にとってはどうということはないのだから。それより、現在ここで起きている状況を確認させてもらうわね? あなたは今、教会の名を使って、アレを要求している、そういう認識でいいのかしら?」

　ビーちゃん様が【熱気球】を指さしながら、教会のでっぷりさんに確認しています。

司祭「えぇえぇ、そうですとも。アレは無学な平民が所有してよいものではございませんからな。教会が預かり、正しく管理して、初めて有効に活用できることでしょう」

ベアトリス「へぇー、教会は知識が豊富なのね? アレの飛ばし方とか、ちゃんと知ってるんだ」

司祭「まあそこは、アレの所有者を出頭させて、我々の認識と齟齬《そご》がないか確認しながら、ということになるでしょうな」

ベアトリス「ふぅ～ん。あなたはアレの所有者を教会に出頭させるのね？　あ、ちなみにアレの所有者、今は私なんだけどね？」
司祭「は？　今何と？」
ベアトリス「だ・か・ら、アレの所有者は、私なの！」
司祭「……」
ベアトリス「そっか～。それなら早速、お父様に報告しなくっちゃね？　教会の司祭から『私の』所有物を差し出すよう言われて、しかも使い方を教えるために出頭するよう『命令』されたってね？」
司祭「そ、それは……」
ベアトリス「ついでだから、王都の国教会本部にも確認してもらおうかしら？　地方の教会の司祭や助祭は、いつから子爵という貴族より上の身分になったの？　ってね」
司祭「わ、私は別に、そのようなことは……」
ベアトリス「言ったわよ？　私の目の前でね。証人もいるわよ？　それも１００人以上。そうでしょ？　みんな？」
「「「「「「「「「「お～！」」」」」」」」」」
司祭「たっ、ただの平民の証言がいくら集まろうと、そんなものどうということはないっ！」
助祭「そうだそうだ！　下民の言葉を誰が信用するというのだ！」
マスター「あのよぉ、一応これでもオレ、ハンターギルドの幹部職員なんだぜ？　それなりに影響力はあると自負してるんだがなぁ。それに周りをよく見てみろよ。ここにいる半分は、この領の衛兵だぞ？　それをただの平民と呼ぶかどうか、ちったぁ頭を使って考えてみろよ」
司祭「こんなゴロツキが、ハンターギルドの幹部……」
助祭「なっ、何でこんなに衛兵がここに……」
ベアトリス「それではもう一度聞くわ？　あなた、不敬罪って、知ってる？」
司祭「ぐっ……」
助祭「し、司祭様……」
ベアトリス「この二人は悪知恵も働くし、それなりに資金も持ってるでしょう。逃亡の可能性があるので、この場で拘束してちょうだい！」
「「「「「「「「「「ハッ！（ビシッ）」」」」」」」」」」
　あれよあれよという間に、数十人の衛兵の皆さんに取り囲まれる教会の二人。
助祭「し、司祭様。ど、どうすれば……」
司祭「わ、私にこんなことをして、許されると思っているのか！　教会が、教会の本部が黙っていないぞ！」
ベアトリス「え？　許されると思っているわよ？　申し開きは裁判ですることね？　まあ、不敬罪ぐらいじゃ、大した罰は与えられそうにないけど。でも、少なくとも教会の聖職者の地位からは追い落とせそうだわね」
司祭「ふん。これだから無知な田舎貴族の小娘は。この程度のこと、教会からの圧力で、何とでも――」
ベアトリス「そう言えば～、教会って～、権力争い、酷いんですってね？　少しでも瑕疵《かし》が付いたら、周りから蹴落とされちゃうんでしょ？　元々あなたたち、権力争いで負けて、教会の本部から都落ちしてこの町の教会にいるのでしょ？　そんなあなたたちを庇《かば》うような奇特な組織じゃないことぐらい、あなたたちが一番ご存じでしょうに。教会の本部が黙っていない？　ふふっ。逆に追い打ちを受けるの間違いじゃない？　まあそういうことだから、もし教会の本部が出張ってきても、逆にお手伝いしてくれそうよね？　叩けばいろいろ出てきそうじゃない？　あなたたちの余罪」
司祭「……」
助祭「……」
　最初は『楽しいお祭りに変なオジャマ虫さんが来ちゃったな～』程度に思っていたのですが、最後はかなり大ごとになっちゃいました。なんと、１００人以上の皆さんが見守る中、ビーちゃん様による断罪ショーが繰り広げられちゃったのです。しかもお相手はこの国で大きな発言力があるという教会のお偉いさん。そんな大物っぽいひとを、口八丁なビーちゃん様は、ただ会話をするだけで捕まえちゃったのです。
　それはあっという間の出来事でした。あまりにも急展開過ぎて、お口をあんぐりと開けることしかできなかったワタシなのでした。
マスター「いいぞ～お嬢様！　これでこの町も、ちったぁ住みやすくなるってもんだぜぇ！」
ベアトリス「いいえ。まだまだこんなもんじゃ足りないわ。何しろこの町の教会には、まだまだこんな連中がうようよしてるのだもの」
マスター「うへぇ～、この町の教会はどうなってるんだ？　まさか何かに呪われてるのか？」
アイリーン「ホントそうよね～、嫌になっちゃう」

引っ立てられていく教会の二人の様子を眺めながら、オトナのひとたちの会話が続きます。

メアリー「ほぉほぉ。うちの領の姫様は、何とも立派におなりだねぇ～。私らがどうにもできなかったこの町の病巣を、見事取り除いてくださった」

メアリーさんの大きな独り言に、うんうんとうなずくギルドの職員さんや衛兵の皆さん。

（すごいね！　ビーちゃん様、みんなから褒められてるね！）　（゜∀゜）

自信に満ちた笑顔でオトナのひとたちと言葉を交わすビーちゃん様。お子様組のワタシたちは、そんなビーちゃん様の雄姿を尊敬の眼差しで見つめます。

けれどそうした中、周りとは様子が違う人がいました。たったひとり、おにぃだけは、お祭りにはふさわしくない憤怒の表情をして、両手を固く握りしめていたのです。

おにぃ「あいつが、あんなヤツがいなければ……」

その怒りに満ちた鋭い視線は、お祭りにはふさわしくない悪態をつきながら、衛兵さんに引っ立てられていくでっぷりさんの姿から、終始逸《そ》らされることはなかったのでした。

マスター「空飛ぶデカブツの物珍しさに誘引されて、変な害虫が寄ってきちまったが、我らが誇る次期領主様ご自身の手によって駆除された！　今ここに、いけ好かねぇ教会の、金の亡者の権威は失墜した！　空を飛ぶという貴重な経験もできたことだし、今日という日はオレにとって、悪くねぇ一日になったぜ！」

マスター「ということでオメェら、ベアトリスお嬢様と【ネッツキッキュー】に、乾杯だ～！」

「「「「「「「「「「ウオォ～ッ！」」」」」」」」」」

こんな感じで、オトナのひとたちがやんややんやと盛り上がる中、お子様組のワタシたちは、そろそろスタミナ切れ。特にお夕飯を食べてお腹いっぱいになったおチビなワタシは、今日もお昼寝をしていないこともあって、もうすっかりおねむです。

ビーちゃん様による断罪劇の興奮冷めやらない、まさにお祭り騒ぎの中、お子様組はお先に失礼とばかりに、そっと会場を後にします。

ワタシはねぇねとおにぃに手を取られて、ビーちゃん様へのお別れのご挨拶もそこそこに、すぐ近くのワタシたち３人のお家に引っ込んじゃうのでした。

◆◇◆◇◆

そしてその翌朝。

いつもより言葉少なに朝食を終えたワタシたち３人は、その主因たるおにぃを囲んでの、朝食後の野草ティータイムです。

昨日、【熱気球】のお祭りに現れたオジャマ虫さん、教会のでっぷり司祭さんを目にしてから、あきらかに様子がおかしいおにぃ。それでもワタシとねぇねは、おにぃを問いただすような真似はしません。おにぃからお話をしてくれるまで、じっと、そっと、ただ待つだけなのです。

おにぃ「……」

ねぇね「……」

ワタシ「……」

おにぃ「二人はもう、気づいていると思うけど……。実はオレ、昨日来た神父と、昔、ちょっとあったんだ……」

　こうしてポツリポツリと語りはじめたおにぃは、数年前にあった出来事を、無表情で淡々と教えてくれました。

　この町を流行り病が襲ったこと。その影響でおにぃのご両親が神様の御許に召されたこと。その時、それまで懇意にしていたあの太っちょ神父（司祭）さんから、酷い裏切りを受けたこと。

　詳細までは教えてくれませんでしたが、おにぃの言葉の端々からは悔しさがにじみ出ていて、聞いているワタシまで手を固く握りしめてしまうくらいでした。ねぇねに至っては、憤懣《ふんまん》やるかたなしといった感じで、かわいいお目々を真っ赤にしていました。

　ちなみにあの太っちょ神父（司祭）さんは、昔はもう少しスリムだったようで、ここ数年で金銭的にも脂身的にも、まさに私腹を肥やしちゃったみたいです。

　ワタシとねぇねに話し終えたおにぃは、肩の荷が下りたような、なにかから解放されたような、そんな表情になりました。きっと、ため込んでいた気持ちを吐き出して、気が楽になったのでしょう。昨夜のようなピリピリ感もとげとげしさもなくなり、雰囲気もいつもより気持ち柔らかくなったように感じられて、いつも以上に優しいおにぃに戻ってくれました。

　そんないつもよりちょっとおセンチな朝のひと時を終えたワタシたち3人は、ここ最近の重点目標である、【三輪自転車】と【リアカー】の納品完了を目指すべく、ハンターギルドの裏庭の広場へ今日も出勤です。徒歩15秒で到着したその目的地は、昨日のお祭り騒ぎがうそのように静まり返っていました。

ワタシ「あっ、【熱気球】がなくなってる」

きっと、ビーちゃん様が呼び寄せた数十人の衛兵の皆さんがいい仕事をしてくれたのでしょう。【熱気球】は影も形もありませんでした。

ねぇね「宴会のテーブルとか椅子とかも、全部片付けられてるね」

そんなお話をしていると、おにぃがハンターギルドの建物の方へ走り出しました。

おにぃ「どうせ必要になるだろうから、オレ、今からアイリーンさん呼んでくるな～」

ワタシの思考を先読みしたかのようなその行動力。先程事情を話してくれてから、なにかが吹っ切れたようになったおにぃは、以前にもまして気配り上手になっちゃいました。

さすがワタシのおにぃだと、感心しながらねぇねと二人で待っていると、ワタシたち3人の専属アイリーンさんと、そして食堂の強面マスターさんも、いつものようにもれなくセットでご登場なのでした。

マスター「よっ！　昨日はいい経験させてもらったぜ！　ホント、いろんな意味でな？」

アイリーン「おはよう！　昨日は楽しませてもらったわ～。もちろん、いろいろな意味でね？」

これはつまり、お空の散歩だけではなくて、ビーちゃん様による例の断罪劇も良い娯楽になった、きっとそういうことなのでしょう。アイリーンさんもマスターさんも、今朝はなんだかいつにもまして、とても晴れやかで良い笑顔です。

なにはともあれ、アイリーンさんが来てくれたので、早速、【想像創造】で【三輪自転車】と【リアカー】の納品をしてしまいます。

【オトナの三輪車　マウンテントライク24インチ　7スピードギア　リアショッピングバスケット

付き　赤色　４３９００円】×25　１０９７５００円
【オトナの三輪車　マウンテントライク24インチ　７スピードギア　リアショッピングバスケット付き　青色　４３９００円】×25　１０９７５００円
【オトナの三輪車　マウンテントライク24インチ　７スピードギア　リアショッピングバスケット付き　黄色　４３９００円】×25　１０９７５００円
【アルミ製折り畳みリアカー　ノーパンクタイヤ仕様　全長２４０×全幅１１６×全高81cm　質量40kg　耐荷重３５０kg　８９８００円】×12　１０７７６００円

　連続4回の【想像創造】で、一気に創り出しちゃいました。

今回の納品で、【三輪自転車】は、赤色、青色、黄色の各々合計91台ずつになりました。

【リアカー】は、合計52台になりました。

【三輪自転車】は目標の１００台ずつまであと少しです。

アイリーン「おチビちゃん、お疲れ様。【三輪自転車】はあと少しで納品完了ね？」

マスター「ほぉ？　思ってたより早いペースだな」

ワタシ「うん。早く納品して、早くみんなに使ってほしいの」

　そんな納品後の歓談をしていたら、おずおずとおにぃがワタシに話しかけてきました。

おにぃ「おチビ、あの、納品が終わったばかりで悪いんだけど、オレ、折り入ってお願いしたいことがあるんだ」

　しかも珍しいことに、なんと、おにぃがワタシにお願いごとをしてきたのです。いつもおにぃに文字通り『おんぶにだっこ』なおチビな身です。おにぃのたってのお願いとあらば、ワタシにできる範囲であれば、なんでもかなえる所存のワタシです。

ワタシ「なぁに、なぁに？　ワタシにできることなら、どんどん言ってね？」

おにぃ「おチビ、ありがとう。実は、今朝の話にも関係してるんだけど……。昨日、【ネッツキッキュー】で飛んでるとき、ビーちゃん様と町の空き地について話していただろ？」

ワタシ「えっと、町の空き地に公園を作るお話のこと？」

おにぃ「そう、それ。実は、オレが前に住んでたところって、今は立ち入り禁止になってるんだけど、たぶんその空き地だと思うんだ。できればそこに、おチビの遊具をいっぱい置いてほしくて……。誰でも遊べる賑やかな場所になったらいいなと思ってさ」

ワタシ「イイねそれ！　うん、そうしよう！　それじゃ、まずは頼れる人に相談だね！」

　ということで、大好きなおにぃのためならばと、即快諾、即行動。早速、そのあたりのことを裁量できそうで、かつ、ワタシたちが相談できる唯一の人物にコンタクトを試みます。

　まずは、いつもポシェットに忍ばせている【トランシーバー】を取り出して、一か八かビーちゃん様に呼びかけてみます。

ワタシ『ビーちゃん様、ビーちゃん様〜。聞こえますか〜。ビーちゃ――』

ベアトリス『え？　おチビちゃん？　どうしたの？　おチビちゃんから【電波】してくれるなんて』

　なんとも幸運なことに、【トランシーバー】からビーちゃん様のお返事が聞こえてきました。

（よかった〜。ビーちゃん様に無線がとどいた〜。ツイてるね〜）

ここは身分制度がある世界です。貴族と平民の間には、目に見えるモノ見えないモノも含めて、大小さまざまな『区別』があることでしょう。たとえおともだちになったとはいえ、庶民の、しかもちょっと前までバリバリのスラムっ児だったワタシたちが、お貴族様のビーちゃん様に『こちらから』会いに行くとなれば、それはかなりハードルが高い『難題』です。数日待たされるぐらいなら良い方で、最悪、門前払いされるかもしれません。それだけに、【トランシーバー】で気楽にビーちゃん様と連絡がとれたことは、ワタシにとって『儲け物』でした。

直接会わなくても離れたひとと『通話』ができちゃう【電波】魔法と【トランシーバー】は、この世界の常識やルールの『抜け穴』、もしくは『裏技』と言えるかもしれません。まるで、おチビな体でスルリと大きなハードルの下をくぐり抜けるように、『お貴族様との面会』という『難題』を【トランシーバー】という『裏技』であっさりスルーしちゃった、おチビちゃんなのでした。

なにはともあれ、お目当ての人物と連絡がとれたこの好機を逃さないため、巧みな話術（ただのお願い）で早速交渉開始です。

ワタシ『ビーちゃん様、あのね？　お願いがあるの。聞いてくれますか？』

ベアトリス『おチビちゃんのお願い？　もちろんいいわよ？　お友達だもの。それでどうしたの？』

ワタシ『実はね？――』

そうしてワタシは、今朝聞いたおにぃのご両親のことや、昨日の太っちょ司祭さんとのこと、そして、以前おにぃが住んでいた場所が町の空き地になっていて、今は立ち入り禁止になっていること等をできるだけ丁寧に説明しました。

ワタシ『それでね？　おにぃが住んでいた場所にね、遊具をたくさん創り出して、みんなで使えるようにしたいの』

ベアトリス『その遊具って、おチビちゃんのお家にある遊具のことで合ってる？』

ワタシ『うん。そうで～す』

ベアトリス『それって、昨日【ネッツキッキュー】で空から町を見ているときに、私からお願いしたことじゃない！　もちろんいいに決まってるわ！　むしろ、是非ともお願いね？』

ワタシ『ホント？　ありがと～』

ベアトリス『立ち入り禁止になっているということは、オニール君の住んでいた場所は、たぶん一番被害が大きかったあの地域ね……。よしっ、今から向かうわ！　その空き地に現地集合ってことでいいかしら？』

ワタシ『うん。お願いしま～す！』

　即断即決のビーちゃん様、話が早くて助かります。すると、その【トランシーバー】でのやり取りが聞こえていたのか、マスターさんが提案をしてくれました。

マスター「なるほどな、状況は大体理解したぜ。とりあえず現地までの道順を教えてくれ。オレが全員送ってやっからよ」

　今日もマスターさん操る【三輪自転車】にけん引された、【リアカー】の人力タクシーが活躍してくれるみたいです。前世の『アッシー君』ではありませんが、おチビなワタシにはとてもありがたい申し出です。

　そんな訳で、おにぃによる道案内のもと、早速現場にやってきたワタシたち3人とアイリーンさんとマスターさん。到着したその場所は、数軒分のお家の跡地をひとまとめにした感じの、ちょっとした広場のようなところでした。
　そしてそこでは、ビーちゃん様から指示をうけているのか、どこか見覚えのある、たぶん昨日の『【熱気球】祭り』に来ていた衛兵の皆さんが、あれこれとせわしなく作業をしていました。ワタシたちに気づいた一部の衛兵さんは、手を上げてわざわざご挨拶までしてくれます。
　そんなフレンドリーな衛兵さんたちに手をフリフリお返事しつつ、あたりを見渡してみると、立ち入り禁止の立て看板等は見当たらず、今は誰でも自由に入れる状態のようです。
ワタシ「広いところだね～」
ねぇね「お空から見た時より、とっても広く感じるね？」
おにぃ「何軒かの土地をひとつにまとめて均《なら》したみたいだから、正確には分からなくなってるけど、たぶんこの辺りがオレが前に住んでいたところだと思う」
　そう言っておにぃが指し示した場所は、その広場の中心付近でした。
　そうこうしていると、ワタシたちよりちょっと遅れて、ビーちゃん様も到着したみたいです。
ベアトリス「みんなお待たせ～」
ワタシ「ビーちゃん様、こんにちは～」
「「こんにちは～」」
アイリーン「いえいえ、我々も今来たところです」
マスター「お嬢様！　昨日はホント、お疲れ様でした！」
ベアトリス「そんなことより今は遊具よ！　どんな広場になるのかしら。ワクワクするわ～」

　そんな感じでご挨拶もそこそこに、早速広場に設置する遊具についてのブリーフィング開始です。

ワタシ「ビーちゃん様、どんな遊具をどこに置けばいいの？」

ベアトリス「う～ん。正直何をどうすればいいのか分からないけど、とにかく楽しく遊べるようにしてほしいわね。なるべくいろいろな種類の遊具があればうれしいかな？」

　ここで珍しく、普段はあまり出しゃばらないおにぃが、控えめながらも意見を口にしました。

おにぃ「あっ、あの、中央の場所は、何もない広場にするのはどうですか？　広場があると、後々いろいろな使い方ができると思うんです」

マスター「ほぉ、悪くねぇ意見だな。坊主もそこそこ頭が回るじゃねぇか」

おにぃ「あ、ありがとうございます」

アイリーン「いいんじゃないでしょうか。広い場所を確保しておけば、いざという時の避難場所にも使えますしね？」

ベアトリス「う～ん。そういうことなら、この土地の外側に沿って遊具を設置する感じになるのかしらね？　おチビちゃん、そんな感じでお願いできる？　遊具の種類はおチビちゃんにお任せするわね？」

ワタシ「は～い。分かりました～」

　ということで、おチビなワタシは空き地の外周をちょこちょこ歩きながら、いろいろな遊具をえっちらおっちら設置して回ります。

　トテテテテ

ワタシ「まずは、一番人気が出そうな【ブランコ】を２つ【想像創造】！」

【スチール製屋外２連式ブランコ　全幅４５００㎜×高さ２０００㎜　樹脂座面　３９１０００円】×２　７８２０００円

とことことこ

ワタシ「次は、定番の【すべり台】を【想像創造】！」

【一面式すべり台　中型　高さ１８００×巾５１６０×奥行き１０００㎜　スベリ面３・６ｍ（ステンレス曲げ加工）　２９８０００円】

てくてくてく

ワタシ「続いて、前世の公園でよく見かけた、【うんてい】を【想像創造】！」

【山型うんてい　長さ５０００㎜×高さ２０４０～１６３０㎜×幅９００㎜　ステンレス製　４１３６００円】

ぽてぽてぽて

ワタシ「そして、体育でもおなじみの【鉄棒】を【想像創造】！」

【屋外用　３連低鉄棒　長さ５４００（１８００×３）㎜×高さ９００、１１００、１３００㎜
ステンレス製　３３３０００円】

　たよたよ……

ワタシ「さらに、棒を続けて【登り棒】を【想像創造】！」

【屋外用　傘型はん登棒　全幅２０００㎜×全長２０００㎜×全高２０００㎜　スチール製　３４
９０００円】

　よっちよっち……

ワタシ「今度は、ゆったり遊べる【シーソー】を【想像創造】！」

【屋外常設　シーソー　二人～４人用　長さ３０２０㎜×高さ５５０㎜×幅５００㎜　スチール製
タイヤ２輪付　２５００００円】

　のっそのっそ……

ワタシ「最後は王道、【ジャングルジム】さんを【想像創造】！」

【屋外用　４×５段ジャングルジム　全幅１７２０㎜×奥行き２１５０㎜×高さ２１５０㎜　スチ

ール製　４３６０００円】
　ペース配分を間違って、後半は足取りがかなりあやしくなっちゃいましたが、どうにかこうにか空き地をぐるっと一周して遊具を設置し終えることができました。
【想像創造】を本日最後の11回まで使い果たして、前世でお馴染みの遊具さんたちが、そこそこ広い空き地の周りにズラリと勢ぞろいです。
ワタシ「じゃんじゃじゃ～ん。ビーちゃん様、できました～」　d(^o^)b
ベアトリス「おチビちゃん、やるじゃない！　ただの空き地が見違えちゃったわ！」
ねぇね「すご～い！　たくさん遊具があって、目移りしちゃうね～」
マスター「改めて見るとスゲェな、おチビのあの能力」（コソコソ）
アイリーン「ホントよね、おチビちゃんって、反則級よね？」（ヒソヒソ）
ベアトリス「あら？　おチビちゃんたちのお家になかったモノもあるのね？　もしかして新作？」
ワタシ「そうで～す。子供でもオトナのひとでも遊べるモノを用意してみたの」
ベアトリス「そうなの？　それは早速、試してみなくちゃ！」
　珍しいもの好きでお遊び大好き、そんな元気印のビーちゃん様は、すかさず、はじめて見る【うんてい】に突撃しはじめました。そんなビーちゃん様を見送りつつ、ワタシとねぇねは、感慨深げに立ち尽くしているおにぃのそばに、そっと近寄ります。
ワタシ「おにぃ、どうかな？」
おにぃ「あ、おチビ。たくさんの遊具、ありがとな。おかげでこの広場も、寂しい場所じゃなくなったよ」

ちょっと目に涙を溜めて、ワタシにお返事してくれたおにぃ。きっと、この場所で過ごした日々のこと、ご両親とのことを思い出していたのでしょう。

ねぇね「もうここは何もない広場じゃないね？　みんなの楽しい公園だね？」

おにぃ「誰もいない空き地だったこの場所が、みんなの公園に……。たくさんの人が来てくれるといいな……。騒がしいぐらいに賑やかになるといいな……。きっとその方が、父さんも母さんも寂しくないだろうし……」

ワタシ「そうだね、いろんなひとがきてくれて、みんなで楽しく遊んでくれるといいね？」

ワタシの大切なおにぃの、大切な思い出がつまったこの場所は、ついさっきまで、誰も寄り付かない寂れたただの空き地でした。

（これからは、笑い声がいっぱいの、陽気で開放的な場所になってほしいな～）

今にも涙がこぼれ落ちそうなおにぃのお顔を見上げながら、おにぃの願いがかなうといいな、そう思うおチビなワタシなのでした。

◆◇◆◇◆

ベアトリス「はぁ～い！　おチビちゃんとネーネちゃ～ん、もっと頬寄せあって～。もういっそのこと、ほっぺとほっぺをくっつけちゃって～。それと、オニール君は二人の肩に手を置いてね～。そう！　そんな感じで～。それじゃあ、そのままでね～、はいっ！」

カシャ（パッ）　ウィーン

【鉄棒】の前でポージングするワタシたち３人を、ノリノリで写真撮影するビーちゃん様。しかもビーちゃん様からは、モデルに対してかなり細かな要求が飛んできます。

（あれ？　これってデジャヴ？　前にもあったよね？　というかそもそも、【鉄棒】の紹介でこの構図って、どうなのかな？）

　そうこうしている間にも、次々と遊具の前に移動させられてはパシャリと撮影されるワタシたち３人。

ベアトリス「この『シャッシン』で、この空き地公園のことをお父様に報告するわ。以前から町の空き地問題に頭を悩ませていたから、きっと喜んでくれるはずよ」

　すべての遊具を撮影し終えると、ビーちゃん様が撮りたてほやほやの写真をチェックしながら、そんな事情を教えてくれました。モデルというよりマネキンのようなポージングから解放されたワタシたち３人は、なにはともあれ、ほっと一息です。

　そんな時、できたてほやほやの公園に、初めてワタシたち以外のお客さんがご来場したのでした。

女性「あ、あの、すいません。失礼ですが、ベアトリスお嬢様でしょうか？」

ベアトリス「え？　ええ、そうですよ？」

女性「先程、お嬢様が教会の強欲神父を捕らえてくださったと耳にしたのですが、それは本当なのでしょうか？」

ベアトリス「ええ。その話は本当よ？　何だかオマケでもう一人、手下の助祭も付いてきたけどね？」

女性「よ、よかった……。これでようやく、あの神父から……。恐喝まがいのしつこいお布施の要求から……。やっと、やっと解放されます……！　ベアトリス様、そして神に感謝を！」

そう言うや否や、女性はビーちゃん様の前にひざまずき、そしてその手を取って感謝の意を表しはじめました。すると、その光景を見ていた近くの住民と思しきひとたちが、ワラワラとビーちゃん様の周りに集まってきました。

一瞬ビーちゃん様の護衛さん二人に緊張が走りましたが、でもそれは最初だけ。集まってきた皆さんは、次々とお行儀よく、ひざまずいた女性の後ろに並びはじめたのです。

（およよ？　これって、ビーちゃん様との握手待ちってことなのかな？）

前世の記憶で例えるなら、まるで有名アイドルの握手会のような感じです。

そんなことを考えていたワタシの目に、ビーちゃん様とは別のフラッシュが入ってきました。

カシャ（パッ）　ウィーン

どうやらアイリーンさんが、住民の皆さんと握手するビーちゃん様を撮影したみたいです。

アイリーン「こちらの『シャッシン』はご領主さまにお渡しください」

護衛１「これはありがたい。感謝いたします」

護衛２「住民から慕われるお嬢様の姿絵、きっとご領主さまも奥方様も、感激なさることでしょう」

大人どうしでやり取りされる金髪美少女の生写真。一見怪しいこの取引も、これまたどこかで見たことがあるシーンです。

（たくさんのひとに慕われている、笑顔な美少女ビーちゃん様。うんうん、とっても絵になるよね

～。あっそうだ！　人がいっぱいいる今なら、みんなにこの場所のことを宣伝できるかも！）

　空き地だったこの場所が公園に生まれ変わったことを広める絶好のチャンス、そう考えたワタシは、握手待ちの列に向かって、早速アピール開始です。

ワタシ「皆さん、あのね！　空き地だったここはね！　ビーちゃん様が公園にしてくれたんだよ！今日からここはね、誰でも使っていい、みんなの遊び場なんだよ！」

住民1「ほぉ！　今までずっと手つかずだったこの空き地が」

住民2「ここってずっと立ち入り禁止だったから、この辺りだけ雰囲気が良くなかったのよね」

住民3「公園か！　町中にこれだけ開けた場所があるのも、開放感があっていいな」

住民4「見慣れない大きな物があるみたいけど、あれは何なのかしら？」

住民5「どうやら全部、子供向けの遊具らしいわよ？　先程、ベアトリスお嬢様が自ら実演してらしたもの」

住民6「そうなの？　それなら早速、私も子供たちを連れてこようかしら」

　こんな感じで、ビーちゃん様人気も手伝って、この空き地公園は近隣の皆さんにすんなりと受け入れられたのでした。

　それにつけても、この町でのビーちゃん様の人気っぷりは絶大のご様子です。逆に、不思議なくらいに嫌われちゃってる教会のお歴々、ちょっと疑問に感じちゃうレベルです。

　ということで、事情通っぽいオトナのひとに、そのあたりのことを聞いてみることにしましょう。

ワタシ「ねぇマスターさん、なんで教会のひとは、こんなにみんなから嫌われているの？」

マスター「ん？　それゃおめぇ、金と権力でいろいろやりたい放題やってるからだろうな」

ワタシ「なんで教会のひとは、お金と権力があるの？」

マスター「ん～、それにはいろいろあるんだが～、まあ結局のところは、『御使い様のご威光』ってヤツだな」

ワタシ「御使い様？」

マスター「お？　何だおチビ、御使い様のこと知らねぇのか？」

ワタシ「うん。なんにも知らな～い」

マスター「そうかよく聞け？　御使い様ってのは、神様から遣わされた賢い人のことでよ、何の前触れもなくいきなり現れては、いろいろな恩恵をもたらしてくれる、とってもありがてぇ存在なんだ。この国にも10年ちょっと前までいたんだぜ？」

ワタシ「へぇ～」

マスター「その10年ちょっと前の話なんだが、突如、この国の王都に御使い様が現れて、生活に苦しむ民衆のためにいろいろと助言してくれてたんだ。だがしばらくすると、その御使い様を教会が『保護』することになった。御使い様は神の使いなんだから、教会が『保護』するのは当然だ、みたいな感じでな？　ところがよ、それが良くなかった。その『保護』以降、御使い様の知識は、民衆には全く伝えられなくなっちまった。教会の連中が、御使い様からの知識を己が私腹を肥やすためだけに使い始めやがったんだ。私利私欲のために、金を稼いだり、貴族に恩を売ったり。要するにだ、教会は御使い様からの恩恵を独占して、富と権力を手に入れたって寸法だ。全くひでぇ話だろ？　教会自体はこれといって何にもしちゃいねぇってのによ。まあそんなこんなで、今じゃ何を勘違いしちまったのか、教会の連中は自分たちが王侯貴族にでもなったつもりで我が物顔なのさ」

ワタシ「ふぅ〜ん」
マスター「さらに質《たち》が悪いことに、この町みてぇな地方の教会にいる『知識がない』連中までも増長しだしたんだ。御使い様の知識とか関係なしに、神と御使い様を押し頂く教会は、とにかく偉いんだってな。そこからは、教会の古典的かつシンプルな手段で金儲けをおっぱじめやがったんだ。よく回る口と理解に苦しむ理論を武器に、教会の威光とやらを笠に着た、お布施という名の強請り集り、神の名のもとに行われる寄付の強要、そんなことが、公然と行われるようになったのさ。実際、昨日おチビも見ただろ？　アイツらの悪辣な手口を。【ネッツキッキュー】祭りに来たオークとその手下、まさに手本のような口車だったたろ？」
（オーク？　もしかして、あの太っちょ司祭さんのことかな？）
マスター「まあとにかくだ。そんな連中ばっかりだから、教会は嫌われてるってこった。教会にもまともなヤツがいないこともないんだろうが、少なくとも、オレは見たことがないし、今のこの町の教会は期待できねぇな」
ワタシ「そうなんだ〜」
　そんなマスターさんによる『講義』に興味を持ったのか、ビーちゃん様の写真撮影を終えたアイリーンさんもワタシたちに交ざってきました。
アイリーン「なになに？　もしかして御使い様のお話かしら？　私、その話題には、ちょっとうるさいわよ〜」
マスター「ん？　御使い様っていうより、教会の凋落《ちょうらく》っぷりをだな――」
アイリーン「御使い様が神の御許に戻られてから、かれこれ十数年ですもんね〜。そろそろ新たな御使い様のお姿を拝見したいものだわ～」

マスター「おい、人の話を聞けよ！」

アイリーン「え～、忌々しい教会の話なんて、おもしろくもなんともないじゃな～い。そんなことより、もっと夢のある話にしましょうよ～。あ～あ、早く次の御使い様に来ていただきたいわ～」

マスター「ま、まあそうだな。その意見には、オレにも文句はねぇ。だがそうだな～、次の御使い様には、是非とも教会とは距離を置いてほしいもんだぜ。もしくはだ。教会の在り方を変える、うんや、今の教会をぶっ潰すぐらいのことをしてほしいもんだぜ」

（へぇ～、御使い様って、そんなこともできちゃうんだ～。でもすっごく期待されちゃって、結構大変そうだね～。御使い様がんばれ～！　御使い様ファイト～！）　＼(^▽^)ミ)

　ただの興味本位で聞いた『教会が嫌われている理由』でしたが、マスターさんの『講義』は、意外と重たく難しそうなお話でした。ついにはアイリーンさんも加わって、御使い様を絡めたオトナの熱いトークにまで発展しちゃいました。その様子を眺めていたワタシには、神様とか御使い様とか言われても、あまりピンときませんでした。見たことがない遠い存在ということもありますが、前世の記憶が影響しているのかもしれません。

　ということで、最後は完全に他人事モードで、未だ見ぬ御使い様に心の中でエールを送るワタシなのでした。

【第5章】寝る子は……

おにぃの大切な思い出の場所が、空き地公園として再生した翌日。
今朝も炊き込みご飯の朝食と、野草のお茶で一服したら、【ジョシュア雑貨店】にいつもの納品に向かいます。
「「おはようございま～す」」
ワタシたちのご挨拶と同時に、お店の奥から、ジョシュアさんとジェーンさんがいつも通りの笑顔で出迎えてくれました。
ジェーン「『シュッセ』のみんな、いらっしゃい」
ジョシュア「今日も納品、ご苦労様」
普段通りの和やかなやり取りでスタートした納品でしたが、最後にジョシュアさんとジェーンさんの会話の中で、気になることを耳にしました。
ジョシュア「聞いた話によると、『オーレリア教会のオーク神父』と呼ばれていた悪徳司祭が捕まったみたいなんだよ」
ジェーン「何でも、ご領主さまのお嬢様に無礼を働いて、その場にいた衛兵に、部下の助祭と共に拘束されたんだって？」
ジョシュア「ああ。今この町は、その話題で持ちきりだよ。もちろん、大歓迎という意味でね？」
ジェーン「神様はちゃんと見ていらっしゃるってことなのかねぇ。良かった良かった」

ジョシュア「これでお布施だと言い寄ってくる教会の守銭奴たちが、少しはおとなしくなってくれればいいんだが」

ジェーン「後任がまともであることを、それこそ神に祈るしかないのかねぇ」

（うわぁ〜。昨日マスターさんの『講義』で聞いた通り、この町の教会はかなりアレなんだね〜）

　そんな最新のトピックを仕入れつつ、【ジョシュア雑貨店】での納品を終えたワタシたち３人は、ハンターギルドの受付に赴《おもむ》き、ワタシたちの専属、アイリーンさんに納品完了手続きをお願いします。

　そして続けて、アイリーンさんを伴ってハンターギルドの裏庭の広場へ足を運び、ここ最近の日課である、【三輪自転車】と【リアカー】の納品も行ってしまいます。

（あとちょっとで納品完了だから、はりきって【想像創造】しちゃうぞ〜）

【オトナの三輪車　マウンテントライク24インチ　７スピードギア　リアショッピングバスケット付き　赤色　４３９００円】×25　１０９７５００円
【オトナの三輪車　マウンテントライク24インチ　７スピードギア　リアショッピングバスケット付き　青色　４３９００円】×25　１０９７５００円
【オトナの三輪車　マウンテントライク24インチ　７スピードギア　リアショッピングバスケット付き　黄色　４３９００円】×25　１０９７５００円

　まずは連続３回の【想像創造】で、一気に【三輪自転車】を創り出します。

これで、【三輪自転車】は、赤色、青色、黄色の各々合計１１６台ずつになりました。

（納品目標の１００台よりちょっと多いけど、予備も含めてということで！）

そして、【三輪自転車】よりお値段が高くて納品数が追い付いていない【リアカー】も、一気に納品完了を目指します。

【アルミ製折り畳みリアカー　ノーパンクタイヤ仕様　全長２４０×全幅１１６×全高81cm　質量40kg　耐荷重３５０kg　８９８００円】×12　１０７７６００円
【アルミ製折り畳みリアカー　ノーパンクタイヤ仕様　全長２４０×全幅１１６×全高81cm　質量40kg　耐荷重３５０kg　８９８００円】×12　１０７７６００円
【アルミ製折り畳みリアカー　ノーパンクタイヤ仕様　全長２４０×全幅１１６×全高81cm　質量40kg　耐荷重３５０kg　８９８００円】×12　１０７７６００円
【アルミ製折り畳みリアカー　ノーパンクタイヤ仕様　全長２４０×全幅１１６×全高81cm　質量40kg　耐荷重３５０kg　８９８００円】×12　１０７７６００円
【アルミ製折り畳みリアカー　ノーパンクタイヤ仕様　全長２４０×全幅１１６×全高81cm　質量40kg　耐荷重３５０kg　８９８００円】×12　１０７７６００円

連続5回の【想像創造】で、【リアカー】を一気に創り出しちゃいました。

今回の納品で【リアカー】を60台納品したので、合計１１２台になりました。

ワタシ「やった～！　これで【リアカー】も【三輪自転車】も、お～しまいっ♪」

アイリーン「おチビちゃん、お疲れ様。これですべて納品完了ね？」
ワタシ「うん。予備も必要だと思うから、１００台よりちょっと多いけど、いいでしょ？」
そんなお話をしていると、いつもの聞きなれた太いダミ声が割って入ってきました。
マスター「ほぉ？　予備まで用意してくれたのか。そいつぁありがてぇ」
専属のアイリーンさんならいざ知らず、なぜか連日ワタシたちといっしょにいる気がする強面マスターさんのご登場です。
マスター「今の納品で、【三輪自転車】と【リアカー】は、すべて納品完了ってことでいいのか？」
ワタシ「は〜い。終わりました〜」
マスター「そうか。そりゃ予想以上に早かったな。まあそういうことなら、とっとと完了手続きを済ませちまうか。アイリーン、例の準備、頼んだぜ？」
アイリーン「了解よ」
そんなやり取りのあと、ハンターギルド２階のいつもの会議室に通されたワタシたち３人。いつものようにおにぃに抱き上げられて、おチビなワタシ専用のクッション席に座らせてもらっていると、アイリーンさんがハンターギルドの幹部の皆さんを連れてきました。
副支部長《イーサン》「『シュッセ』の皆さん、【三輪自転車】と【リアカー】の早期納品完了、ありがとうございました。それと、突然の会議で申し訳ありません。今回の納品完了に関連して、実は皆さんにご報告とお願いしたいことがありまして、急遽このような場を設けさせていただきました。まずは【三輪自転車】と【リアカー】の対価についてなのですが、現在は『仮』ということで、当ギルドの裏庭の広場の使用権を提供していますが、この際『正式』に、当広場を『シュッセ』に譲渡する、ということでいかがでしょうか」
ワタシ「え？　あの広い裏庭の広場、ワタシたちにくれるの？」
副支部長《イーサン》「そういうことです」
おにぃ「ひぇ～」
ねぇね「すご～い」
副支部長《イーサン》「ただ、【三輪自転車】と【リアカー】の置き場所の問題もありますので、一部を当ギルドにお貸しいただければと思っています」
支部長《ローガン》「お主たちはこれ以上大金を持ちたくないんじゃろ？　だから今回は土地で支払うことにしたんじゃよ」
副支部長《イーサン》「ということなのですが、いかがでしょうか？」
ワタシ「やったー！　ありがとーございまーす！　ワタシね？　もう、お金はいらないんだ～」
おにぃ「オレも。お金なんて、たくさんあっても使い道ないしな」
ねぇね「うん。私も」
副支部長《イーサン》「それではこれが、裏庭の広場の権利書になります。詳細は後程ご確認ください」
おにぃ「あ、ありがとうございます」
　ワタシたちを代表して、おにぃが土地の権利書を受け取りますが、緊張からか、その手はちょっとプルプルしちゃってます。
副支部長《イーサン》「それともうひとつご報告なのですが、皆さんからお預かりしている投資資金の運用についてです。基本的には『ユービン』事業に使われているのですが、資金がかなり多額なため、余剰分をその他の分野にも活用させていただいていて、現在、我がハンターギルドオーレリア支部の不動産を中心に投資を行っています。その結果、今までオーレリア支部の全財産は、王都にあるハンターギルド本部が所有していたのですが、今は違くなった、ということになります」
支部長《ローガン》「まあアレじゃ、一応報告までということじゃ。そんなこともあったと、頭の片隅にでも入れておいてくれるかの」
ワタシ「は〜い」
おにぃ「分かりました」
ねぇね「ました」
副支部長《イーサン》「最後にお願いなんですが、我がギルドへの納品についてです。実は先日、商業ギルドとの連携体制が整ったのですが、それに伴いまして、干し肉や小袋の蜜といった『シュッセ』由来の商品が大変な人気となっております。そこで、できれば納品の頻度を上げていただけないかと思っているところです。加えてなのですが、納品物の種類についても、増やしていただければありがたいです」
ハンナ「先日の大騒ぎ、たしか【ネッツキッキュー】だったかい？　あの時に振る舞われた、不思議な容器に入った【ワイン】、あれを是非とも定期的に納品してほしいんだよね。ほかにも主食以外で、何かおすすめの商品があれば、その都度追加でお願いしたいんだけどね」
副支部長《イーサン》「ということなのですが、いかがでしょうか」
ワタシ「納品の回数と種類を増やすのか〜。う〜ん、どうしようかな〜。毎日だと大変だから、２日に１回ぐらいなら平気かな？　ねぇねとおにぃはどう思う？」

おにぃ「まあ、全部おチビ次第だし、おチビが良ければいいんじゃないか？」
ねぇね「うん。私もおチビちゃんの好きにしていいと思う」
ワタシ「それじゃね、明日から、2日に1回ハンターギルドに納品するね？」
副支部長《イーサン》「おお！　それはかなりありがたい。何卒宜しくお願い致します」
ワタシ「は〜い」

　ということで今後ワタシは、【ジョシュア雑貨店】とハンターギルドを1日ごとに代わる代わるで、毎日納品を行うことになりました。

　これで急遽行われた会議は無事終了。みんなが席を立ちはじめたタイミングで、せっかくなのでワタシは最近ちょっと気になっていることを聞いてみることにします。

ワタシ「あのね？　ちょっと聞いてもいいですか？」
アイリーン「ん？　どうしたの？　おチビちゃん。急に改まって」
ワタシ「えっとね、最近、マスターさんがいっしょにいてくれるけど、お仕事は大丈夫なの？」
マスター「ハッハッハッ。別にオレは仕事をサボってる訳じゃねぇんだぞ？」
アイリーン「そうねー。内緒にしておきたかったんだけど、実はね？　それは私が頼んだことなの」
ワタシ「え？　アイリーンさんが？」
アイリーン「ええ。教会派の動向だとか、ギルドの王都本部の動きだとか、最近いろいろあってね？　それにあなたたち、誘拐されそうになったんでしょ？」
マスター「まあアレだ。『備えあればうれしいな』ってヤツだ」

アイリーン「それ、ちょっと違うわよ」
マスター「そうか？」
ワタシ「もしかして、マスターさんはワタシたちのことを守ってくれてたの？」
マスター「そんな大層なことじゃねぇけど、まあ一応？　念のためってヤツだ」
「「「ありがとうございます！」」」

意図せず一斉にお礼の言葉が飛び出したワタシたち３人、感謝の気持ちがひとつになっちゃいました。思いがけないカミングアウトに、ねぇねもおにぃも、そしてオチビなワタシも、瞳が少しうるうるです。

スラムで過ごしていた頃には想像すらできなかった、オトナのひとから守ってもらえるという状況、なにより、ワタシたち３人以外のひとから心配される、身を案じてくれるひとがいるというそのことに、うれしさとありがたさがあふれてきます。

（マスターさんって、いつもお暇なのかな？）

少し前までそんなことを考えていたおチビなワタシでしたが、今は恥ずかしさと申し訳なさで、いても立ってもいられなくなっちゃいました。

ワタシ「アイリーンさん、心配してくれて、本当にありがと〜！」

ポフッ

アイリーンさんに飛びついて、感謝のハグをするワタシ。

アイリーン「いいえいいえ〜、どういたしまして〜」

ふわっと柔らかなアイリーンさんは、ワタシを優しく抱き返してくれました。

ワタシ「マスターさんも、いつもありがと〜！」

　テシッ
　こちらはハグというよりは、背の高いマスターさんの筋骨隆々な片足にひしっとしがみついただけになっちゃいました。

マスター「お？　おぉ。まぁいいってことよ」

　それでも、面映《おもは》ゆそうにお返事してくれたマスターさんの低い声は、おチビなワタシを心地よく包み込んでくれたのでした。

◆◇◆◇◆

　臨時で開かれた会議も終わってひと段落、そろそろお昼という時間になってきました。

　ということで、アイリーンさんとマスターさんに午後からまた付き添いをお願いして、ここで一旦お別れ。ねぇねとおにぃは【マダムメアリーの薬店】で【簡易エリクサー】作りの内職に、そしてワタシは交代で来てくれたアリスちゃんに見守られながら、今日こそはと、お昼寝に勤《いそ》しむのでした。

　久しぶりのお昼寝を満喫したワタシが目覚めると、どうやらワタシ待ちだったようで、午後からお出かけ予定のみんなが勢ぞろいして、ワタシの様子をうかがってました。

ねぇね「あっ、おチビちゃん目が覚めた？」

おにぃ「みんなもう来てくれたぞ？」

マスター「よぉっ」

アリス「ねぇ、今日は私もついて行っていい？」

起きたてほやほやのワタシは、午後からいっしょの予定のみんなから、一斉にご挨拶をしてもらいました。

ただひとりを除いて……

ぱよょ～ん　ぴよょ～ん　ぷよょ～ん　ぺよょ～ん　ぽよょ～ん
アイリーン「きゃぁ～っ、これすっごく楽しいわぁ～っ！　前に見た時から、ずっと気になってたのよねぇ～」

アイリーンさんは、ビーちゃん様が【トランポリン】でお楽しみの様子を目にしてから、一度試してみたかったようです。【トランポリン】の中央付近で勢いよく跳ね上がり、両肘両膝を折り曲げて、『きゃるんっ』といった感じでウィンクを飛ばしてくるアイリーンさん。普段のキリッとした『できる』キャリアウーマン的な雰囲気とは随分とかけ離れた、あざとカワイイ『ギャル』な仕草で、若干はっちゃけ気味です。

（アイリーンさんも、アリスちゃん系なのかな？　ストレスとか、いろいろとため込んじゃってるのかな？）

その後しばらくアイリーンさんがご満足いただけるまで待ってから、例によってマスターさんによる【三輪自転車】と【リアカー】の人力タクシーに乗って、みんなで町に繰り出します。

向かう先は、ここ最近のお気に入りスポット、ローラおねえちゃんのお店【ガレットのお店　ローラ】です。

（おいしいホットケーキにクッキー、そして【プリン】もあるから、きっとお店は大人気になってるんだろうな～）
　そんなことを予想しつつ、マスターさん運転の人力タクシーに揺られることしばし。ものの５分程度で、件の店先に到着しました。
　しかし残念なことに、お店の様子はワタシの見通しとは違っていて、お客さんは誰もいませんでした。
ワタシ「ローラおねえちゃん、こんにちは～」
「「「こんにちは～」」」
アイリーン「ごめんくださ～い」
マスター「邪魔するぜ～」
ローラ「あら、いらっしゃいませ～。おチビちゃんたち、今日も元気だね？」
ワタシ「うん。それでね？　今日もごちそうになりに来ちゃった～」
ローラ「いいよいいよ～。いつでもおいで～」
ワタシ「ローラおねえちゃん、ありがと～」
　そんなご挨拶をして、早速お店の奥のカフェスペースへ行こうとしたら、ローラおねえちゃんのお姉さん、レイラさんがやってきました。
レイラ「あら、みんな、いらっしゃ～い。今日は私の作った【プリン】、食べていってね～」
ワタシ「は～い。ごちそうになりま～す」
「「「お願いしま～す」」」

そんな会話を交わした後、【プリン】を取りに行ったのか、鼻歌交じりに奥に引っ込んでしまったレイラさん。その足取りは軽やかで、軽くスキップしているような、そんなご機嫌な雰囲気が伝わってきました。

ワタシ「ねえ、ローラおねえちゃん。レイラさん、なんだかご機嫌だね？　なにかいいことがあったの？」

ローラ「そうなのそうなの。おチビちゃんに教えてもらった【プリン】がね？　商業ギルドに高値で売れたらしくてね？　それであんなに大喜びなの」

ワタシ「商業ギルド？　【プリン】はこのお店では売らないの？」

ローラ「ウチはそうしたいんだけどね～。でも、卵の数の問題であまり数が作れないから、お金になる商業ギルド優先で売ることになっちゃうんだよね～」

　そんなお話をしていたら、レイラさんが【プリン】をトレーに載せて戻ってきました。

レイラ「みんなお待たせ～。これ、ちょっと失敗しちゃった【プリン】なんだけど、味は問題ないはずだから、みんなで食べてね～」

　そしてレイラさんによってテーブルの上に並べられていく【プリン】を見ていると、すべての【プリン】に、【プリン】作成時の『あるある』、失敗【プリン】の特徴が見て取れました。

ワタシ「あ～、【プリン】に『す』が入っちゃってる～」

レイラ「ん？　『す』って、もしかして、【プリン】のこの、泡が固まったみたいなモノのこと？」

ワタシ「そうで～す。こうなっちゃうとね、固くなっちゃってぼそぼそしちゃうの。【プリン】でよくある失敗なんだ～」

レイラ「へー、さすがおチビちゃん、詳しいわね~。もしかして、防ぐ方法とかも知ってる?」
ワタシ「うん、知ってるよ? あのね? 【プリン】はね、蒸すときに高温すぎると『す』が入っちゃうの。だからね? あまり高温にならないように蒸すといいんだよ? 最初は中火で、あとは弱火でじっくり蒸し上げる感じかな? あと、【プリン】の原液を作るときも、泡が立たないように気をつけてね?」
レイラ「へー、結構慎重に作業しなくちゃいけないのね~。おチビちゃんたちが作ってくれた時は簡単そうに見えたけど、意外と細かい神経を使っていたのね~」
ワタシ「ワタシにはね? ねぇねとおにぃがいるから、大丈夫なんだよ? ねぇねの水魔法で泡がないなめらかな原液にできるし、おにぃの火魔法でカンペキな蒸し上がりにできるの。ねぇねとおにぃの魔法はね、とってもすごいんだ~」(=´ω`=)
ここぞとばかりに『ねぇねとおにぃはすごいんだよ』アピールをはじめるおチビなワタシ。小鼻をぷっくりと膨らませて、上機嫌にムフンと胸を張っちゃいます。
おにぃ「そ、そんな大したことはないよ……」(〃∇〃)
ねぇね「わ、私の魔法は、おチビちゃんのおかげだから……」(o^^o)
ワタシがレイラさんに自慢したのが恥ずかしかったのか、ねぇねとおにぃがテレテレしはじめちゃいました。
レイラ「そうだったんだね~。それじゃ、私も——コホンッ、コホンコホンッ」
ご機嫌なワタシによるねぇねとおにぃの自慢話の真っ最中、急に乾いた感じの咳をしだしたレイラさん。それほど苦しそうではないものの、ちょっと心配になっちゃいます。

ワタシ「レイラさん、大丈夫？」

レイラ「あら私ったら、急に咳き込むなんて……。もしかして、市場あたりで良くないモノをもらってきちゃったのかな〜。今朝、市場に牛乳を卸す時、変な咳をする人がいたんだよね〜」

ローラ「市場はいろんな所からいろんな人が来るからね〜。ねぇちゃん、あんまり変なモノ、ウチのお店に持ち込まないでよ？」

（もしかしてレイラさん、市場で知らないうちに誰かから病気をもらって来ちゃったのかな？　病気は最初が肝心って聞いた気がするし、とりあえず、ワタシができることは……）

　レイラさんとローラおねえちゃん姉妹のお話を聞いたワタシは、早速対処を考えます。

（まずは、咳でみんなに伝染するかもしれないから、アレを【想像創造】！）

【使い捨てマスク　立体3層不織布　ゴム紐　ノーズワイヤー　薄青色　50枚×10箱　１９８０円】

（そして、栄養をつけて体力を上げて、病気に打ち勝ってもらうために、アレも【想像創造】！）

【第2類医薬品　ドリンク剤　ユンカース栄養液ＤＣＦ（ノンカフェイン）　30ml　３本　１４７０円】×　10　１４７００円
　まずは、咳と言ったらこれ、ということで、大量の使い捨てマスクを用意します。

　そして、ワタシが前世で病気の時にさんざんお世話になった、ちょっとお高めなドリンク剤も創り出しました。これはカフェインが入っていないタイプなので、飲んでも目がさえて眠れないなんてことはなく、しっかり栄養と睡眠がとれるドリンク剤です。

とりあえずこれでいいかな？　そう思った瞬間、いつものワタシのステータス画面が目の前に現れました。

名前：アミ
種族：人族
性別：女
年齢：５歳
状態：発育不良　痩せすぎ
魔法：【なし】
スキル：【想像創造】レベル12（12回／日　または、12倍1回／日）

いつものように、スキルのレベルアップをお知らせしてくれたみたいです。

（わぁ！　ビックリした！　【想像創造】がレベル12になったんだね！）

とりあえず、今日はあと1回、追加で【想像創造】できるみたいです。

ということなので、病気の初期症状緩和だけにとどまらず、病気の予防にも使えるモノも【想像創造】しちゃいます。

【第3類医薬品　カバさん印のうがい薬　１２０ml　１０５９円】×10　１０５９０円

これでうがいをして、喉についた悪い菌を洗い流してもらいましょう。

マスター「お？　またおチビがいろいろ出してきやがったな？」
アイリーン「もしかして、レイラさんの病気対策なのかしら？」
ワタシ「うん、そうなの。レイラさん、あのね？　すぐにこの【うがい薬】でうがいをして、このちっちゃなビンの【栄養液】を飲んで！【うがい薬】で喉の悪いヤツを洗い流して、【栄養液】で病気に勝つための体力をつけるの。そしてね、この水色の【マスク】をお顔に着けてね？」
レイラ「うがいと栄養は分かるけど、この【マスク】というのは何なの？」
ワタシ「【マスク】はね、咳とかくしゃみで、ひとに悪いモノをうつさないようにするの。咳をするとね、悪いモノがぶわ～って飛び散るから、それを防ぐためなの。一応、レイラさんとずっと一緒にいたひとは、【うがい薬】と【栄養液】と【マスク】をしておいた方がいいと思うの！」
ねぇね「あのっ、おチビちゃんの言うことは、信用していいと思います。私たちも、以前から、いろいろ助けられてきたから……」
おにぃ「こういう時のおチビは、すごく頼りになるんです。だから……」
ローラ「ねぇちゃん、ひとまずこの子たちの言う通りにしようよ。おチビちゃんが教えてくれたことって、今まで全部、役立つことしかなかったしさ。ウチ、今からうがいしてくる」
レイラ「分かったわ。私も、うがいする」
　そう会話をしながらお店の奥に向かった仲良し姉妹の背中を見送っていると、おにぃがワタシとねぇねにだけ、コッソリ話しかけてきました。
おにぃ「なぁ。オレさ、例の現物支給のヤツ、今持ってるんだけど」（コソコソ）
　そう言って、おにぃがリュックから取り出したのは、銀色に輝く細長い円柱の筒。それは内職の報酬を毎日ストックするために渡していた【魔法瓶】でした。
ねぇね「それって、もしかして『簡易エリクサー』？」（ヒソヒソ）
おにぃ「ああ」（コソ）
ワタシ「そっか！　これを飲めば、どんな病気でも、びゅ〜って治っちゃうんだよね？」（ヒソヒソ）
おにぃ「使ったことないから正直分かんなけど、メアリーさんはそう言ってたよな？」（コソコソ）
ねぇね「いい機会だから、レイラさんにちょっとだけ飲んでもらおっか？　たくさんだと、何が起こるか分からなくて、ちょっと怖いし」（ヒソヒソ）
ワタシ「さんせ〜！」（コソコソ）
　ワタシたち３人がそんな密談をしていると、マスクを装着した仲良し姉妹がお店の奥から戻ってきました。
レイラ「うがいをしたら、少しスッとしたけど、まだいがらっぽさが残ってるみたい。大事を取って、今日はこのまま帰ることにするわ」
　レイラさんが帰っちゃうと聞いて、ワタシはあわてて『簡易エリクサー』について切り出します。
ワタシ「レイラさん、あのね？　実はもう１つ、とっても特別なお薬があるの。ねぇねとおにぃにしか作れない、すっごーいお薬なの。きっとレイラさんにも効くと思うから、飲んでみてくださいな？」
　ワタシが説明している間に、ねぇねが『簡易エリクサー』を数滴たらしたヨモギのお茶を用意してくれました。

レイラ「ん？　お茶？　これがお薬なの？」

ねぇね「これはヨモギのお茶ですけど、この中にお薬を数滴入れてみました」

アイリーン「お薬って、もしかして、例のアレを入れたの？」

ワタシ「そうで〜す。例のアレで〜す」

マスター「例のアレ？　まさかアレのことか？　オイオイ、大盤振る舞いじゃねぇか」

レイラ「例のアレ？　良く分からないけど、ハンターギルドの方の口ぶりからして、凄そうな薬なのね？　そんなに凄いんなら、遠慮なくいただくわね」

　マスクを下にずらし、『簡易エリクサー』を数滴垂らしたヨモギ茶をグビリと一口飲んだレイラさん。すると、誰から見ても一目瞭然、効果はてきめんだったみたいです。

レイラ「何これ、すっごーい！　喉の痛みとか違和感とか、一気になくなっちゃたわ〜」

　少し赤みがかっていたお顔の色も元に戻り、心なしか肌つやまでもプルプルになっている気がします。

ローラ「ねぇちゃん、病気が治ったどころか、何だかツヤツヤしてない？」

レイラ「おチビちゃん、そしてお兄ちゃんとお姉ちゃん、ホントありがとう！　喉の痛みどころか、肩こりとか筋肉痛とか、何だかモロモロ気分爽快になっちゃったわ〜」

アリス「スゴイ効き目〜！　おばあちゃんから聞いてたとおりだね！」

マスター「たった数滴で、一瞬かよ……」（ボソボソ）

アイリーン「まさかこれほどとは……」（ボソボソ）

ねぇね「少しだけだったけど、効いてよかったです」

おにぃ「ちゃんと効いたみたいで、ホッとしました」
ワタシ「すごいねすごいね！　やっぱりねぇねとおにぃが作ったお薬は、最高だね！　ん〜ん、違かった。ねぇねとおにぃが最高なんだね！」
おにぃ「おチビ、ほめ過ぎだって……」（。-_-。）
ねぇね「おチビちゃんってば……」（///ω///）
　良かった良かったとみんなでワチャワチャしていると、ここで真面目モードのアイリーンさんとマスターさんの声が割って入りました。
アイリーン「レイラさん、そしてローラさん、このことは、ぜひご内密にお願いします。この件は、我がギルドでも最重要案件なんです」
マスター「何より、こいつら3人の安全に関わる。悪ぃが今日のことは他言無用で頼むぜ」
レイラ「これだけの効果ですもんね〜、もちろん言いふらしたりなんかしません」
ローラ「ウチも。こんなにお世話になってるおチビちゃんたちの迷惑にはなりたくないしね」
アイリーン「アリスちゃんもお願いね？」
アリス「はい。おばあちゃんからも言われているので、大丈夫です」
　そしていつにもまして真剣な表情のアイリーンさんは、続けてワタシたち3人にも語りかけます。
アイリーン「『シュッセ』の3人も、今まで通り、言いふらさないでね？　それはいざという時の切り札になるでしょうし、使いどころはキッチリ見極めて、大事にしましょう。何より、あなたたち3人の分は、大切にとっておきましょうね？」
「「「は〜い」」」

レイラさんは『簡易エリクサー』で快調になったとはいえ、もう少し様子を見た方がいいでしょう。ということで、大事をとってお家に帰ることになりました。

ワタシ「レイラさん、お家に帰ったら念のため早く寝てね～」

ワタシ「病気にはね、睡眠が一番のお薬なんだよ～」

レイラ「は～い。今日はありがとうね～。また会いましょ～」

お別れの声をかけるワタシに、笑顔で手を振り帰宅するレイラさんなのでした。

（レイラさんは『簡易エリクサー』で元気になったみたいだから、きっと大丈夫だね）

　これでレイラさんの咳は一応落着。

　ひと段落したので、『それはそれとして』と気分を切り替えたワタシは、テーブルの上に目を移します。そこには、なおざり気味に佇む、『す』が入った失敗【プリン】があります。

出されたモノはおいしくいただくのがワタシのポリシー、しかも目の前にはワタシの大好物。という訳で、ここはおチビな幼女っぷりを遺憾なく発揮して、遠慮なくそそくさと【プリン】にとりかかることにします。

『それではお先に失礼して』と、スプーンで一口お口に含んだちょうどその時、アリスちゃんがいつもの調子でワタシにささやきかけました。

アリス「おばあちゃんの言うとおり、『簡易エリクサー』ってスゴイ効き目だったねー。でも、そんなスゴイお薬は普通は手に入らないから、おチビちゃんの言うとおり、病気のときはよく寝るしかないよねー。あっそういえば、『寝る子は育つ』なんて、よく聞くよねー。ん？　でもそれってホントかな～、なんだかちょっと怪しいよね？　だって、おチビちゃんはいつもお昼寝してるのに、おチビのまんまだもんね？」
ワタシ「え⁉」　ガーン(゜ロ゜Ⅲ)
まさかのタイミングで、まさかのアリスちゃんから、まさかの不意打ちを食らってしまったワタシ。楽しいおやつタイムのはじまりのはずが、厳しい現実を突きつけられてしまいました。
痛いところも意表も同時に突いたご指摘に、お口の【プリン】を飲み込むことができなくなっちゃう、育ち盛り（願望）のおチビちゃんなのでした。

「第6章」✦ ちっちゃいおじさんたち

そして次の日。

今日は納品ペースを上げるべく2日に1回になった、ハンターギルドへの納品がある日です。今朝も元気にいつもの炊き込みご飯で朝食をささっと済ませたワタシたち3人は、早速ハンターギルドへ向けて出発です。

いつものように、お家の玄関でもある背の高い雑草の壁を抜けると、目の前の様子がいつもと違いました。普段は無人のハンターギルドの裏庭の広場に、複数の人影があったのです。

マスター「よぉ『シュッセ』の3人、今朝は早いな」

今朝いの一番にご登場なのは、ワタシたちの護衛もしてくれている、強面マスターさんでした。

「「「おはよーございまーす」」」

マスター「ちょうどいいや、ちっとばっかし紹介させてくれ」

そう言ってマスターさんが連れて来たのは、背は低いけれどガタイがいい、そんな感じの髭もじゃのおじさんたちでした。身長だけで見れば、おにぃよりちょっと高い程度です。

(ちっちゃいけど、ムキムキしてて髭《ひげ》ボーボーだね？　もしかして、かの有名なドワーフさんなのかな？)

おチビなワタシがちょっとだけ見上げながらそんな感想を抱いていると、マスターさんがその中の最年長と思しきひとを紹介してくれました。

マスター「こちらは鍛冶ギルドの支部長だ。今後、【三輪自転車】や【リアカー】のメンテナンスで厄介になる」
親方《バーナード》「ワシはバーナード。周りの連中からは【親方】と呼ばれておる。よろしくな、童《わらし》たちよ」
「「「よろしくお願いしまーす」」」
　そんな感じで、朝から鍛冶ギルドの支部長さんと作業員の皆さんをご紹介いただいたのでした。
マスター「【三輪自転車】のうち、赤色、青色、黄色の各々10台ずつは、最初から【リアカー】とつなげた形で引き渡す予定だ。今から親方たちにその作業をお願いするって訳だ」
　マスターさんのお話によると、今朝は、納品が完了した【三輪自転車】と【リアカー】の引渡しの準備作業をしているとのことでした。ここでふと、ローラおねえちゃんのお姉さん、レイラさんが、輸送中に卵が割れてしまって困っていたことを思い出したワタシ。ついでなので、ちょっとご提案してみることにします。
ワタシ「マスターさん、あのね？　振動とか衝撃に弱いお荷物を運ぶ、【割れ物注意】専用の【三輪自転車】、つ〜くり〜ましょ〜？」
マスター「ん？　そんなことできるのか？　そりゃ、そういうヤツがあるとありがてぇが」
　マスターさんから前向き発言をいただいたので、早速本日1回目の【想像創造】です。
【○シン5型出前機（日本そば・一般食堂用）自転車取付用ゴム付属　高さ850×幅470×奥行410㎜　重さ10kg　アルミ製出前箱（横型8個入）　セット　115000円】×10　1150000円

前世の子供の頃によく見かけた、おそば屋さんやラーメン屋さんが出前で使っていた、自転車用の耐振動・耐衝撃最強アイテム。揺れても丼からお汁がこぼれたりしない、魔法でふわりと浮かせているみたいな輸送装置【出前機】を、アルミ製の【おかもち】とセットで【想像創造】です。

ワタシ「これはね、自転車につけて使う、揺れや衝撃を和らげてくれる装置なの。これに入れて運ぶとね、お水を入れたコップでも、こぼさずに運ぶことができるんだよ？　すごいでしょ～。それとね、この【出前機】は簡単に取り付けできるから、自転車以外でも使えるんだ～」

親方《バーナード》「ほぉ？　そいつは興味深い。ちと見せてもらうぞ？」

急に目の前に現れた【出前機】と【おかもち】に驚きもせず、むしろ興味津々といった感じで早速調べはじめた親方さん。どうやら親方さんは、見知らぬ物には目がないタイプみたいです。

鍛冶ギルドの皆さんが【出前機】をいじっている間、ついでなので、レイラさんに渡した衝撃に強い容器も【想像創造】しておきます。

【プロテクターツールケース　波型ウレタン（軟質）・切れ目入ウレタン（硬質）の混合緩衝材入り　防水　ポリプロピレン樹脂製　寸法３５０×２８０×１５０㎜　質量１・７kg　１１９００円】×１００　１１９００００円

精密機械運搬用の入れ物、こちらは一気に１００個もご用意しちゃいました。

マスター「うぉ？　また何だかたくさん出てきやがったな。ん？　この箱はアレだろ？　例の【プリン】を作った店に渡した、卵が割れないヤツだろ？」

　どうやらマスターさんは、レイラさんに渡した時のことを覚えていたみたいです。

ワタシ「そうで～す。これも【割れ物注意】なモノを入れる箱だから、いっしょに使えばいいと思ったの」

マスター「ほー、それじゃあ、壊れやすいモノはこの箱に入れて、さらにあの【出前機】ってヤツを使えば、まず中身は安心、そういうことか？」

ワタシ「そうで～す！」

マスター「そいつはいいな。【リアカー】付きの【三輪自転車】で大物、普通の【三輪自転車】で小物、そして【出前機】付きの【三輪自転車】で壊れ物、いろいろな輸送に対応できそうだ」

　そんなこんなで、【三輪自転車】は、赤色、青色、黄色の各々合計１１６台ずつのうち、10台ずつが【リアカー】付きで、今日の午後から引き渡されることになりました。そして、衛兵さん向けの黄色の【三輪自転車】には【割れ物注意】は必要ないだろうということで、郵便屋さん用の赤色と一般向けの青色にだけ、【出前機】付きが5台ずつ用意されることになりました。

マスター「すでに【三輪自転車】の配布先は決まってる。今日の午後から随時取りに来てもらう予定なんだが、一度全員、あそこの教習スペースで練習してもらう手筈だ。そういう訳で、すでにこの裏庭の広場は『シュッセ』のものなのに申し訳ないが、しばらく貸してくれ」

ワタシ「もちろんいいで～す。ね？　ねぇね、おにぃ？」

ねぇね「うん」

おにぃ「どうぞどうぞ」

今まで通り使ってください、マスターさんにそうお返事して、裏庭の広場をあとにしたワタシたち3人。すると、マスターさんもいっしょについてきました。

マスター「これからハンターギルドへの納品なんだろ？　オレも立ち会うぜ」

ワタシ「鍛冶ギルドの親方さんたちはいいの？」

マスター「ああ。あの連中、ああなっちまうと梃子《てこ》でも動かねぇからな」

重たい【出前機】を軽々と持ち上げて、ためつすがめつしている鍛冶ギルドの皆さん。あの状態になった鍛冶ギルドのひとたちは、マスターさんでもお手上げみたいで、しばらく放置するみたいです。

ということで、鍛冶ギルドの皆さんはそのままに、ハンターギルドへ納品に向かうワタシたち3人とマスターさん。途中、ハンターギルドの受付でアイリーンさんと合流しつつ、前回同様、ハンターギルドの地下の広大な倉庫にやってきました。

少し遅れて購買部のハンナおばさんと、今日はさらに、副支部長さんも一緒みたいです。

副支部長《イーサン》「今日から2日に1回の納品ということで、よろしくお願いいたします」

ハンナ「『シュッセ』の商品が商業ギルドで大人気になっちまってね。できるだけ多く納品してもらえるとありがたいよ」

ワタシ「は～い。分かりました～」

ということで、早速【想像創造】して納品開始です。

【本格熟成ビーフジャーキー　30g　120個セット　粒胡椒　和風ダレにんにく風味　9980

０円】×12　１１９７６００円（合計１４４０個）
【給食用小袋ジャム　業務用セット　いちごジャム　オレンジマーマレード　ブルーベリージャム　りんごジャム　チョコレートスプレッド　ピーナッツクリーム　つぶあん　はちみつ　メープルゼリー　レーズンクリーム　15g×１２００袋　３２４００円】×37　１１９８８００円（合計４４４００袋）
【ふんわりパンケーキミックス　１７０g　小麦粉、砂糖、米でん粉、ホエイパウダー（乳成分を含む）、食塩、ベーキングパウダー等　３６８円】×３２６０個　１１９９６８０円
【筆記用具セット　女の子用（たれ耳眠たげワンコのキャラ絵付き）筆箱、Ａ４自由ノート、２Ｂ鉛筆１本、シャープペンシル１本、ＨＢシャープペンシル替え芯、消しゴム、カラーマーカー６色、付箋　６５９円】×１８２０　１１９９３８０円

【想像創造】のレベルが上がって、一度に創り出せる量がかなり増えました。

（こんなにたくさん創り出しちゃったけど、ホントに大丈夫なのかな？）

　そんなワタシの心配をよそに、副支部長さんたちから、追加の納品要求です。

副支部長《イーサン》「すいませんが、先日ご提供いただいた『デンタク』も、可能な限りの数をお願いできませんでしょうか」

ワタシ「は～い」

【カ〇オ　ソーラー式電卓　ミニジャストタイプ　10桁表示　１４５×１０３×32㎜　１００g

５８０円】×２０６８　１１９９４４０円
マスター「あと、アレだ。祭りで振る舞ってくれた例の【ワイン】、アレもできる限り納品してくれ！」
ワタシ「は〜い」
【いろいろ無添加のおいしいペットボトルワイン　赤　度数11％　７２０ml　４９９円】×２４０４本　１１９９５９６円
ハンナ「それと、筆記用具とは別に、まっさらな紙をお願いすることってできないかい？　紙って何かと重宝されるんで、商業ギルドから問い合わせが来ちまっててねぇ」
ワタシ「分かりました〜」
【A４コピー用紙　白色度約80％　古紙パルプ配合率70％　坪量10　５００枚×５冊　１８９０円】×５００　９４５０００円
　初めて【想像創造】するA４用紙は、ちょっとだけ控えめの数にしておきます。それでも、５００枚×５冊×５００で、１２５万枚になっちゃいました。
アイリーン「あと、これはちょっと難しいお願いなんだけど、新しいおすすめ商品はないかしら」

ワタシ「新しい、おすすめ？」

アイリーン「そう。できれば、主食とか衣服とか、町でよく出回っているもの以外でお願いしたいのだけど」

ワタシ「う〜ん。それなら、おもちゃかな？　どこでも遊べて暇つぶしにもってこいなのがあるの。ねぇねにもおにぃにも、あとはアリスちゃんにも好評なんだよ？」

おにぃ「それって、アレか？」

ねぇね「もしかして、前に遊んだ【すごろく】とか【リバーシゲーム】の？」

ワタシ「そうそう。アレならルールが簡単だから、誰でも楽しく遊べると思うんだ〜」

おにぃ「確かにそうだな」

ねぇね「うん。ついつい夢中になっちゃうよね」

アイリーン「へぇー、そんな遊具があるのね？　それは是非ともお願いしたいわね」

　ということで、早速【想像創造】です。

【ボードゲーム　９ｉｎ１　ゲームセレクションセット　リバーシ　チェス　チェッカー　将棋　９マス将棋　チ○ズをめざせ　足し算５ゲーム　潜水艦ゲーム　日本縦断ゲーム　２４８０円】×４８３　１１９７８４０円

副支部長《イーサン》「こちらからお願いしておいてアレですが、物凄い量ですね……。すいませんが、こちらの対価の清算は、次の納品時ということでよろしいでしょうか？」

ワタシ「もちろんいいで～す」
　ということで、今回のハンターギルドへの納品は、これにて終了となりました。
おにぃ「何だか、前回以上にすごい金額になりそうだな……」
ねぇね「うん。もう金額を聞くのが怖いかも……」
マスター「まあ、その辺は大人のオレたちに任せてくれや。悪ぃようにはしねぇからよ」
副支部長《イーサン》「ええ。投資という名目でお預かりしたお金を有効活用しつつ、『シュッセ』の3人の立場を守るべく、いろいろ調整させていただきますので、ご心配には及びません」
ハンナ「まあそこには、この支部の思惑なんかもあったりするんだけどね？」
　そんなちょっと怪しげかつ重要そうな会話が行われていましたが、ひとりだけ全く聞いていない人物がいました。そう、おチビちゃんだけは、周囲とは全く別のことを考えていたようです。
ワタシ「みんな～、この【ボードゲーム】の使い方を覚える必要があるでしょ～？　だから今から、みんなでいっしょに、あ～そび～ましょ～？」　(*´▽`)／
　大好きなねぇねとおにぃ、それに加えて、優しいハンターギルドの幹部の皆さんと一緒に遊べる絶好のチャンス到来！
　これはあくまでも使い方のレクチャーなのです、そんなオフィシャルな口実のもと、ウキウキワクワク顔で【ボードゲーム】を開封する、遊びたい盛り甘えたい盛りのおチビちゃんなのでした。

◆◇◆◇◆

ハンターギルドでの大量の納品を終えた後、【ボードゲーム】の使い方を教えるという名のもとに、ハンターギルドの幹部の皆さんといっしょに【ボードゲーム】を楽しんだワタシたち。おチビなワタシは、大勢のひと、特にオトナのひとといっしょにゲームをするのは初めてのことだったので、うれしさのあまり、【ボードゲーム】のレクチャーそっちのけで、必要以上にキャッキャとはしゃいでしまいました。

そうこうしていると、時刻はもうすぐお昼、そんな時間になりました。とても充実した時間を過ごしたワタシは、やり切ったとばかりに、大変満足げな表情でお家に帰ります。

帰路の途中、ハンターギルドの裏庭の広場を通ると、例の鍛冶ギルドのちっちゃいおじさんたちは、未だに【出前機】をアレコレといじっていました。

マスター「オレは裏庭の広場に残る。午後からの【三輪自転車】と【リアカー】の引渡しがあるからな」

アイリーン「私はおチビちゃんたちのお家にお邪魔していいかしら？」

ワタシ「もちろんいいで～す」

ねぇね「ぜひぜひ」

おにぃ「おチビを見ていてくれると、ありがたいです」

ねぇねとおにぃはこれから【簡易エリクサー】作成の内職があるので、お家を通り過ぎて、そのまま【マダムメアリーの薬店】に出勤です。今日のワタシの子守りは、アリスちゃんとアイリーンさんの二人体制になるみたいです。

ワタシ「ねぇね、作業が終わったら、また【トランシーバー】で連絡してね？」

ねぇね「うん。早く終わらせて、すぐ戻ってくるね～」
おにぃ「それじゃ、行ってくるな～」
ワタシ「いってらっしゃ～い」　(＞◇＜)/~~
　そんなやり取りをしていたら、アイリーンさんから質問が飛んできました。
アイリーン「ねえおチビちゃん、その【トランシーバー】のこと、詳しく教えてくれない？」
　考えてみたら、【トランシーバー】のことはアイリーンさんにちゃんと報告していませんでした。
ワタシ「えっとね、この【トランシーバー】を使うとね、離れたところにいるひととお話ができるの。だからね、ねぇねとおにぃがお家から離れても、すぐに連絡ができるんだ～」
アイリーン「え？　そうなの？　てっきりベアトリスお嬢様としか会話できないと思っていたわ。凄いじゃない！　そんな便利な道具があるなんて」
ワタシ「あっ、でもね、あまり遠すぎると【電波】が届かないから、お話しできなくなっちゃうの。【電波】で遠くまでお話しできるのは、ビーちゃん様だけなんだよ？　ビーちゃん様の【電波】魔法って、すごいんだ～」
アイリーン「ベアトリス様の魔法、凄かったのね？　噂では『ハズレ』として有名だったのに」
ワタシ「違うよ！　『ハズレ』なんかじゃないよ！　ビーちゃん様の魔法は、とっても便利なんだよ！　ビーちゃん様の魔法は、領主館にいてもワタシとお話しできるし、それに【トランシーバー】のある場所が分かるみたいなんだよ？　すごいでしょ？　ビーちゃん様の【電波】魔法は、とっても『アタリ』なんだよ？」
アイリーン「領主館にいながらおチビちゃんとお話が？　それは確かに凄いわね」

そんなお話をしつつ、【トランシーバー】の電源を入れるワタシ。するとその刹那、まさにその話題の人物から通信が入ってきました。

ベアトリス『お～い、おチビちゃんでしょ～？　聞こえるかしら～？』

ワタシ『は～い。ビーちゃん様、こんにちは～』

ベアトリス『こんにちは～。おチビちゃんは、今お家にいるのよね？　何してるの？』

ワタシ『えっとね、ねぇねとおにぃが帰ってくるのを待ってるんだけど、今日は久しぶりにお庭で遊ぼうと思ってるの』

ベアトリス『そうなのね。実はお父様からおチビちゃんたち宛ての手紙を預かってるの。遊びついでにそっちに行ってもいい？』

ワタシ『遊んでくれるの？　待ってる待ってる～』

ベアトリス『それじゃ、今から行くわね～』

ワタシ『は～い』

【トランシーバー】を使ったワタシとビーちゃん様の会話を聞いていたアイリーンさんは、ビックリ顔です。

アイリーン「本当に凄いわね。たぶん領主館にいるベアトリス様と普通に会話できてるし……。ねぇおチビちゃん、その【トランシーバー】、私たちにも使わせてもらえないかしら」

ワタシ「えっとね、この【トランシーバー】も電池を使うから、【カメラ】といっしょで、あまり広められないの」

アイリーン「もちろん広めるためじゃなくて、身内というか、ギルド幹部の連絡用に、少数だけ使わせてもらいたいの」
ワタシ「う〜ん、それなら大丈夫かな？」
　ということで、本日11回目の【想像創造】です。

【小電力トランシーバー　ＡＭ送受信　送信出力10ｍＷ　単３電池３本　本体重量１００ｇ　６台セット　２８９９０円】×10　２８９９００円

　いろいろ考えたワタシは、ちょっと多めの60台【トランシーバー】を創り出すことにしました。
（ハンターギルドの幹部のひと用と、あとは、ビーちゃん様ももっと欲しいよね？）
アイリーン「え？　こんなにたくさん？」
ワタシ「アイリーンさんには、この１セットなの。１セットで６台あるんだよ？」
アイリーン「そうね、ギルド幹部の人数分あればいいから、足りるわね。ありがとう」
ワタシ「あっ、でもね、【トランシーバー】でナイショのお話をするとね、ほかの【トランシーバー】を使っているひとにも聞かれちゃうから注意してね？」
アイリーン「ん？　それはつまり、どの【トランシーバー】にも同じ会話が聞こえてしまうということ？」
ワタシ「そうで〜す」
　そんなお話をしていたら、ワタシの子守り役、アリスちゃんもやってきました。
アリス「おチビちゃん、こんにちは〜。なんだか箱がいっぱいだね？　また何か出してたの？」

ワタシ「アリスちゃん、いらっしゃ～い。あっ、そうだ！　アリスちゃんにも【トランシーバー】あげるね？」
アリス「これって、ビーちゃん様とお話しできる魔道具でしょ？　もらっていいの？」
ワタシ「うん。急な連絡とかに便利だから、アリスちゃんも持っててね？」
アリス「ありがと～。大切にするね～」
アイリーン「ちなみに残りはどうするの？　かなりの数があるみたいだけど」
ワタシ「残りはね、ビーちゃん様にあげるの。ご領主さまとか、町の衛兵さんとか、連絡用にいっぱいあった方がいいでしょ？」
アイリーン「なるほど、そういうことね」
　そんなやり取りのあとは、おチビなワタシはお昼寝タイム。アイリーンさんとアリスちゃんは【トランポリン】を楽しむということだったので、ワタシは【軽パコ】のリアハッチを開け放って、『寝る子は育つ』という言葉に願いを込めて、ひとり微睡《まどろ》むのでした。

◆◇◆◇◆

　それからしばらくして、周りの騒がしさで目が覚めたワタシ。眠気まなこをこすりながら起き上がると、ねぇねとおにぃがワタシの顔を覗き込んでいました。

ねぇね「おチビちゃん、目が覚めた？　お話聞ける？」

ワタシ「ふぅわぁ～っ。おはよ～、どうしたの～？」　ヽ(`0´)ノおにぃ「よく分からないけど、なんだか大変なことが起きたみたいだぞ？」

ねぇねとおにぃからそんな報告を聞いていると、いつもの護衛さんを連れたビーちゃん様が、慌てた感じで駆け寄ってきました。

ベアトリス「おチビちゃん、大変なことになったみたい。今【電波】で連絡がきたんだけど、隣の領が、我が領との領境を閉鎖したらしいの」

ワタシ「領境の閉鎖？」

ベアトリス「どうやら隣の男爵領で病気が流行り始めたみたいなんだけど、その原因が我がオーレリア領だと判断したみたいで、一方的に領境を閉鎖してしまったみたいなの」

ワタシ「領境を閉鎖すると、なにか悪いことがあるの？」

ベアトリス「悪いどころじゃないの。我が領は山と川に囲まれた場所にあるのだけれど、他領に出るには、その男爵領を抜けるしか道がないの。つまり、男爵領が領境を閉鎖すると、我が領は外とのやり取りが一切できなくなっちゃうの！　王都や他の町との連絡も取れなくなるし、何より物流が止まって町の経済が、町のみんなの生活が止まっちゃうの！　隣の領は、普段からちょっとでも何かあると嫌がらせをしてくるから……。だけど本当にこの町で病気が流行っているとしたら……」

　どうやら思いのほか大変な状況のようです。ビーちゃん様の説明を聞く限り、ワタシたちがいるオーレリア領は完全に孤立しちゃったみたいです。しかも、お隣の領とは、普段からあまり仲良くない、そんな感じみたいです。

（う〜ん。一番気になるのは病気のことだよね？　もしかすると、昨日のレイラさんの咳、あれとも関係があるのかも……。とにかく、もっと情報を集めなくちゃだよね？）

　ということで、早速ビーちゃん様にご提案です。

ワタシ「ビーちゃん様、あのね、すぐにこの町の状況をいろいろと調査した方がいいと思うの。本当にこの町で病気がはやっているのかとか、病気になっているひとがいるなら、どこにどれくらいいるとか、ちゃんと調べた方がいいと思うの。それでね、ここに【トランシーバー】がたくさんあるから、これを持って衛兵の皆さんに町を回ってもらって、報告してもらえばいいんじゃないかな？」

　そう言って、残り53台ある【トランシーバー】を指し示します。

ベアトリス「そうね。まずは、隣の領が言っていることが本当に正しいのか、状況を正確に把握しなくちゃいけないわね」

　そう言うと、ビーちゃん様は何かを念じはじめました。たぶん、【電波】魔法で関係者に連絡しているのでしょう。

　万が一、本当にこの町で病気がはやっているのなら、調査する衛兵の皆さんも感染してしまうかもしれません。その可能性を少しでも減らすため、レイラさんにも渡したモノを、本日最後の12回目の【想像創造】で創り出します。

【使い捨てマスク　立体3層不織布　ゴム紐　ノーズワイヤー　薄青色　50枚×10箱　１９８０円】×６００　１１８８０００円

無意味かもしれないけれど、備えあれば何とやら、やらないよりやった方がマシ、ということで、マスクを大量に創り出しました。

その数、50枚×10箱×600で、30万枚。この町の人口がどれくらいなのか知りませんが、これだけあれば何とかなるでしょう。

（とりあえず、これを衛兵の皆さんに着けてもらって、町のみんなにも配ってもらえばいいかな？）

そう思った瞬間、いつものワタシのステータス画面が目の前に現れました。

名前：アミ
種族：人族
性別：女
年齢：5歳
状態：発育不良　痩せすぎ
魔法：【なし】
スキル：【想像創造】レベル13（13回／日　または、13倍1回／日）

いつものように、スキルのレベルアップをお知らせしてくれたみたいです。

（わぁ！　【想像創造】がレベル13になった！）

とりあえず、今日はあと1回、追加で【想像創造】できるようになりました。ということなので、体力アップの例のモノも【想像創造】しちゃいます。

【第2類医薬品　ドリンク剤　ユンカース栄養液ＤＣＦ（ノンカフェイン）　30ml　3本　1470円】×　800　1176000円

　レイラさんにも渡した、ノンカフェインのドリンク剤も大量に創り出しました。総数は、3本×800で、2400本。まずはいろいろと忙しくなるだろう衛兵の皆さんに1本ずつ飲んでもらって、残りは病気のひとがいたら配ってもらうことにしましょう。

　マスクと栄養ドリンクのことをビーちゃん様に一通り説明して、早速行動に移ってもらいます。

ワタシ「ビーちゃん様、昨日ね、市場で変な咳をしたひとがいたって聞いたの。そのあたりも調べてもらってね？」

ベアトリス「おチビちゃん、【マスク】と【栄養剤】、そしてその情報、とても助かるわ。早速衛兵を手配して、いろいろ調べてみる！」

　凛とした口調でそう言うと、またも何かを念じはじめたビーちゃん様。その立ち居振る舞いからは、『上に立つ者』の風格すら感じられます。

（ビーちゃん様、すごいな～。ビーちゃん様、立派だな～。ふれーふれービーちゃん様！　がんばれがんばれビーちゃん様ー‼　ファイトー！！！）　(p>＿<q)

　おチビなワタシには、この町のおかれた状況だとか、町の経済のこととかはよく分かりません。それでも、目の前のおともだちが、この状況をどうにかしようと一生懸命なことだけは分かります。

　そんな、【電波】魔法をフル活用して自領を守るビーちゃん様に、尊敬の眼差しと共に、心の中で声援を送るワタシなのでした。

◆◇◆◇◆

ベアトリス「あ、そうそう、忘れるところだったわ。はい、これ」

そう言ってビーちゃん様がワタシに手渡してくれたのは、キレイな封筒に入ったお手紙のようなものでした。

ベアトリス「それ、とても重要な書類みたいで、お父様が関係者以外閲覧厳禁だって言ってたわ。だから私が直接渡しに来たの」

ワタシ「そうなの？　ビーちゃん様、持ってきてくれてありがとう」

ベアトリス「どういたしまして。お友達のためだもの、気にしないで」

けれど受け取った手紙には『ギルド責任者へ』と書かれていて、どう考えてもワタシ宛てとは思えません。

（ん？　これはアレかな？　ワタシからハンターギルドの支部長さんに渡せばいいのかな？　ワタシたちのお家がハンターギルドの裏庭の草むらだから、ついでに持ってきたのかな？　でもビーちゃん様、おともだちのためだって言ってたよね？　むむ？　どういうこと？）

そんなことを考えていると、先日の『【熱気球】祭り』で見かけた衛兵の皆さんが、ワタシたちのお庭にぞろぞろと現れ、ワタシが【想像創造】した大量の【マスク】と【栄養剤】をバケツリレーしはじめました。そしてそれらは、今日から正式配布の【三輪自転車】と【リアカー】に、次々と載せられていきます。どうやらビーちゃん様が念じていた【電波】魔法は、この指示だったみたいです。

ベアトリス「今日は【三輪自転車】と【リアカー】の受け取り日だったから、ちょうど担当の衛兵がここに来る予定だったのよね。用意してもらった大量の【マスク】と【栄養剤】をすぐに運び出せて、ある意味助かったわ」

　そんなウラ話を聞いていると、いつもの豪快な声が割り込んできました。

マスター「【三輪自転車】も【リアカー】も、引き渡し初日から大活躍みてぇだな。『ユービン』の連中にも、手の空いてるヤツは衛兵を手伝わせることにしたぜ。『ユービン』初の本格的な仕事は、【マスク】配りってな訳だ」

　そうこうしているうちに、ほとんどの【マスク】と【栄養剤】が持ち出されていきました。

ベアトリス「何だかドタバタしちゃってごめんなさい。それと、いろいろありがとう。これから領主館に戻って、本格的に調査を指示することにするわ。こんなにたくさんの【トランシーバー】を託されたからには、うまく調査に活かしてみせるわね」

ワタシ「うん。ビーちゃん様がんばって～。それと、ビーちゃん様も【栄養剤】飲んでおいてね～」

　そうしてビーちゃん様とのお別れのご挨拶を終えると、今度はねぇねがそっとワタシに話しかけてきました。

ねぇね「おチビちゃん、あの【マスク】と【栄養剤】、少しもらってもいい？」

ワタシ「もちろんいいよ。けど、どうするの？」

ねぇね「えっと、ジェーンさんにも、渡したいと思って」

おにぃ「たしか明日は、【ジョシュア雑貨店】の納品日だったよな？」
ワタシ「そうだね！　ねぇね、そのときに渡そうね？」
ねぇね「うん。そうしたい」
　恩人であるジェーンさんを大切に思うねぇねは、この町で病気がはやっているかもしれないと聞いて、心配になったのでしょう。【マスク】と【栄養剤】を1箱ずつ、大事そうにボディバッグにしまい込むねぇねなのでした。

◆◇◆◇◆

　しばらくして少し落ち着いてきたワタシたちのお庭では、マスターさんとアイリーンさんが、ビーちゃん様からもたらされた情報について意見を交わしはじめました。
マスター「それにしても隣の領主、マッドリー男爵だったか。いきなり領境閉鎖だなんて、穏やかじゃねぇな」
アイリーン「そうよね。普通ならあり得ない対応だわ。でも残念なことに、ここ最近のあの領主の言動なら、ありえなくもないのよね」
マスター「そういや確か、2年ちょっと前に、領主が交代したんだったか」
アイリーン「そうなのよね。先代様はまともなお方だっただけに、ホント、残念」
マスター「アレだろ？　悪い意味で典型的な貴族のドラ息子、周りの意見なんて聞きゃしねぇってヤツだろ？」

アイリーン「ずっとドラ息子のままでいてくれればよかったのだけど、領主になっちゃったのよね……。しばらくは、隣の領とまともなやり取りは期待できそうにないわね」
そんな愚痴のような会話に興味を持ったワタシは、早速そのお話に交ぜてもらうことにします。
ワタシ「マスターさん、アイリーンさん、ワタシにもお隣の領のこと、教えてくださいな？」
マスター「ん？　まあ大したこと知ってる訳じゃねぇが」
アイリーン「いいけど、悪口みたいになっちゃうから、他でお話ししてはダメよ？」
ワタシ「は～い」
そんなやり取りのあと、おチビなワタシにも分かりやすく概要を教えてもらいました。
お隣の領は『マッドリー男爵領』といって、小さな村が複数点在している、総人口1万人未満の小規模領地で、主な産業は養豚と養鶏、住民のほとんどがどちらかに従事しているとのことでした。
そして、近頃領主の世代交代があり、その直後から、領境で一方的に通行税をかけはじめたり、不審物検査と称してはこちらの領への行き来を故意に遅らせたり、明らかな嫌がらせをはじめたそうです。
マスター「今じゃこちらの領への通行税がヤツらの稼ぎ頭、言ってみりゃ『主産業』になっちまってるぐらいだぜ？」
アイリーン「稼ぎ方としては賢いんでしょうけど、やり方が一方的だし、第一こちらには他に道がないという状況なのよ？　ホント、悪辣よね」
マスター「大方、金儲けの専門家集団あたりから、いろいろと入れ知恵されてんだろうよ」
アイリーン「金儲けね……そういえば、隣の領主は教会派だったわね……。こちらのご領主さまは国王派だから、もしかすると目の敵にされているのかもしれないわね」

　またもや教会という単語が聞こえてきました。今回もまた、悪い意味で。

（教会って本当に嫌われてるんだね〜。これからも関わらないようにしよ〜）

　そんな決意を固めつつ、ついでに気になったことを聞いてみることにします。

ワタシ「あのね？　ここの領地はどれくらいのひとが住んでいるの？」

マスター「ん？　この領地の人口は、町単独では、この国の中でもそこそこの人口規模だな」

ワタシ「町単独？」

マスター「ああ。ここは他の領地と違って、領地内に町が１つしかねぇんだ。この領地は、土地は狭いわ岩だらけだわで、比較的環境のいい場所を重点的に開発していたら、結局、１つの町になっちまったみてぇだ」

アイリーン「確か、オーレリアの町の人口は、市民権がある人が４万ぐらいだったかしら。それ以外も含めると、正確には分からないけど、たぶん５万人ぐらいはいるんじゃない？　まあ、市民権があると人頭税が発生する関係で、そちらの人数は領主館がキッチリ把握しているでしょうけど、それ以外の人たちは、わざわざ数えてはいないでしょうね」

（市民権がないひと、この町に１万人もいるんだ。結構多いね。その中に、ワタシたち３人も含まれてるんだけど……）

　スラム出身のワタシたち３人は、今はハンターギルドの会員証、身分証こそ持っていますが、この町の市民権自体はありません。そんなワタシたち３人と同じような状況のひとたちが、この町全体の２割ぐらいいると聞いて、ちょっと複雑な心境です。

（そういえば、前世の記憶で、『国勢調査』ってあったよね～。たしか5年に1回、住民票があるとかないとか関係なく、とにかくその町に住んでいるひとを調べるんだったよね～。もし、この町で同じような調査をしたら、ワタシたちのお家にも、調査に来てくれるのかな～。でもワタシたちのお家の場所って草むらの中だし、きっと見つけにくいよね～。見つけられるひとがいたら、きっとそのひと、鬼ごっこが上手なんだろうな～）

　そんな他愛もないことを考えていると、アイリーンさんとマスターさんから『シュッセ』に業務連絡が入りました。

アイリーン「明日は2日に1回の、いつもの常設依頼の納品なんでしょ？」

おにぃ「そうです」

マスター「でもこの調子じゃ、明日は町中が大騒ぎになってるかもしれねぇな」

アイリーン「ええ、子供たちだけで町中を出歩くのは、ちょっとお勧めできないわね」

ワタシ「え？」

おにぃ「それって……」

ねぇね「【ジョシュア雑貨店】に、行けないってことですか？」

【ジョシュア雑貨店】に行けないかもしれない、そう耳にして、愕然とするワタシたち3人。特に、ジェーンさんに会える納品日をいつも楽しみにしているねぇねは、まさに『ガーン』といったお顔です。

アイリーン「ということなので、明日の納品には、私たち二人も『シュッセ』に同行するわね？」

マスター「まあ、つまりアレだ。町に出るときは、またオレが【三輪自転車】と【リアカー】で送ってやるってことだ」
ワタシ「え？　いいの？」
アイリーン「もちろん」
おにぃ「ありがとうございます」
ねぇね「ございますっ！」
ワタシ「ねぇね、よかったね？」
ねぇね「うん！」
アイリーン「それにしても、おチビちゃんたちはいつも通りなのね？　この町の危機かもしれないのに、随分平然としているじゃない？　心配になったりしないの？」
おにぃ「流行り病は嫌ですけど、でも町の危機っていわれても、良く分からないです」
ねぇね「３人一緒なら、何があっても大丈夫です。今までもずっとそうでしたし」
ワタシ「そうだよね！　ワタシもねぇねとおにぃがいれば、へーキへーキ！」

　病気がはやっているかもしれない！　しかも領境が閉鎖されて通商が大ピンチかも!?　どうやら『この町の危機』のようですが、ワタシたち３人にとってはどこ吹く風。どこか他人事のような反応を見せるワタシたち３人です。

　子供だけで必死にスラムを生き抜いてきたワタシたち３人にとっては、食うや食わずは言うに及ばず、危険やトラブルはありふれた日常事でした。そんな『鍛えられた』元スラムっ児ともなれば、ちょっとやそっとのゴタゴタが起きても、今さらアタフタうろたえたりはしません。そんな訳で、町が危険にさらされていようとも、『平常運転』なワタシたち３人なのです。

マスター「ほぉ〜。見た目と違って、お前ら存外、肝が据わってんだな。それにしてもだ。おチビ、お前は良かったのか？」

ワタシ「ん？　なんのこと？」

マスター「さっきベアトリスお嬢様に渡してた、この町の住民への支援物資のことだ。どうせお前のこった、また無償で提供するつもりなんだろ？　それもだ。お前らがスラムで苦労していた時、助けるどころか完全に無関心、中には酷い扱いをしたヤツもいただろ？　そんな連中の手にも物資が渡るんだぞ？　何か思うところがあるんじゃねぇのか？　まあ、オレがとやかく言える筋合いじゃぁねぇってのは、分かってるんだけどよ」

　マスターさんの言葉通り、この町のほとんどのひとは、スラムっ児のワタシたちが近寄るだけで『シッシ』と爪はじきにしていました。中には暴言を吐いたり、石や物を投げつけられたこともあります。

（たしかにマスターさんの言うとおりなんだけど……）

ワタシ「あのね？　ワタシはね？　ビーちゃん様のお手伝いがしたいの。おともだちのビーちゃん様が困ってたから、なにかしたかったの。だからね、そのあと、ビーちゃん様からダレがナニを受け取っても、どうでもいいの」

　ビーちゃん様が関わっていなければ、先程も【想像創造】でいろいろ用意したりせず、ただ傍観していたことでしょう。ワタシが手助けをしたのは、あくまで『おともだち』のため。その結果、町のみんなが助かったのであれば、それはビーちゃん様がしたことであって、ワタシがしたことではないのです。

マスター「おチビはあくまで困っている友人に物資を提供しただけで、それ以降のことはどうでもいいと……。聞きようによっちゃ、友人知人以外ははどうでもいい、眼中にねぇって聞こえるんだが……。まあ、おチビが誰彼構わず助けてる訳じゃねぇと分かって、少しホッとしたぜ」
アイリーン「そうね……。ねえ、おチビちゃん。もしもなんだけど、私が困っていたら、助けてくれる？」
ワタシ「うん。もちろん！　アイリーンさんは、とってもやさしくて大好きだもん。ね？　ねぇね、おにぃ？」
おにぃ「オレたちがハンターギルドのお世話になれたのは、アイリーンさんが目をかけてくれたからです」
ねぇね「そうです。なので、その恩を返せるときがあれば、必ずお役に立ちます」
マスター「ハハッ、よかったじゃねぇかアイリーン。『眼中にないどうでもいいヤツ』って言われなくってよ」
アイリーン「ホントよかった〜。おチビちゃんたちから『その他大勢』扱いされたら、ショックで立ち直れなかったわ〜」
　そう言って、アイリーンさんはワタシの頭をやさしく撫でてくれました。
ワタシ「もちろんマスターさんも助けちゃうよ？」
　ついでにマスターさんにも水を向けると、ねぇねとおにぃからも賛同の声があがりました。
おにぃ「いつもお世話になりっぱなしなので、当然、恩は返します」
ねぇね「そうです。何かあればいつでも言ってください」

マスター「お？　そうか。そいつは頼もしいな」

マスターさんはそう言って、ねぇねとおにぃ、そしてワタシの頭を何度か軽くポンポンしてくれました。

マスター「だがよ、恩とかそういうのじゃなくて、仲間として、兄姉として、気安く接してくれた方がうれしいんだぜ？　まあ、兄姉にしちゃあ、ちっとばっかし歳いってるがな？」

アイリーン「はぁ？　それってまさか、私のこと言ってるんじゃないでしょうね」

ここで女性に振ってはいけない話題のツートップ。『年齢』のお話と『体重』のお話。その前者に抵触してしまったマスターさん。せっかくイイ感じで終わりそうだったのに、最後の最後で台無しです。

マスター「そっ、そんなことは言ってねぇよ……」（ボソボソ）

ビームか何かが出てきそうな程の、力強い眼力と共に発した一言で、マスターさんを黙らせてしまったアイリーンさん。さすがの強面マスターさんでも口をつぐまざるを得ないその一言には、もしかすると言霊《ことだま》的なモノが宿っているのかもしれません。

身の危険を感じたのか、一瞬にしてアイリーンさんから距離をとったマスターさん。少し離れると同時に、前世の柔道で言うところの『右自護体』の構えをしています。

アイリーン「うふふっ。冗談はさておき……」

マスター「じょっ、冗談とは思えねぇ殺気だったんだが……」（ボソボソ）

アイリーン「『シュッセ』のみんなには変にかしこまらずに、これまで通り、お・ね・え・さ・ん、として接してほしいわ？　恩だとか言われちゃうと、何だか一線を引かれているみたいですもの」

マスター「まあ、とにかくそういうこった。肩肘張らずに、お気楽に頼むぜ？」

「「「は～い♪」」」　(^○^)/

この町の状況は良くないみたいですが、ワタシたち3人にとっては、今のところこれまで通りの日常です。

むしろ、今のやり取りでアイリーンさん&マスターさんと少し仲良くなれたような、ちょっとだけ距離が近くなった気がして、今日はいつもより気分がいい、そんなおチビちゃんたち3人なのでした。

そんなこんなで、この町に急報がもたらされた翌日。

この町に病気が流行っているかもしれない、物流が止まるかもしれない、そんな状況らしいのですが、ワタシたち3人はいつもと変わらない穏やかな起床です。

いつも通りに炊き込みご飯の朝食を美味しくいただき、野草のお茶で一服していると、前日の宣言通り、アイリーンさんとマスターさんがワタシたちをお迎えに来てくれました。昨日いろいろとお話ししたこともあってか、その声色は、心なしか今までよりフレンドリーに聞こえてきます。

アイリーン「みんな、おはよー」

マスター「よぉ！」

「「「おはよーございまーす」」」

マスター「ん？　何だか香ばしい香りがするな。それはお茶か？」

ワタシ「そうで〜す」

おにぃ「これ、おチビが教えてくれた野草のお茶なんです」

ねぇね「美味しいですよ？　よろしければどうぞ」

マスター「おぅ。催促したみてぇで、何だか悪ぃな」

アイリーン「それ、後味もスッキリしていて、美味しいのよね〜。私もいただくわ」

そんな和気あいあいとした朝のひと時を過ごした後は、２日に１度のいつもの納品のため、【ジョシュア雑貨店】へ向けて出発です。

最近連日のようにご活躍いただいているマスターさん駆動の【三輪自転車】と【リアカー】の人力タクシーで送ってもらったワタシたち３人は、いつも通りのご挨拶で【ジョシュア雑貨店】に入店です。

「「「おはようございま〜す」」」

するといつものように、お店の奥から、ジョシュアさんとジェーンさんがワタシたちを出迎えてくれました。

ジョシュア「やあ君たち、今日も納品、ご苦労様」

ジェーン「『シュッセ』のみんな、いらっしゃい。あら？　今日はお連れさんも一緒なのかい？」

アイリーン「奥さんははじめまして。ハンターギルドの職員でアイリーンと申します。ジョシュアさんとは、ギルドで何度かお目にかかっています」

マスター「邪魔するぜ」

こんなご挨拶があった後、いつも通りの品物を【想像創造】して納品を終えると、待ってましたとばかりに、ねぇねがジェーンさんに駆け寄りました。

ねぇね「ジェーンさん。あの、これ、使ってください」

そう言って、ねぇねがボディバッグから取り出したのは、昨日確保しておいた【マスク】と【栄養剤】。真剣な表情ながらも、どこかうれしそうに、ジェーンさんに使い方を説明しています。

その様子を横目に見ながら、アイリーンさんがジョシュアさんとお話をはじめました。

アイリーン「ジョシュアさん、こちら、当方の支部長からの手紙です」
ジョシュア「はて、ハンターギルドの支部長さんが私にですか？」
アイリーン「実は最近、商業ギルドも巻き込んで、ハンターギルドは業務が立て込んでまして、そのお手伝いをお願いできればと。詳しくは手紙をお読みいただければと思いますが、是非ともご一考ください」
ジョシュア「なるほど、そういうことでしたか。後程じっくり拝読しましょう」
　そんなちょっといつもと違うやり取りもありつつ、すべての用件が終わったワタシたちは、お店をお暇することにします。
ワタシ「町で病気がはやっているかもしれないので、気を付けてくださいね？」
おにぃ「病気は怖いですから……」
ねぇね「ジェーンさん、【マスク】と【栄養剤】使ってください」
ジェーン「気を遣ってくれて、ありがとうね」
ジョシュア「君たちも気を付けるんだよ？」
「「「は〜い」」」
　ということで、今日の任務は完了してしまったので、あとはお家に帰るだけなのですが、ワタシたちがお店の外に出ると、町の様子がどこか騒然とした雰囲気になっていました。【ジョシュア雑貨店】に来た時は、いつもよりちょっとだけひとが多いかな？　程度だったのですが、今はちょっとしたお祭り程度の混雑ぶりです。
マスター「よお、ちょっと聞いてもいいか？　人が多いみてぇだが、何かあったのか？」

通行人「ん？　オレも詳しくは知らねえが、どうやら市場が閉鎖されて、その影響らしいぞ？　市場に来たが中に入れない、そんな連中の列が続いて、この有様って感じなんだろうぜ？」
マスター「そういうことか、ありがとよ」
　マスターさんによる通りがかりのひとへの事情聴取によって、状況が大体分かりました。
アイリーン「このまま来た道を帰るのは、ちょっと大変そうよね？」
マスター「ん～、かといって、裏道は使いたくねぇし……。ん？　裏門方向、あっちは混んでなさそうだな。よしっ。いっちょ裏門から町の外に出て、正門までグルっと回る感じにするか。そうすりゃ、市場付近を迂回《うかい》して帰れるんじゃねぇか？」
アイリーン「ん～、そうね～。市場が混雑の原因っぽいし、その方が早いかもしれないわね」
　そんなオトナの二人による協議の結果、なんとワタシ、思いがけず町の外デビューすることになっちゃいました。前世の記憶が戻ってから、それ以前の記憶が曖昧になっているので、もしかすると町の外へ行ったことがあるかもしれませんが、ワタシが覚えている限りでは町の外へ出たことはありません。
おにぃ「門の外に出るんですか？」
ワタシ「町の外へ連れてってくれるの？」
マスター「ん？　まあ、結果的にはそういうことになるな」
アイリーン「あくまで緊急回避的な、ちょっと町の外を通るだけなんだけどね」
ワタシ「やったー！　ワタシ、町の外に出るの、はじめてなんだ～」
ねぇね「おチビちゃん、よかったね～」

ワタシ「うん！　とっても楽しみ！」

ということで、『急がば回れ』ではありませんが、急遽『遠回りして帰ろう』イベントの開催です。そうと決まれば、すぐさまみんなでマスターさんタクシーに乗りこみ、ウキウキワクワクで町の外へ向けて出発です。

しばらくごった返したメイン道路を進み、そして人通りが少なくなってきたと思う頃には、マスターさんが裏門と呼んでいた場所にたどり着きました。

そこには衛兵さんが４人立っているだけで、通行人は誰もいませんでした。

マスター「ここは裏門だ。この先は山へと続く草原と森しかねぇから、ほとんどの住民は使わねぇ。だから裏門なんだ」

アイリーン「でも、ハンターは採取でよく使うから、覚えておくといいわよ？」

「「「は～い」」」

そんなレクチャーを受けつつ、衛兵さんに軽く会釈《えしゃく》して裏門をくぐり抜けると、目の前には一面緑の草原、そしてその奥には、深い森に覆われた山脈が見えてきました。

（あまり高くないけど、木々の密度がすごい山脈だね～。前世の記憶でたとえると、富士山の周りにある、いろいろとミステリアスな樹海みたい）

そんなことを思っていると、ねぇねがちょっとはしゃいだ声をあげました。

ねぇね「あっ！　あっちの方から、川の流れる音が聞こえてくるよ!?」

【熱気球】でお空を飛んだ時、この町の近くを大きな川が流れているのを目にしました。ねぇねが言っているのは、きっとその川の流れる音なのでしょう。

アイリーン「すぐそばにロータル川が流れているわよ。少し見に行ってみましょうか」
ねぇね「いいんですか？」
アイリーン「ついでよ、ついで。ね？」
マスター「まあそうだな。どうせすぐそこだしな」
ワタシ「やったー！」
　そうして連れてきてもらったのは、想像していた川とはかなり違っていました。
ワタシ「これって、谷川？」
アイリーン「そうね。渓流？　渓谷？　この辺りはそんな感じね。ここから水面まで、たぶん10メートルはあるんじゃない？」
【熱気球】で上空から見た時は分かりませんでしたが、川面まではかなりの崖になっていました。
（川岸で水遊びしたかったのに～、ざんね～ん）
　そう思っていたのはワタシだけではなかったようで、ねぇねもちょっとがっかりです。
ねぇね「川に入れないんだ……」
　川幅はどれくらいなのかと見てみると、対岸までの幅も優に10メートル以上はありそうです。
マスター「この辺は大体こんな感じだからよ、橋を架けるのもなかなか難しいってな訳よ」
　そんなマスターさんの説明を聞いていたら、ねぇねがなにかを見つけたみたいです。
ねぇね「あっ！　川の向こう側に柿の木がある！」
ワタシ「え？　柿？　ねぇね、柿を知ってるの？」
ねぇね「うん。お里にいた時、お母さんと一緒によく食べたの。たまに苦くて渋くておいしくないのがあるけど、当たりの柿は甘くておいしいんだよ？」

ねぇねのお話から察するに、どうやらこの世界にも、渋柿と甘柿があるみたいです。

ねぇねが見つめる先、対岸の崖のその少し奥には、たしかに橙《だいだい》色の果実らしきものを実らせた木が見えます。

ねぇね「私、向こう側に行きたいっ！　あの柿を、採ってみたいっ！」

きっとねぇねにとって、柿はお母さんとの思い出の食べ物なのでしょう。いつになく強い意志表示をしているねぇねです。

（ねぇねが谷川の向こう側へ行きたいって言ってる！　これは絶対かなえなくっちゃ！）

そう思ったワタシは、なけなしの知性をフル回転です。

（う～ん。橋を架けられたらいいんだけど、きっとすごく高額だよね？　それこそ何百、何千万円するだろうから、今すぐには無理かな～。となると、ロープとかで……、ん？　そうだ！　アレなら！）

ということで、思いついたアレを【想像創造】です。

【ターザンロープ（支柱、滑車付き）　行程２２９００㎜　支柱幅２０００㎜　支柱高２７７０㎜

支柱・梁：スチール（電気亜鉛メッキ処理・ウレタン樹脂塗装仕上げ）　継手：ダクタイル鋳鉄
（ウレタン樹脂塗装仕上げ）　重量制限50kg　８９５００００円】

前世では、数ある公園遊具の中でも、ズバ抜けた人気を誇っていた【ターザンロープ】。『ロープウェイ』や『ジップライン』とも呼ばれる、わんぱくキッズ御用達のライドオン遊具です。

　手前の支柱と奥の支柱との間隔が20メートル以上あるそれを、川の対岸へ渡すような感じで【想像創造】してみました。

（やったー！　イイ感じに谷川をまたいで設置できた！　お名前は【ターザンロープ】だけど、実際はロープじゃなくて、滑車付きの2本の金属製ワイヤーだから丈夫で安心。これなら、滑車にぶら下がって、びゅーって、川の向こう側に行けるよね？　よ〜っし。これで向こう側に渡って、ねぇねのために柿をいっぱい採っちゃうぞ〜！）

　驚きに言葉を失っている周囲をよそに、ひとり対岸の柿へと思いをはせるワタシなのでした。

◆◇◆◇◆

マスター「こ、こんなに簡単に、橋を架けちまった……」
アイリーン「ね、ねえ。これって、もしかしなくても、向こう岸へ渡ることができるの？」
ワタシ「そうで〜す。これはね？　上の滑車につかまってね、向こうまでびゅぅーって行くの。『あ〜ぁあ〜〜っ』て声を出すのがお作法なんだ〜」
　そう簡潔に【ターザンロープ】の説明をしたワタシは、向こう岸へと向かうべく、早速ねぇねとおにぃを交えてミーティングをはじめます。
ワタシ「ねぇね、おにぃ、この【ターザンロープ】を使えば、向こう岸へ行けるよ？　ワイヤーが坂みたいになっているからね、滑車につかまってるだけで、なにもしなくても向こう側まで動いてくれるの」

おにぃ「それって、あっち側の方が低くなってるってことか？」

ワタシ「そうなの」

ねぇね「それじゃ、帰りはどうするの？」

ワタシ「あっ！」（。∨。;）

ねぇねからの鋭いツッコミに、それは盲点だったと、思わず膝を打つワタシ。大急ぎで対策を考えはじめます。

（帰りも坂になってくれればいいんだけど、それは無理だよね〜。う〜ん。単純に、こっちに引っ張ってもらえばいいのかな？）

ということで、本日3回目の【想像創造】です。

【トラックロープ（20ｍ）　線径16㎜　ビニロン＋ポリエステル混紡　切断荷重：約２３５４ｋＮ
（約２４００ｋｇｆ）　７６９３円】×２　１５３８６円

ちょっと太目でしっかりしたロープを2本創り出しました。

1本は、こちら側の支柱と滑車を繋いでおいて、戻ってくる時に引っ張って使います。もう1本は、大きな輪が何重もできるように滑車の手すりにしっかり括《くく》り付けます。何重ものロープの輪を作ることで、滑車の下で椅子のように座れるようにするためです。

ワタシ「ロープを1本、滑車に繋いでおいて、帰りはそれを引っ張ってもらえばいいよね？　もう

１本のロープで滑車に吊り下げの椅子を作って、そこに座って使えるようにするのはどうかな？」
おにぃ「なるほどな。それなら帰ってこれそうだな」
ねぇね「椅子があるなら、手でぶら下がるより怖くないね」
　ワタシたち３人がそんな『川越えプロジェクト会議』をしていると、オトナの二人が異議申し立てをしてきました。
アイリーン「ちょっとあなたたち、まさかこの渓谷を渡る気なの？　ダメよそんなの、危ないじゃない！」
マスター「そもそもお前ら、あの高い位置にある滑車に手が届かねぇだろ？　こちらではオレが手伝ったとしてもだ、向こう岸でどうやって乗り降りするつもりなんだ？」
ワタシ「あっ！」　（。ｖ。；）
　マスターさんからの鋭いツッコミに、それは盲点だったと、またもや膝を打つワタシ。大急ぎで対策をと思ったところで、再びストップがかかりました。
アイリーン「とにかくダメよ！　子供たちは絶対ダメ！　あなたたちの代わりに、オトナの私たちが行ってくるわ」
　ワタシたちのことを心配してくれていることがありありと分かるアイリーンさん。そんなアイリーンさんには申し訳ないのですが、ワタシたち子供が行かなければならない事情があるのです。
ワタシ「アイリーンさん、ワタシたちを心配してくれてありがとう。でもね？　オトナのひとだと、ダメかもしれないの。あのね？　この【ターザンロープ】はね、50kgまでしか運べないの。アイリーンさんの体重は、大丈夫？」

女性に振ってはいけない話題のツートップ。『年齢』のお話と『体重』のお話。その後者を、直球ど真ん中でアイリーンさんに投げ込むおチビちゃん。幼女なワタシに、忖度《そんたく》や配慮といった、高度なコミュニケーション能力を期待してはいけないのです。

アイリーン「え？　そ、そうなの？　よ、よかったわ～。それなら全然大丈夫だわ～。ま、まあ？私ぐらいのプロポーションになると、余裕しゃくしゃくなんですけどね～」

明らかに動揺しながらそう言うと、おもむろに制服のジャケットを脱ぎはじめたアイリーンさん。少しでも体を軽くしようとしているのが丸分かりです。50kgを超えているのか否か、自己申告なので判断できませんが、少なくとも『余裕』ではないことだけは確かなようです。

そんなアイリーンさんの言動を『ちょっと怪しいな～』と訝《いぶか》しげに思ったのはワタシだけだったようで、純真無垢なねぇねとおにぃは、アイリーンさんの言を信じ切っているみたいです。

おにぃ「アイリーンさん、オレたちの代わりに、よろしくお願いします」

ねぇね「ありがとうございます。これ、使ってください」

そう言って、以前【想像創造】したバッグセットの内のひとつ、トートバッグを取り出したねぇね。採った柿を入れるようにと、アイリーンさんに渡しています。

ついでと言ってはなんですが、ワタシもアイリーンさんにお願いをしておくことにします。

ワタシ「アイリーンさん、【トランシーバー】持ってる？　向こうについたら連絡してね？」

アイリーン「了解よ」

そんなブリーフィングの間に、マスターさんはワタシたちの『川越えプロジェクト会議』の通りにロープを準備してくれていました。帰りに引っ張る用のロープと、滑車に椅子のように幾重もの輪っかになったロープ、準備を万端整えてくれたようです。

アイリーン「それじゃあ、行ってくるわね？」

そう言うと、２メートル以上の高さにある滑車のロープ椅子にヒョイと滑り込んだアイリーンさん。野生動物のような驚きの身体能力です。

マスター「アイツも、ちょっと前まで現役バリバリのハンターだったからな。アレぐらいは朝飯前ってヤツよ」

そうこうしているうちに、ズルズルと向こう岸へ滑りだしてしまったアイリーンさん。

アイリーン「ひゃっほ～！　すっご～い！　何だかお尻の上あたりがゾクゾクしちゃうわ～」

そういえば、【トランポリン】でもフィーバーしていたアイリーンさん。本来のアイリーンさんは、きっと、こんな感じでアクティブな性格なのでしょう。

（【ターザンロープ】は『ひゃっほ～！』じゃなくて、『あ～ぁあ～～っ』なのにな～）

ワタシがちょっとだけ不満に思っているうちに、ものの数秒で向こう岸へたどり着いてしまったアイリーンさん。早速【トランシーバー】から到着の報告が入ってきました。

アイリーン『おチビちゃ～ん、ヤッホー。無事に到着したわよ～』

かなり上機嫌なアイリーンさん。対岸を見ると、こちらに向けて片手をブンブン振っています。

そしてワタシが【トランシーバー】でお返事をしようとしたとき、別の聞きなれた声が【トランシーバー】から聞こえてきました。

ベアトリス『お～い。裏門の外にいる人～。聞こえる～？』

ワタシ『あっ！　ビーちゃん様だ！』

アイリーン『え？　ベアトリス様？』

ベアトリス『あっ、やっぱりおチビちゃんだった！　町の裏門の外に【トランシーバー】が2つあるのは分かったのだけど、衛兵にしてはおかしな場所だったのよね。もう1つはハンターギルドの職員さんかしら？』

アイリーン『そ、そうです。ハンターギルドのアイリーンです。ごきげんよう、お嬢様』

ベアトリス『ええ、ごきげんよう。それで、二人は裏門の外なんかで、一体何をしているの？』

ワタシ『あのね？　川の向こう側に柿を見つけたの。だからね、今からアイリーンさんに採ってきてもらうんだよ？』

ベアトリス『川の向こう側？　それって、渓谷の対岸ってこと？』

アイリーン『そうなんですお嬢様。おチビちゃんが滑車付きの吊り橋のようなものを創り出しまして。ちょうど今、私がそれを使って川を渡ったところなんです』

ベアトリス『吊り橋？　今、橋って言ったのかしら⁉』

アイリーン『そうです。まあ、吊り橋というか、どちらかというと、綱渡りみたいになってますけど……』

ベアトリス『それでも凄いわ！　川を渡れたのでしょ？』

アイリーン『はい一応。かなり手に汗握る感じでしたけど……』

ベアトリス『素晴らしいわ！　何て良い知らせなのでしょう！　上手く使えれば、領境の閉鎖問題も、どうにかなるかもしれないわね。良い知らせを聞かせてくれて、ありがとう』

アイリーン『い、いえいえ』

ベアトリス『それでね？　実はこちらからもお知らせがあるの。昨日のおチビちゃんからの情報通り、市場関係者に病気になった人が数人確認できたわ。そして、その主因たる人物も、ある程度特定できたの。聞き込みの結果、病気になった人は全員、隣の領地から豚肉を売りに来た人物と接触していたみたいなの。そしてその人物は、妙な咳をしていたみたいなの』
アイリーン『それってつまり……』
ベアトリス『ええ。病の発生源はこの町ではない可能性が高いわ』
アイリーン『よかった！』
ベアトリス『それと、この町で病気にかかった人は、全員対応を終えることができたわ。早期に発見できたので、市場関係者の少人数にとどまったこと。これはおチビちゃんからの情報のおかげね。それと、薬師ギルドから提供された万能薬、『簡易エリクサー』のおかげで、全員完治することができたわ。まあそのかわり、ビックリするぐらい凄い金額を請求されたみたいだけど……。とにかく、この町での病の流行は、市場関係者の少人数だけで何とか食い止めることができたわ。ということで、こちらからの報告も、悪くないお知らせでしょ？』
アイリーン『はい。教えていただいて、ありがとうございます。最悪の事態にならずに済んで、ホッとしました』
　ビーちゃん様とアイリーンさんのやり取りを黙って聞いていたおチビなワタシでしたが、ここで満を持して口を開きます。
ワタシ『ビーちゃん様、あのね？　そのお薬はね、ねぇねとおにぃが作ったんだよ？　すごいでしょ～』　＜(*゜ω゜*)＞

大好きなねぇねとおにぃを自慢できるタイミングは、決して見逃さないワタシ。見えるはずがない【トランシーバー】の先のビーちゃん様に向けて、いつものムフンと胸をそらせたポーズまで決めてしまいます。

ベアトリス『え？　お薬って、薬師ギルドの「簡易エリクサー」のこと？』

ワタシ『そうで～す。ねぇねとおにぃにしか作れないお薬なんだって～』

ベアトリス『それは、本当に凄いわ！　あの薬がなかったら、今頃どうなっていたことか……。ありがとう。もう、「シュッセ」の3人には、助けられてばかりだわ！』

ワタシ『えへへ。どういたしまして～』（｀ω´）ゞ

　ねぇねとおにぃの自慢もできて、しかも、おともだちのビーちゃん様から『シュッセ』の3人を褒めてもらえました。

　アピール大成功とばかりに、手にした【トランシーバー】に向かって、いつも以上にフンスと小鼻を膨らませちゃう、大変満足気なおチビちゃんなのでした。

◆◇◆◇◆

　その後、たくさんの柿を手当たり次第にトートバッグに詰め込んでくれたアイリーンさん。そして、そのトートバッグを担いだアイリーンさんは、またも【ターザンロープ】の滑車にスルっと飛び乗り、それをマスターさんがロープで引き寄せてくれます。

キィーギィッ　ギィーキィッ　ギギィッ

アイリーン「ちょ、ちょっと〜、もう少し丁寧に引いてちょうだ〜い。だけどできるだけ急いで〜、何か変な音がしているわ〜」

マスターさんがロープを引くたびに、ワイヤーやら支柱やらから、明らかに正常とは思えない音が聞こえてきます。

【アイリーンさんのかなりギリギリっぽい自己申告体重　＋　たくさん柿が入ったトートバッグ
＝　デンジャラス！】

（あれ？　これって、重量的にちょっとアレなんじゃない？【ターザンロープ】の重量制限をオーバーしちゃってない？）

そのことに気づいてしまったワタシは、ギシギシときしむ異音を耳にしながら、自分が渓谷を渡っている訳ではないのに、妙に手に汗握っちゃうのでした。

そんなこんなで気をもみながらも、なんとか無事にご帰還してくれたアイリーンさん。そんなアイリーンさんをねぎらいつつ、早速お目当てのトートバッグの中身をチェックです。

ワタシ「アイリーンさん、お疲れ様〜。いっぱい柿を採ってきてくれて、ありがと〜」

アイリーン「どういたしまして〜。私もいい経験をさせてもらったわ〜。帰りはちょっと身の危険を感じたけどね〜」

「「ありがとうございま〜す」」

マスター「アーッハッハッハ。アレはどう考えてもお前の重量オー――」

アイリーン「はぁ？」

マスター「なっ、何でもねぇ、何でもねぇ……」（ボソボソ）

ビームか何かが出てきそうな程の、力強い眼力と共に発した一言で、マスターさんを黙らせてしまったアイリーンさん。さすがの強面マスターさんでも口をつぐまざるを得ないその一言には、もう完全に言霊的なモノが宿っているのでしょう。

　身の危険を感じたのか、アイリーンさんからジリジリと距離をとりはじめたマスターさん。そんなオトナ二人のやり取りなど気にも留めず、お目当ての収穫物で膨らんだトートバッグに突撃するワタシたち3人です。

おにぃ「おぉ～、いっぱいあるな～」

ねぇね「ねえ、おチビちゃん。当たりの柿って、どれか分かる？」

ワタシ「う～ん、どれどれ～」

（たしか前世の記憶だと、まるっとしているのが甘柿とか言われてたけど、実際は、そうとは限らないんだよね～）

　ということで、間髪入れずに素直に白状することにします。

ワタシ「えっとね、切ってみないと分からないかな～」

　そんな会話をしていると、アイリーンさんから逃げて来たと思しきマスターさんが、ワタシたちに交ざってきました。

マスター「その実、切るのか？　それならオレがやってやろう」

　そう言うと、どこから取り出したのか、包丁よりもちょっと小ぶりなナイフを使って、柿を半分にしてくれました。すると、柿の切断面には、黒い斑点のようなものがびっしりとついていました。

ワタシ「あっ！　この黒いのがいっぱいあるのは、甘いヤツだよ？」
ねぇね「そうなの？　これは当たりなの？」
ワタシ「そうだよ、ねぇねとおにぃ、食べてみて？」
ねぇね「うん」
おにぃ「オレは後でいいよ。おチビが先に食べな？」
　ここでもレディーファーストならぬ、おチビファーストに徹する、水も滴るイケメンおにぃ。相変わらずの少年ダンディーっぷりです。
ワタシ「おにぃ、ありがとー」
　カパッ　サクッ　シャクッ
ワタシ「ん～、身が詰まっていて、甘くておいし～」
ねぇね「甘～い。懐かしな～。……お母さん……。……グスッ……」
　柿を一口して、最初はニコニコしていたねぇねでしたが、食べ進めるうちに、次第にうつむきがちに。ついには小声で口ごもりながら、少し鼻をすすってしまいました。
（やっぱり、ねぇねにとって、柿はお母さんとの大切な思い出なんだね。せめて、ねぇねには、柿をおいしくたくさん食べてもらおう）
　そう思ったワタシは、当たりハズレ関係なく、トートバッグ内のすべての柿を無駄なくおいしくいただくべく、ねぇねに提案してみます。
ワタシ「ねぇね、柿はね？　甘柿と渋柿があるんだけどね？　両方ともおいしく食べられる方法があるの」

ねぇね「グズッ……。そうなの？」

ワタシ「うん。干し柿にすれば、柔らかくてトロっとして、そのまま食べるより濃くて甘くなるんだよ？　だからね？　このバッグの中の柿全部、干し柿にしよ？　きっとおいしく食べられるよ？」

ねぇね「うん。全部食べられるなら、そうしたい。だって、せっかくの柿がもったいないもん。おチビちゃん、ありがとう」

　少し気持ちを持ち直したように見えるねぇね。最後はお礼と共にニッコリ微笑んでくれました。

（うんうん。やっぱりカワイイねぇねには、笑顔が一番だよね～）

　そんな感じで、寄り道という名の、町の外への初めての遠足は、柿というおみやげまでついて無事終了。あとはマスターさんの計画通り、街壁の外側を正門までグルっと迂回して、町中の混雑を避けてハンターギルドまで帰るだけです。

マスター「よーっし、お前ら全員乗ったなー。正門まで町の外を大回りして帰るぞー」

「「「は～い」」」

アイリーン「ハイハイ、ちゃっちゃと出発しちゃってー」

　マスターさんが駆動する【三輪自転車】にけん引された【リアカー】。その【リアカー】の上から眺める町の外の様子に、ワタシたち３人は終始ウキウキワクワクなのでした。ひとり、マスターさんの重量オーバー発言が尾を引いているのか、ちょっと不貞腐れた感じのアイリーンさんを除いて……。

　そうしてしばらく町の外を進んでいると、先程の裏門とそっくりな門が目に入ってきました。

マスター「こっちが正門だ。普段はもう少し人が多いんだが、今日はアレか？　領境の閉鎖の影響か？　普段は入り口に審査待ちの列ができてるんだがな」
　マスターさんがそう言うくらい、正門は閑散としていました。
アイリーン「まあ、空いてる分にはいいんじゃない？」
マスター「それもそうだな」
　審査と聞いてちょっとドキドキだったのですが、マスターさんが正門にいた衛兵の皆さんに軽く会釈するだけで難なく通過。いわゆる、顔パス的な対応みたいです。
　裏門と違って、十数人もの衛兵の皆さんがキレイに整列している正門。その中のひとりが軽く手を振ってくれたので、ワタシたち3人も「バイバ～イ　(^-^)/~~」と手を振り返します。
　そんなやり取りがあった程度で、正門を程なく通過したワタシたち一行。そして町の中をしばらく進むと、見慣れた石造りの建物、ハンターギルドが見えてきました。
　するとそのタイミングで、おにぃが何かを思い出したかのような声をあげました。
おにぃ「あっ、もうお昼過ぎてる！」
ねぇね「いけないいっ。内職の時間過ぎちゃってる！」
　お空を見上げると、お日様は真上より少し西寄り。そろそろ午後からのお仕事開始、そんな感じの時間帯です。
おにぃ「あっ、あの、このまま【マダムメアリーの薬店】へ向かってもらえませんか？」
マスター「ん？　もちろん構わねぇぞ？」
アイリーン「例のポーション作りの内職ね？」

ねぇね「そうなんです。だいぶ遅刻しちゃったかも」

　そんな会話をしているうちに、久しぶりに正面から見る【マダムメアリーの薬店】の小ぶりな緑のお家が見えてきました。

　するとその玄関口には、人影が見えました。ひとりはこの薬店の店主、メアリーさん。そしてもうひとり、高級そうないでたちでビシッと決めた、いかにもお偉いさんといった感じの男性が、腕組みをしてメアリーさんとなにやら言い合いをしているようです。

メアリー「なに、ちょっと遅れているだけさね。何をそんなにいきり立っとるんかね～」

男性「何を悠長な！　これほど重要な仕事は、他にはないというのに。時間通りに来ないだなんて、職務怠慢も甚だしい！」

　遠目から見ても、明らかにプンスカご立腹のお偉いさん。しかも聞こえてくる内容からして、ねぇねとおにぃの遅刻について話していそうです。

おにぃ「ま、まずいかも……」（>o<;）

ねぇね「ど、どうしよう……」（-ェ-;）

　アワアワしちゃうおにぃと、シュンとしちゃうねぇね。先程までは、みんなでいっしょに見知らぬ町の外を見ることができて、気分爽快ウキウキワクワク、楽しい遠足気分でした。けれど、お偉いさんの物言いを耳にして、せっかくの気分が吹っ飛んじゃいました。

ワタシ「あのひと誰だろう。イヤな感じっ！」（*´3`）

　気落ちしちゃったねぇねとおにぃ、そんな二人を目の当たりにしては、文句のひとつも言いたくなっちゃう、ねぇねとおにぃ最優先なワタシなのでした。

【第8章】✦オトナたちの画策

おにぃ「す、すいません。遅刻しちゃって」
ねぇね「ご、ごめんなさい」
　まだ玄関口まで少し距離がありましたが、【リアカー】を飛び降り、メアリーさんめがけてまっしぐらに走り寄るねぇねとおにぃ。そして開口一番、平謝りです。
メアリー「なになに、イイってことイイってこと。むしろ、毎日作業を頼んでしまって、すまないねぇ」
　メアリーさんは気にするなと言わんばかりの寛大なご様子です。
おにぃ「ありがとうございます」
ねぇね「ございます」
　許してもらえて良かった、そんな雰囲気だったのですが、件《くだん》のお偉いさんによって、その空気は一変してしまいました。
男性「君たちが例のアレを作っているのか？」
おにぃ「え？　あ、はい……」
男性「どう見てもガキじゃないか」
ねぇね「……」
男性「……まあいい。ガキだろうが何だろうが、今はそれどころではない。いいか君たち。自分たちの置かれた立場となすべきこと、これをもっと自覚してくれたまえ。こんな大切な仕事に遅刻してくるなんて、一体今まで、どういう教育を受けて来たんだ！」

ねぇね「ご、ごめんなさい……」

男性「君たちがどんなつもりなのかは知らないが、遊び半分でやっていい仕事じゃないんだ。分かったら、さっさと仕事に取りかかりなさい！」

　どこの誰だか知りませんが、ワタシの大切なねぇねとにぃに妙な言いがかりをつけるとは、なんとも不届きな愚か者です。特に心根が優しいねぇねは、理不尽に怒鳴られた挙句、謝罪までさせられて、ちょっと涙目になっちゃっています。

（あのおじさん、なにしてるんだ～！　ねぇねをいじめるな～！）　＼(*｀∧´)／

　ということで、怒り心頭のワタシも【リアカー】を颯爽と……、自分だけでは降りられなかったのでマスターさんに降ろしてもらって、やる（殺る）気満々で反撃開始です。

ワタシ「おじさん、おじさん。あなた、だ～れ？　なんの権利があって、ねぇねとにぃにに暴言を吐いてるの？」

男性「ん？　何だチビ助。私に気安く話しかけるな！」

　オトナの男性にそう言われてしまえば、なにも言えないおチビなワタシ。ということで、聞き分けの良いワタシは、言いつけ通り、決しておじさんに話しかけないと心に決めます。

　なので、今度はメアリーさんに聞いてみることにします。

ワタシ「メアリーさん、このおじさん、だ～れ？」

メアリー「ごめんよ、おチビちゃん。此奴《こやつ》は薬師ギルドの副支部長、一応私が所属する薬師ギルドのナンバー2さね」

男性「一応とはどういう意味ですか！　むしろ、実質ナンバー1でしょうが！」

　おチビなワタシには話しかけるなと言っておきながら、ワタシとメアリーさんの会話にはズケズケと割り込んでくる偉そうなおじさん。なにがしたいのかよく分かりません。

　このおじさんのことは無視して、ワタシはメアリーさんとのみお話をすることにします。

ワタシ「メアリーさん、ねぇねとおにぃのポーション作りの内職は、お昼の時間ということになってるけど、ちゃんとした時間は決めていないでしょ？」

メアリー「そうさねそうさね。だからちょっとお昼を過ぎようが、私は全然問題ないと思ってるんだよ」

　そんな至極当然な会話をしていたら、またもや割り込みが入ってきました。

男性「そもそもだ、何でもっと仕事をしないんだ！　それこそ、朝から晩まで、ずっとあのポーション作りをすればいい！」

メアリー「それは薬草やら材料の問題で、こちらからそうお願いしていることさね」

男性「材料？　そんなもん、どこからでもかき集めてくれれば済む話じゃないか。全くどうしてこう、薬師連中は融通が利かないんだ。物事には好機や潮時というモノがあるだろうに……」

　とりあえずお偉いさんの言は放置して、メアリーさんに情報提供してみます。

ワタシ「メアリーさん、あのね？　この町で病気が流行りそうだったけど、もう大丈夫だって聞いたの」

メアリー「そうなのかい？　此奴の話だと、まだまだ患者が大勢いるから、もっともっと例のポーションが必要だと聞いたばかりなんだけどねぇ」

ワタシ「え？　そんなことないよ？　だって、さっきビーちゃん様が、この町の病気のひとはいなくなったって言ってたもん」

メアリー「ビーちゃん様？」

おにぃ「あの、ご領主さまのお嬢様です」

ねぇね「ベアトリス様のことです」

メアリー「ああ、あの姫様のことかい。うちのアリスもお目にかかってるんだってねぇ」

（あれ？　そう言えば、アリスちゃんはどこにいるんだろう？）

　そう思って辺りを見回してみると、建物の裏の方、ワタシたちのお家へ向かう裏庭の方に、見慣れた三角巾の女の子が、これまた最近よく見る【トランシーバー】を握りしめながら、こちらを心配そうに窺っている姿を見つけることができました。

（もしかして、【トランシーバー】を使って、今話題にしているひとに向けて実況生中継でもしてるのかな？）

　そんなことを思っていたら、またもや横槍が入ってきました。

男性「ベアトリス様？　ふん。嘘も大概にしろ。お前たちのような平民のガキが、どうして領主家のご令嬢と知遇を得ることができるというんだ」

　偉そうなおじさんは無視一択と決めているワタシ。なので、そんな不快な雑音は相手にせず、メアリーさんとのお話を続けます。

ワタシ「だからね？　しばらくあのポーションは作らなくてもいいんじゃないの？」

メアリー「ご領主の姫様がそう言ってるのなら、それでもいいのかもしれないねぇ」

　すると、今まで以上にハイボルテージで、第三者が口出ししてきました。

男性「何を言っとる！　薬師ギルドの人間が、その責任を全うしないでどうする！　薬師の義務を果たさないというのなら、私の裁量で、薬師ギルドから追放してやるぞ！」

メアリー「ほぉ？　追放と来たかね。だが私とアリスには有効かもしれんが、この子たちには関係ないねぇ。何しろこの子たちは、薬師ギルドの会員じゃないしねぇ」

男性「何だと？　薬師ギルドの会員ではないただのガキが、例のポーション、『簡易エリクサー』の作成者なのか⁉」

メアリー「そうだともそうだとも。だからお前さんが喚こうが叫ぼうが、この子たちに言うことを聞かせることはできやしないよ」

男性「い、いやいや、これは連帯責任だ。否、メアリー婆さんの監督責任と言えなくもない。おい、そこのガキども。もし、例のポーション作りを止めるというのなら、メアリー婆さんのこの店を、薬師ギルドから追放するぞ？　そうされたくなければ、私の命令を聞いて、今まで通り、いや、今まで以上に、例のポーションを作ることだ！」

　さらに不快な雑音が聞こえてきましたが、無視無視。メアリーさんにワタシが知っている情報提供を続けることにします。

ワタシ「あ、そう言えばビーちゃん様がね、『薬師ギルドからビックリするぐらい凄い金額を請求された』って言ってたよ？　もしかして、メアリーさんもお金持ちになったの？」

メアリー「ん？　それはおかしいねぇ。作り方や材料は体力回復ポーションと全く同じだから、販売価格は体力回復ポーションと同じだと聞いているんだがねぇ。実際、私が薬師ギルドに卸している金額は、体力回復ポーションと同じ金額だよ？」

ワタシ「え？　そうなの？　それってなんだかおかしいよ？　だれかがズルいことしてるんじゃないの？」

男性「ふん。金を持っている所に、それ相応の対価を要求して何が悪い。それに私は、薬師ギルドに莫大な利益をもたらしているんだ。褒められこそすれ、文句を言われる筋合いはない」

メアリー「ほぉほぉ、開き直りかい？　これは薬師ギルドに行って、金の流れの詳細を確認しておかないとだねぇ」

男性「はっ。やりたきゃやればいい。いち薬師ごときが騒ぎ立てたところで、何もできやしない。ポーション作りしか能がない連中をまとめあげ、この町の薬師ギルドをここまで大きくしたのは、この私だ。今やこの町の薬師ギルドは私のモノ。私の言葉が絶対なのだよ！」

　両手を広げて、自分自身に酔いしれている感じで、まるでオペラでも演じているように語りはじめた薬師ギルドお偉いさん。メアリーさんも呆れ顔です。

メアリー「そうかいそうかい。そいつは凄いねぇ～。ホント、お前さんには心底ガッカリだよ。ここいらが潮時なのかねぇ……。お前さんに辞めさせられるくらいなら、こちらから薬師ギルドを抜けようかねぇ……」

　メアリーさんが、そんな独り言のようなつぶやきを発した時、それまで少し離れたところでずっと黙っていた、アイリーンさんとマスターさんが近づいてきました。

アイリーン「メアリーさん、そういうことでしたら、一度お時間いただけませんか？」

マスター「我々にもいろいろとお手伝いできると思うんで」
メアリー「ほぉ。このタイミングで話しかけてきたということは、そういうことなのかい？」
アイリーン「ええ。たぶんメアリーさんのお考え通りだと思いますわ」
メアリー「そうかいそうかい。それはありがたい話だねぇ」
男性「何だね君たちは、藪から棒に」
アイリーン「私たちは、ハンターギルドの職員です」
マスター「オレたちは、ただ、メアリーさんの勧誘に来ただけだぜ？」
男性「ハンターギルド？　そんな連中が、薬師の婆さんに何の用があるというのだ」
マスター「そいつはアンタには関係ねぇ話だ。まあ、オレたちにも事情ってもんがあるんだよ」
男性「ふん。貴様らが何をしようとどうでもいい。この町のハンターギルドごとき、王都経由で圧力をかければ、どうとでもなるしな」
マスター「そう、まさにアンタの言う通りだ。この町のハンターギルドなんて、所詮そんなもんだ。だがな？　今後もずっとそうとは限らねぇ。よく覚えておくこったな」
　オトナがなにやら言葉の応酬をしていますが、ワタシのお相手はメアリーさんだけです。
ワタシ「ねえ、メアリーさん。ねぇねとおにぃのお昼の内職、お休みでいい？」
メアリー「そうさね。私も薬師ギルドを辞めにゃならないみたいだから、ポーション作りはしばらく中止だねぇ」
　男性「ま、待て。まだ隣の領で病が流行る可能性があると教会から聞いているんだ。こんな稼ぎ時、無駄にしてどうする！」

どこからか耳障りな雑音が聞こえていますが、無視するワタシ。早速ねぇねとおにぃに報告です。

ワタシ「ねぇね、おにぃ、もうお昼に内職しなくていいって」

ねぇね「これでお昼もおチビちゃんと一緒にいられるね？」

おにぃ「そうみたいだな」

ワタシ「うん！」

男性「な、何を言っとる！　能力がある人間が、その責務を全うしないでどうする！　薬師ギルド員であろうとなかろうと関係ない。あの『簡易エリクサー』を作るのはお前たちの義務なのだ！　そして『簡易エリクサー』は、薬師ギルドのモノなのだ！」

メアリー「ふむふむ。薬師の責務ということなら、ずっとお休みという訳にはいかんのぉ。それじゃあ後日、諸々準備でき次第、ポーション作りを再開しようかのぉ。もちろん、薬師ギルドとは無関係にのぅ」

アイリーン「そういうことでしたら、材料の入手や販売先の確保は、我々にお任せくださいね？」

マスター「こっちには商業ギルドもついてる。あとのことはドーンと任せてくれ」

メアリー「その時は、『シュッセ』のみんなも、協力してくれるかい？」

おにぃ「もちろんです」

ねぇね「はい。がんばります」

ワタシ「は〜い」

男性「薬師ギルドと無関係にだとぉ？　おのれ〜、どこまでもコケにしおって〜。こうなれば、教会経由で王都のハンターギルドに働きかけ、この町のハンターギルドごと、お前たちを叩きつぶしてくれるわ！」

　なんだか物騒なことを喚《わめ》いているひとがいるみたいですが、無視無視。

　最後に【トランシーバー】を使って、例の人物にも報告しておくことにします。

ワタシ『ビーちゃん様、ビーちゃん様～、聞こえていましたか～』

ベアトリス『ええ、バッチリ。薬屋のアリスちゃんが、最初からずっと【電波】していてくれていたわ』

　やはりアリスちゃんは物陰から【トランシーバー】で実況生中継してくれていたようです。

ベアトリス『聞いた内容は全部、お父様にも報告済みよ？　お父様は、「高い薬代は手切れ金代わりにくれてやる」って言ってたわ。フフッ。この町の薬師ギルドが今後どうなるのか、楽しみね～』

ワタシ『へぇ～、そうなんだ～』

ベアトリス『裏門の橋のこともあるし、おチビちゃんたちにはまた連絡するわね～』

ワタシ『は～い』

　そんな【トランシーバー】による通話が終わると、からかい交じりの声が上がりました。

マスター「ほぉ～。何だか知らねぇが、随分と愉快な話になってきちまったじゃねぇか。こりゃあ、この町の薬師ギルド、終わったんじゃねぇのか？」

　そして、偉そうなおじさんのお顔の色は、みるみるうちに変わってしまいました。先程までの怒り心頭、真っ赤っかだったのが嘘のように、無表情で顔面蒼白といった感じです。

男性「ま、まさか。今の声が、ベアトリス様？　い、いやいやそんな馬鹿な。どこにも姿がないではないか。で、でも今確かに、ご領主さまに報告したと……。て、手切れ金？　それはつまり……。ちょ、ちょっと待ってくれ。これは一体どういうことなのか、分かるように教えてくれ～」

　ビーちゃん様が【電波】魔法で【トランシーバー】と通信できることを知らないこの偉そうなおじさんは、かなり混乱しているご様子。最後はワタシに向けて話しかけているみたいでしたが、ワタシは無視一択です。ワタシの大切なねぇねとおにぃに難癖をつけた愚か者に、ワタシがなにかをしてあげる義理なんてないのです。

（このおじさん、大っ嫌～い。ふ～んだ）（●´ω｀●）

　最初に話しかけるなと言われた以上、徹頭徹尾それを守る、とってもよい子なおチビちゃんなのでした。

◆◇◆◇◆

　その後、しばらく呆然と立ち尽くしていた薬師ギルドの偉そうなおじさんでしたが、もはや誰にも相手してもらえないと分かったのか、ゆらりゆらりと幽霊のような足取りで、どこかへ歩き去っていきました。

　ワタシはそんなことには全く気にも留めず、無礼者の暴言によって傷づけられてしまった優しいねぇねに抱きつきながら、その表情を下から目線で窺います。

　ポフッ

ワタシ「ねぇね、大丈夫？　変なひとに絡まれちゃったけど、ビーちゃん様が追っ払ってくれたから、もう心配ないよ？」
ねぇね「うん。最初はちょっと怖かったけど、もういないから平気」
　そう言いながら、笑顔と共にワタシを優しく抱きしめ返してくれるねぇね。とりあえず一安心みたいです。
ワタシ「よかった～。あの変なおじさんのことは忘れて、さっきの柿で干し柿をいっぱい作って、みんなでおいしく食べようね？」
ねぇね「うん」
　そんな会話をしていると、メアリーさんがワタシたちに話しかけてきました。
メアリー「おやおや。お前さんたち、柿を持っているのかい？　そいつは珍しいねぇ」
ワタシ「柿って、珍しいの？」
メアリー「そうともそうとも。柿は何代か前の御使い様からもたらされた恩恵でね？　今では教会がほぼ独占しちまってるのさ。だから私ら一般人が口にすることは、まずないんだよ。アレと同じだよ。お前さんたちが食べとったお米と一緒で、高級品になっちまってるのさ」
（そう言えば、以前メアリーさんから、お米の栽培方法は教会が独占してるって聞いたかも）
　そんなことを思い出していると、ねぇねから新たな情報がもたらされました。
ねぇね「おチビちゃん、あのね？　私がお母さんと住んでいたお里にはね、柿の木がたくさんあったの。今思うと、それ以外にも、他では見ない植物や作物がいっぱいあった気がするの。それで、その里のお名前がね、『天恵の里』って言うの」
ワタシ「てんけいのさと？」

ねぇね「うん。天からの恵みで、天恵。神の御使い様がいらしたこともあるって、お母さんから聞いたことがあるの」
ワタシ「へぇー、きっとすごいところなんだろうね～」
ねぇね「うん。だからね、今度、おチビちゃんと一緒に行けたらいいな」
ワタシ「ねぇねの故郷に里帰りだね？　いいねいいね！　今度みんなで旅行できたらいいね？」
おにぃ「オレも一緒に行っていいのか？」
ワタシ「もちろんだよ！　ね？　ねぇね」
ねぇね「うん。私たち3人は、いつも一緒だもん」
おにぃ「そっか。ありがと」
　ワタシたちがそんな今後の目標を話し合っていると、メアリーさんが難しい顔をしはじめました。
メアリー「うむうむ。もしかすると、お嬢ちゃんのお里は、アレかもしれないねぇ。教会でも限られた者しか知らされていない、隠れ里なんじゃないかい？」
「「「隠れ里？」」」
メアリー「そうさねそうさね。御使い様がいらっしゃる里なんて、聞いたことがないし。それにそのお里は、教会が独占している御使い様の恩恵があふれていそうじゃないかい？　きっと教会の重要な場所として秘匿されていたんじゃないのかねぇ」
ねぇね「秘匿？」
ワタシ「それって、そのお里がどこにあるか、だれも知らないってこと？」
メアリー「その可能性が高いんじゃないのかねぇ」

ねぇね「えぇ？　そんな……」

ワタシ「大丈夫だよ！　時間をかけて調べれば、きっと見つけられるよ！」

ねぇね「……うん、おチビちゃんがそう言うなら、きっと大丈夫だね……」

　故郷の場所が分からないかもしれないと聞いて、カワイイお顔をシュンとさせてしまったねぇね。

　そんなねぇねを元気づけるべく、ワタシは一も二もなく行動を開始します。ねぇねの思い出の柿を使って、みんなでいっしょに干し柿作りです。

　場所は【マダムメアリーの薬店】のいつもの作業部屋、メンバーはワタシたち３人と、メアリーさんとアリスちゃん、そして、アイリーンさんとマスターさんも参加です。

ワタシ「本当はね？　丸っと１つの柿を天日干しにした方がおいしいの。でもね、それだと時間がかかっちゃうから、今日は短時間で作れる方法にしま～す」　(^-^)/

「「「お～」」」

　ねぇねとおにぃ、そして、アリスちゃんからも同意を得られました。

ワタシ「まず、柿の皮をむいて、食べやすい大きさ、４等分ぐらいに切って――。そのあと、さらに２～３㎜の厚さにスライスして――」

マスター「よしっ！　その辺の包丁作業は、プロのオレに任せてもらおう！」

　さすが毎日包丁を握っている料理人さんだけのことはあります。スルスルと柿の皮むきが終わったと思ったら、とんとん拍子で柿のスライスができあがっていきます。

ワタシ「あとはね、乾燥させるんだけど、天日干しだと日にちがかかっちゃうから、今日は魔法で乾燥させま～す」

「「「お～」」」
　またもやお子様組からご賛同をいただいたところで、早速、魔法を使ってもらいます。
ワタシ「ねぇねは水魔法で、この柿スライスの水分を抜ける？」
ねぇね「うん。できると思う」
ワタシ「おにぃはいつもの【ドライヤー】魔法で乾かしてみてね？」
おにぃ「分かった」
ワタシ「アリスちゃんは乾かす魔法を使える？」
アリス「私、毎日薬草の処理をしているから、【乾燥】魔法は得意なの」
ワタシ「すごいね！　それじゃ、みんな、柿スライスの重さが半分以下になるまで、水分を飛ばしてみてね？」
「「「お～」」」
　ワタシの前世の記憶では、食品乾燥機を使っても何十時間とかかる作業なのですが、さすがファンタジーの代名詞『魔法』、期待以上の結果でした。
　なんと、ねぇねとおにぃはたくさんの柿スライスを一瞬にして乾燥させてしまいました。アリスちゃんは、1枚1枚丁寧に、それでも瞬時に乾燥させています。
マスター「お前らスゲェな。一瞬かよ」
アイリーン「本当に。その若さでその魔法の手際、末恐ろしいわね」
メアリー「アリスもなかなかどうして、できるようになったねぇ」
アリス「えへっ。おばあちゃん、ありがとう」　(*^.^*)

ねぇね「そ、それほどでも……」　(//ω//)
おにぃ「どうもです……」　(〃∇〃)
オトナの皆さんからの賛辞にテレテレ気味のお子様魔法組に、さらに追い打ちをかけるべく、ワタシも参戦します。
ワタシ「すご～い！　さすが、ねぇねとおにぃだね～。たくさんの柿スライスを一瞬で乾かしちゃうなんて、魔法の天才だね～。アリスちゃんもすごいな～。1枚1枚キッチリ乾かしていて、魔法の使い方が丁寧できれいだよね～」
おチビちゃんのキラキラ瞳からの尊敬の眼差しを一身に受けたお子様魔法組。その視線に耐え切れなくなったのか、3人とも自分が乾燥させた出来立ての干し柿スライスを口にしはじめました。
おにぃ「さ、さっそく食べてみようぜ」
パリッ
おにぃが乾燥させた干し柿スライスは、おせんべいのようなチップスのような、固めの歯ごたえのようです。
アリス「私も食～べよっと」
フニョン
アリスちゃんが乾燥させた干し柿スライスは、表面は少し硬くて中は柔らかか、まるでグミのような食感です。
ねぇね「わ、私も」
トゥロン

ねぇねが作った干し柿スライスは、外も中もまさにトロットロ。まるで大福や半熟卵のような舌触りです。

その様子を見て、おチビなワタシやオトナ組の皆さんもご相伴にあずかります。

ワタシ「ん～。柿の味が濃くなってて、どれもおいし～」(*^～^*)

メアリー「こりゃ面白い。乾かし方次第で、こんなに口当たりが違くなるとはねぇ」

アイリーン「甘くて美味しっ。これ、最高のおやつね」

マスター「この硬いヤツ、つまみや携帯食にもなるんじゃねぇのか？」

お手軽クッキングならぬ、お手軽魔法乾燥の干し柿スライスは、オトナの皆さんにも十分ご満足いただけたようです。

そしてしばらくみんなで、3種類の干し柿スライスを食べ比べたりしていたら、ねぇねがワタシに話しかけてきました。

ねぇね「おチビちゃん、当たりの柿もハズレの柿も、こうすると全部食べられるんだね？」

ワタシ「うん。干し柿にするとね、むしろ渋柿、ハズレの柿の方がおいしくなるんだよ？」

ねぇね「そうなんだね。大切な柿を無駄なく食べられて、私、うれしい～」

フワッ

満面の笑みで跪《ひざまず》いて、ふんわりワタシを抱きしめてくれたねぇね。思い出の柿を余すことなく食べられると知って、きっと感謝してくれているのでしょう。

ワタシ「ねぇね、これでいっぱい柿を食べられるね？　よかったね～」

ねぇねとのふれあいが大好きなおチビちゃんは、スキありとばかりに、ちゃっかりほっぺでスリスリしちゃうのでした。

◆◇◆◇◆

大好きなねぇねとのスキンシップを満喫して気分が良くなったワタシは、今回の騒動『ねぇねとおにぃを偉そうなおじさんから救え！』大作戦の陰の功労者、そう、コッソリこそこそ【トランシーバー】でビーちゃん様に実況生中継してくれていたアリスちゃんに、ステキななにかをプレゼントしようと思い立ちます。

ワタシ「アリスちゃん、アリスちゃん。今日は【トランシーバー】でビーちゃん様に報告してくれて、ありがとう」

アリス「ん～ん。私はただ、隠れて【トランシーバー】のボタンを押してただけだし……。私、怖くて、それぐらいしかできなくて、自分が情けなくなっちゃう……」

ワタシ「そんなことないよ！　アリスちゃんのおかげで、あの偉そうなおじさんをやっつけられたんだもん。アリスちゃんはね？　アリスちゃんができること、アリスちゃんにしかできないことをやってくれたんだよ？　むしろ、機転が利いて、すごいと思うな～」

アリス「そ、そうかな。そうなら、うれしいな～」

ワタシ「うん。それでね？　アリスちゃんにお礼をしたいんだけど、なにかほしいモノある？」

アリス「お礼？　そんな……」

ワタシ「いいのいいの。なんでも言ってみて？」

メアリー「おやおや。アリスにお礼をしてくれるのかい？　それなら、アレを貰えばいいじゃないかぃ。前から欲しがっていただろう？　あの何と言ったか、眩しくて、一瞬で『シャッシン』を描く……」

ワタシ「もしかして、【カメラ】のこと？」

メアリー「そうそう、それさね。前にたくさん『シャッシン』を置いていってくれたろ？　アリスはあれから毎晩、楽しそうに『シャッシン』を眺めていてねぇ。それで時々、また『シャッシン』したいなぁ～、何て独り言が聞こえてくるんだよ」

アリス「お、お、おばあちゃんっ！」　＼(●゜ロ゜●)／

　顔を赤らめて、ちょっと涙目でメアリーさんに抗議の眼差しを送るアリスちゃん。メアリーさんに見られていたことが恥ずかしいのか、それとも、ワタシたちにばらされたのが恥ずかしいのか、終いにはお顔を手で覆い隠してしまいました。

ワタシ「アリスちゃん、【カメラ】で写真が撮りたかったの？」

アリス「う、うん……。キレイな風景を切り取っておいて、いつでも好きな時に見ることができるし……。それに、大切な人との思い出を、残しておけるだろうし……」

メアリー「アリス、お前……」

（大切なひと？　それって、メアリーさんのことだよね？）

　今までアリスちゃんのご家族、特にご両親については聞いたことがありませんでしたが、アリスちゃんとメアリーさんの今までの様子からして、おそらくそういうことなのでしょう。ご両親がいないアリスちゃんにとって、ご高齢のメアリーさんだけが、たぶん、たったひとりの家族のはずです。大切な家族との思い出を、できるだけたくさん残しておきたい、アリスちゃんはきっと、そう思っているのではないでしょうか。

　ワタシは自分の両親がどこの誰なのか全く知りませんし、顔すら思い出せません。所縁の品といったモノもなく、記憶としても形としても、両親との思い出はなにも持ち合わせていません。

『思い出を目に見える形で残しておきたい』

　両親との思い出がなにもないおチビなワタシだからこそ、大切な家族の『写真』を残しておきたいというアリスちゃんの気持ちは、十分過ぎるくらい理解できてしまうのです。

（家族思いのアリスちゃんのために、今のワタシにできることは、これくらい！）

　ということで、本日４、５、６、７回目の【想像創造】連続発動です。

【高機能コンパクトデジタルカメラ　サニー　α　Ｅマウント　ＡＰＳ－Ｃサイズ（２３５×15・６㎜）、Ｅｘｍｏｒ　ＣＭＯＳセンサー　カメラ有効画素数：約２４２０万画素　総画素数：約２５００万画素　質量：約３４３ｇ　８７５００円】

【ＳＤカード　32ＧＢ　Class10 UHS-II　SDHCカード　３６８０円】×１００　３６８０００円

【デジタルフォトフレーム　10インチ（25×19㎝）　16ＧＢ内蔵メモリー　充電式　ＩＰＳタッチスクリーン　写真／動画／音楽再生　ＳＤカード／ＵＳＢメモリー対応　１８１００円】

【１００Ｗ　ソーラーパネル　ソーラーパネル材料：単結晶シリコン　ソーラーパネル電圧：１００Ｗ　ＵＳＢ出力：５Ｖ　ＵＳＢポートの数：２　サイズ：54×28㎝　電圧：12Ｖ／24Ｖ自動識別　定格充電電流：60Ａ／50Ａ／40Ａ／30Ａ／20Ａ／10Ａ　定格放電電流：20Ａ／10Ａ　最大太陽光発

電電圧：2V　USB出力最大5V／2A　7380円】×2　14760円

　動画も録画可能な高性能かつ軽量の【デジタルカメラ】と、思い出を小分けにしてたくさん残せるように、【メモリーカード】も100個創り出しました。

　そして、撮ったデジタル写真や動画を見るための写真立て、【デジタルフォトフレーム】もご用意しました。

　最後に、この【デジカメ】と【デジタルフォトフレーム】を使うためにはなくてはならない存在、そう、それは電気、ということで、充電用の【小型ソーラーパネル】も一緒に【想像創造】です。

マスター「うぉ？　何だか細々としたものがたくさん出て来やがったぞ？」

アイリーン「形は違うけど、もしかしてこれも【カメラ】なのかしら？」

おにぃ「おチビが出したモノにしては、何だか小さいモノばかりだな」

　ワタシが創り出したモノに興味津々の皆さん。ワタシが開封作業をはじめると、質問やら感想やらが飛び交いはじめました。

ワタシ「そうで～す。これも【カメラ】で～す。でもこれはね？　【デジタルカメラ】と言ってね？　紙じゃなくて、この【フォトフレーム】で写真を見るの。しかもこれはね？　動画も撮影できるんだ～」

アリス「『どうが』？」

ワタシ「そうなの。動く画像で、動画なの」

アイリーン「え？　動く絵をとっておくことができるの？」

ワタシ「そうで～す。今から実際にワタシが撮ってみるね？」

論より証拠ということで、まずは撮影してみることにします。
マスター「動く絵だぁ？　本当にそんなことができるのか？」
メアリー「古代魔法文明のアーティファクトに、そんな水晶球があるって聞いた気がするけど、にわかには信じられないねぇ」
　そんな訝しげな皆さんに納得してもらうべく、とにかく百聞は一見に如《し》かず、撮影した動画をデジカメに内蔵されている液晶画面で再生スタートです。
ワタシ「はい！　これ、見て見て！」
マスター「何だこりゃ！　もしかして、この小さく映ってるのは、オレたちなのか？」
アイリーン「絵が動いてる！　しかもこれ、私？」
メアリー「ほぉ～、こりゃたまげた！　本当に絵が動いとるねぇ。動画とはよく言ったもんだねぇ」
ワタシ「これはね、本当は音も撮れてるんだよ？　この【デジタルフォトフレーム】を使えば、みんなの声も聞けるんだよ？」
　そう説明しつつ、ワタシが10インチ液晶画面の【デジタルフォトフレーム】の包装を解いていると、耳を疑う驚きの言葉が聞こえてきました。
ねぇね「あっ！　それ知ってる！　その黒い板の『すまほ』、お里で見たことがある！」
ワタシ「え？　ねぇね、今、なんて？」
ねぇね「その黒い板ね、昔見たことがあるの。御使い様の持ち物で、『すまほ』って言うんでしょ？」

（この【デジタルフォトフレーム】は小型で薄いから、たしかに【スマホ】に似てるけど……）

ワタシ「【スマホ】⁉　ねぇね、【スマホ】を見たことがあるの？」

ねぇね「うん。真っ黒でちょっと光沢があって、いろいろな予言を見ることができる魔道具なんでしょ？　お里にいた時、お社《やしろ》に祀《まつ》られていたのをお母さんといっしょに見たことがあるの。前の御使い様が使っていた聖遺品の中でも、一番大切なモノなんだって」

　ねぇねから、驚きの報告を聞いてしまいました。まさかこの世界で、【スマホ】という単語を自分以外の口から聞くとは思いもしませんでした。しかもそれが、最も身近な存在の、ねぇねのお口からだとは。

（これはもしかしなくても、前の御使い様は、ワタシの前世と同じところから来たひとだよね？　それってつまりは、前の御使い様は、ワタシとご同輩⁉　たしかめたい！　ねぇねのお里に行って、【スマホ】の実物を見てみたい！）

　俄然、ねぇねの故郷が気になりはじめたワタシ。

『天恵の里』とやらの場所を突き止めて、是が非でもねぇねの里帰りを実行したくなったワタシなのでした。

◆◇◆◇◆

ねぇね「おチビちゃんは、やっぱり『すまほ』を使えるの？」
ワタシ「ごめんね、ねぇね。これは【スマホ】じゃないの。それにね、ワタシは（この世界では）

【スマホ】を使えないの」

（この世界じゃ電話は機能しないだろうし、ネットだって無理。せいぜい【カメラ】が使えるぐらいだよね）

ねぇね「そうなんだ。おチビちゃんは『すまほ』使えないんだ……」

　先程まではキラキラ眼でワタシに質問していたねぇねでしたが、ワタシが【スマホ】を使えないと言った後は、目に見えて落ち込んでしまいました。

（ねぇね、どうしたんだろう。そんなに【スマホ】を使ってみかったのかな？）

　ねぇねはあとでフォローするとして、とりあえず今は、アリスちゃんへのプレゼントを説明してしまいましょう。ワタシはささっと【デジタルフォトフレーム】と【デジカメ】を接続して、先程撮影した動画を再生します。

……

『動く絵だぁ？　本当にそんなことができるのか？』

『古代魔法文明のアーティファクトに、そんな水晶球があるって聞いた気がするけど、にわかには信じられないねぇ』

マスター「お？　こいつはもしかして、さっきのオレの声か？」

メアリー「ありゃまぁ、たまげたねぇ。会話がそのまま再現されとる」

アイリーン「なるほど。本当に音声付きで動く絵をとっておけるのね？」

アリス「すご～い！　これ、本当に私がもらってもいいの？」

ワタシ「うん。でも、使い方を覚えるのがちょっと難しいかもしれないの」

アリス「がんばって覚えるから、教えて教えて！」

　ということで、動画、静止画の撮影方法から、再生方法、そして充電のしかたまで、アリスちゃんに一通りレクチャーしたのでした。

（うんうん。これでアリスちゃんも、いっぱしの『カメ子』ちゃんだね！）

　そこそこ長い解説を終え、ワタシがやり切ったとばかりに達成感に浸っていると、出し抜けにマスターさんから不服申し立てが行われました。

マスター「なぁ、おチビさんよぉ。オレたちには何もねぇのか？　オレたちも、ちったぁ役にたったと思うんだがなぁ～」

　少し口を尖らせながら、ワタシにチラチラ流し目を送ってくる筋肉ダルマな強面マスターさん。知らないひとが見たら、急いで衛兵さんを呼びに行ってしまいそうな、怪しさ満点の仕草です。

（たしかにマスターさんの言う通りかも。オトナのひとがいてくれたから、すんなり解決できたんだろうし。それなら、お礼にプレゼントをあげてもいいかな？　でもその前にマスターさん。そのお顔と仕草、普通に怖いからやめて～）　(；゚△゚)ノ
　一刻も早くマスターさんによる『ほほえみハラスメント』から解放されるべく、ワタシは迅速に不満解消を目指します。

ワタシ「う、うん。それじゃ、オトナのひとにもプレゼントをあげるね？」

マスター「おっし！　そう来なくっちゃ！」

アイリーン「え？　大人にもプレゼント？　それじゃ、私には――」

　アイリーンさんがなにか言っているようですが、大至急マスターさんの所業をどうにかしたいワ

タシは、それどころではありません。すばやくパパっと思いつきで、本日8、9、10回目の【想像創造】です。

【両手持ち圧力鍋　容量30リットル　内径345×高さ330㎜　ステンレス製　プロ業務用　179000円】

【極上五三焼きカステラ（木箱入り）　烏骨鶏卵　和三盆糖　3360円】×2箱　6720円

【アナログ体重計　160kg高耐荷重プラットフォーム　11200円】

　プロの料理人であるマスターさんには、大容量の【圧力鍋】をチョイスしました。これを使って、ワタシたちの毎日のお夕飯を、よりおいしく作ってもらいましょう。

ワタシ「マスターさんには、これあげるね。【圧力鍋】って言うんだよ？」

マスター「お？　いやに頑丈な蓋がついた鍋だなぁ」

ワタシ「そうなの。この丈夫な蓋でしっかり閉じ込めるとね、短時間でもじゅわっと火が通るんだよ？　マスターさんのお夕飯はいつもおいしいけど、これを使えば、もっとおいしくなるよ？」

マスター「ほぉー、そいつぁ興味深ぇな。遠慮なく使わせてもらうぜ！」

　続いてメアリーさんには、柔らかでお上品な甘さのお菓子、【高級カステラ】をご用意してみました。もちろん、ワタシたち3人の分もこっそり確保することは忘れていません。

ワタシ「メアリーさんにはね、ふんわりでやさしい甘さの【カステラ】っていうお菓子なの。アリスちゃんといっしょに食べてね？」

メアリー「おやおや。私にもくれるのかい？　申し訳ないねぇ」

そして最後、アイリーンさんには、【ターザンロープ】で渓谷を渡る時に少々曖昧だったご自分の体重をしっかり把握していただくべく、【体重計】をプレゼントです。

ワタシ「アイリーンさんには、これだよ？」

アイリーン「そっそんなぁぁ……。私、例の……『琥珀色のソーマ』が欲しかったのに……」

どうやらアイリーンさんにはご希望の品があったみたいで、かなり残念無念といった雰囲気が漂ってきますが、説明を続けてしまいます。

ワタシ「これはね？　【体重計】なの。これを使えば、ちゃんと自分の体重を知ることができるよ？」

アイリーン「【体重計】？」

ワタシ「うん。目盛りの数字は外国語で書かれているけど、『電卓』と同じだから、大丈夫でしょ？」

アイリーン「……そ、そうなのね……あ、ありがと……」

（うんうん。これでアイリーンさんも、ちゃんと自分の体重を把握できるね！）

アイリーンさんの醸し出す不満げな空気などどこ吹く風で、ひとり自己満足に浸るおチビなワタシなのでした。

オトナの皆さんにもプレゼントも渡し終えたので、ここでお暇することにしたワタシたち。アリスちゃんとメアリーさんにお別れをして、今朝の【ジョシュア雑貨店】への納品完了手続きをするため、ハンターギルドへ向かいます。

干し柿やワタシたち3人の用の【カステラ】などを一旦お家に置きに行くため、ワタシたち3人とアイリーンさんは歩いて【マダムメアリーの薬店】の裏庭から帰ります。マスターさんには【三輪自転車】Ｗｉｔｈ【リアカー】で、一足先に帰ってもらいます。

　そしてお家に荷物を置いてから、ハンターギルドの裏庭の広場に出ると、広場に置いてあった【三輪自転車】の数がだいぶ減っていることに気づきました。衛兵さんたち用の黄色の【三輪自転車】はほとんどなくなっていて、郵便屋さん用の赤い【三輪自転車】は半分以上なくなっています。けれど、一般の町のひとや商人さん用の青い【三輪自転車】は減っている様子はありませんでした。

ワタシ「あれ？　昨日から【三輪自転車】は引き渡しだったんでしょ？　なんで青い【三輪自転車】は、ほとんど残っているの？」

アイリーン「……え？　あ〜、一般用の【三輪自転車】ね〜。あれは〜、ギルドの運営方針とかいろいろで〜、渡す相手を厳選しているのよね〜。たぶん〜、もう数日はあのままなんじゃないかしら〜」

ワタシ「へぇー」

　体重計をプレゼントしてから、明らかに様子が変わったアイリーンさん。お返事にもやる気が感じられません。もしかすると、お礼の品が気に入らなくて、拗《す》ねてしまったのかもしれません。

（あれれ？　アイリーンさん、なんだかご機嫌斜めだよ？　もしかして、【体重計】はお気に召さなかったのかな？　う〜ん。オトナの女性は、扱いが難しいですねぇ〜）　（―〜―）

　そんなことを考えていると、先に戻っていたマスターさんと、昨日紹介されたたちっちゃいおじさんたち、鍛冶ギルドの面々が、ワラワラとワタシたちの周りに集まってきました。

親方《バーナード》「よう、童たち。昨日ぶりだな」

「「「こんにちはー」」」

マスター「おチビ悪ぃ。急な話なんだが、実は折り入って頼みてぇことがあって――」

そう語りはじめたマスターさんのお話は、例の裏門の外の【ターザンロープ】関連のお話でした。

親方さんたち鍛冶ギルドの皆さんが、ご領主さまから、【ターザンロープ】を改良して、ちゃんとした橋にしてほしいという依頼を受けたので、人員や荷物の移動手段として【三輪自転車】を使わせてほしい。けれど親方さんたちの体格では、ここにある【三輪自転車】は大き過ぎる。お話をまとめると、大体こんな感じでした。

ワタシ「それなら、ちょっとちっちゃいのを用意するね？」

ワタシはそう言って、パパっと【想像創造】しちゃいます。

【折りたたみ式三輪自転車　前輪20インチ・後輪18インチ　大容量前後カゴ付　３段ギア　耐荷重２００kg　黒色　４９８００円】×20　９９６０００円

【アルミ製折り畳みコンパクトリアカー　ノーパンクタイヤ仕様　全長１８６×全幅87×全高63cm　質量20kg　耐荷重１５０kg　４４８００円】×20　８９６０００円

（鍛冶ギルドのひとは15人ぐらいいるから、20台あれば足りるよね？）

お子様組でも運転できそうな小さめの【三輪自転車】と、それに見合う少し小柄な【リアカー】をそれぞれ20台創り出しました。色で区別できるように、今回の【三輪自転車】は黒色です。

マスター「手間かけさせて悪かったな。助かったぜ」

親方《バーナード》「済まんの、童」

　そんなおじさんたちのお礼の言葉を聞き流しながら、ひとり物思いにふけるワタシ。

（鍛冶ギルドの皆さんには、これから橋作りをがんばってもらいたいし。アイリーンさんには、これからもっともっとお世話になるだろうし。よ〜っし、今日は特別に大サービスしちゃうぞ〜）

　ということで、本日最後、13回目の【想像創造】です。


【クラフトビール＆定番国産ビール　18種類飲み比べギフトセット　きらめくグラス付き　ア○ヒ　エ○ス　キ○ン　３５０ml×18本詰め合わせ　６９８０円】×20　１３９６００円

（ドワーフさんといえば、お酒！　そして、アイリーンさんといえば、お酒‼）

　ということでいきなりですが、大盤振る舞いしちゃいましょう。

ワタシ「は〜い、みなさ〜ん。並んで並んで〜」　／(＾▽＾)／

親方《バーナード》「ん？　急に何事だ？」

マスター「なあおチビ、この箱は何だ？　また何か創り出したのか？」

アイリーン「……」

　おへそを曲げちゃっているのか、アイリーンさんはワタシが【想像創造】したたくさんの箱を見てもノーリアクションです。

ワタシ「これはね？　【ビール】という、アワアワした『山吹色のお菓子』で〜す。これからもよろしくお願いしますという意味で、皆さん受け取ってくださいな？　もちろん、アイリーンさんももらってね～」

マスター「『山吹色のお菓子』⁉　それって、まさか酒か？」

親方《バーナード》「何⁉　酒だと⁉　この童、ワシらの扱いを心得ておるわい！　とにかく話はあとだ。お前たち、並べ並べ～！」

「「「「よっしゃー！」」」」

　ワタシの予想通り、鍛治ギルドのドワーフの皆さんは、歓声で応えてくれました。

　その反応にワタシがうむうむと満足していると、それ以上の歓喜の叫び声が聞こえてきました。

アイリーン「そうよそうよ、そう来なくっちゃ！　おチビちゃん大好きっ！」

　ガバッ

　先程までのやる気のなさはどこへやら。よほどお酒がうれしかったのか、テンションマックスのアイリーンさんが、急にワタシに抱きついてきました。

　そして上機嫌のアイリーンさんは、そのままおチビなワタシを抱き上げて、クルクルとその場で回りはじめました。

アイリーン「おチビちゃん行くわよ～？　そ～れ、そぉ～れ！」

ワタシ「わぁ～い、ぐるぐる回ってる～、た～のしぃぃぃ～♪」　／(●＞◁＞●)＼

（アイリーンさんのご機嫌もなおった～）

　スキンシップ大好き＆高い高いにずっと憧れていたワタシは、抱っこされつつの回転高い高い状態に、気分は最高潮。

役得とばかりに柔らかなアイリーンさんの抱き心地を満喫しつつ、しばらくキャッキャしちゃうおチビちゃんなのでした。

◆◇◆◇◆

　その日の日没直後。場所はハンターギルドオーレリア支部の3階にある支部長室。

　そこにハンターギルドの主だった幹部が勢ぞろいして、緊急報告会が開かれているところです。

支部長《ローガン》「それでは皆の衆、報告してもらおうかのう」

副支部長《イーサン》「分かりました。まずは、商業ギルド関連の進捗について、報告させていただきます。商業ギルドによる、我がハンターギルドオーレリア支部の買収は、動産、不動産共に完了済みです」

支部長《ローガン》「うむ。それで見かけ上、我がハンターギルドオーレリア支部は、商業ギルドの手に渡ったことになるのう」

副支部長《イーサン》「はい。そして次のステップ、商業ギルドからの買い戻しについてですが、不動産につきましては、前回の『シュッセ』の納品物の売却益から、1億5千万リルを投資資金として預かることにより、完了済みです。近日中に、商業ギルドから関係書類が送られてくることでしょう。また、その他の部分、特に人件費や当面の運転資金につきましても、今回の『シュッセ』の納品物で、十分賄《まかな》えると思われます」

ハンナ「ええ。多分、1年分以上は余裕で確保できるはずだよ」

支部長《ローガン》「うむ、重畳至極。これで計画通り、我がオーレリア支部はハンターギルドから金銭的に独立したことになるのう」

副支部長《イーサン》「その通りです」

支部長《ローガン》「資金面については問題なさそうじゃのう。人手の方はどうかの？　ある程度の要職を任せられそうな人材は確保できそうかの？」

アイリーン「はい。現在、『シュッセ』の３人と親しい人物を中心に接触しているところです。商いや営業活動に強いご夫婦、それとベテランの薬師、こちらの方々からは前向きな返答をいただいています。この方たちなら、王都本部からのひも付きの代わりに十分なりえるかと」

支部長《ローガン》「うむ。今はとにかく、分野を問わず頼れる人材が必要じゃ。引き続き、よろしく頼む」

アイリーン「はい」

支部長《ローガン》「町の住民の囲い込み状況はどうかの？」

マスター「ああ。例の【三輪自転車】と【リアカー】を餌に、現在ふるいにかけているところだ。大店や古くからの商店は、ちいとばっかりアレみてぇだが、まともなヤツは教会を敵視しているから、問題ないだろうよ」

支部長《ローガン》「うむ。無理をして、善からぬ輩まで引き込むでないぞ？」

マスター「言われずとも分かってらぁ。それより、例の手筈はどうなんだ？　目立った動きが見えねぇようだが？」

支部長《ローガン》「そこは抜かりない。既にご領主さまには口頭でご了承いただいておる。後は正式な書類が来るのを待つだけじゃが、たぶんワシ宛てではなく責任者へ通知されるじゃろうから、もしかすると『シュッセ』が既に受け取っておるかもしれんのう」

マスター「するってぇと、粗方片はついたってことか？」
支部長《ローガン》「そういうことじゃ」
ハンナ「やったじゃないかい！　これで王都のバカどもの言いなりにならなくて済むわね？」
副支部長《イーサン》「ええ。不愉快な教会からの横槍ともおさらばです」
マスター「よっしゃー！　これでアイツらにも、確固たる立場ってヤツを持たせてやれるな！」
アイリーン「ちょっと早いけど、前祝いに、これでパァーっとやっちゃいましょうか！」
マスター「お？　その箱は、さっき親方たちと一緒におチビからもらった、例の『山吹色のお菓子』ってヤツか！」
ハンナ「もしかして、お酒かい？　いいね、いいねぇ！」
アイリーン「そうよ？　何でも、『アワアワした』お酒らしいわよ？　しかもそれが、18種類も入ってるらしいの。信じられる？」
支部長《ローガン》「ほう。『アワアワした』のう。それを聞く限り、エールなのかのう？」
副支部長《イーサン》「エールが18種類も？　それは興味深いですね」
マスター「支部長の爺さん、コップ借りるぜ？」
支部長《ローガン》「ああ。構わぬよ」
アイリーン「あ、私はこのグラスを使うから、コップは不要よ？」
副支部長《イーサン》「まさかそれは、すべてガラスでできたコップなのですか？　何と美しい！」
ハンナ「何だって？　そんな貴重なモノ、どうやって……」
アイリーン「凄いわよね？　でもこれね、このお酒の箱の中に、『オマケ』として入っていたのよ？」
支部長《ローガン》「これほどのモノが、『オマケ』扱いとはのう」
マスター「まあ今更だろ？　そんなもん。それより、祝杯の準備はいいか？」
アイリーン「それでは支部長、音頭をお願いしますね？」
支部長《ローガン》「うむ。これから我らの雇い主となる『シュッセ』の3人に、乾杯！」
「「「乾杯！」」」
　ぐびっぐびぃっ
マスター「っかぁ～。うめぇ～！」
ハンナ「っぷっはぁ！」
支部長《ローガン》「ほぅほぅ。これはエールとはちと違うのう。ピルスナーかのう」
副支部長《イーサン》「ん～。冷やせばもっと美味しくなりそうですね～」
アイリーン「あっ！　みんな全部飲み干さないでよ！　私、18種類すべて制覇するんだから～」

◆◇◆◇◆

　同時刻、王都にあるハンターギルドロータル王国王都本部の一室にて。
職員「本部長、教会から至急のお手紙です」
王都本部長「うむ。見せてみろ。……。まったく、面倒なことよ……」
職員「いかがなさいました？」

王都本部長「田舎の弱小支部が教会に楯突いた。面倒だが、早急に処置せねばなるまい。早馬を走らせろ、行先はオーレリアだ。支部長及び幹部職員の自主退職を『命令』してこい」

職員「自主退職の『命令』ですか？　ですが、支部の人事権は支部にしかないはずで――」

王都本部長「ああ。だから、あくまで自主退職なんだ。それと、受け入れないようなら、オーレリア支部ごと潰すと脅しても構わん」

職員「りょ、了解です」

王都本部長「まったく、これだから政治というものを知らない田舎の連中は……。金と権力に阿《おもね》る、こんな簡単なことがなぜ理解できないのか……」

日没直後の時間。

おチビちゃんがねぇねといっしょにキャッキャとお風呂に入っている、ちょうどその頃。

この国の端と中央で、そんなオトナたちの思惑が錯綜《さくそう》していたのでした。

本書に対するご意見、ご感想をお寄せください。

あて先

〒162-8540 東京都新宿区東五軒町3-28
双葉社　モンスター文庫編集部
「ぱつきんすきー先生」係／「高瀬コウ先生」係
もしくは monster@futabasha.co.jp まで

Mノベルス

異《い》世《せ》界《かい》のおチビちゃんは今日《きょう》も何《なに》かを創《つく》り出《だ》す～スキル【想《そう》像《ぞう》創《そう》造《ぞう》】で目《め》指《ざ》せ成《な》り上《あ》がり！～②

2023年10月31日　第１刷発行

著　者　ぱつきんすきー

発行者　島野浩二

発行所　株式会社双葉社

〒162-8540　東京都新宿区東五軒町3番28号

［電話］03-5261-4818（営業）　03-5261-4851（編集）

http://www.futabasha.co.jp/（双葉社の書籍・コミック・ムックが買えます）

印刷・製本所　三晃印刷株式会社

［電話］03-5261-4822（製作部）

ISBN 978-4-575-24687-2 C0093